잘되는 회사는 영업이 다르다

CEO와 관리자를 위한 영업 전략과 리더십

잘되는 회사는 영업이 다르다

영업 현장의 문제점을 개선하고
기업의 핵심인 최강의 영업 조직 구축을 위한
영업 전략 리더십 지침서

김상범 지음

푸른영토

서문

전략과 영업을
한 방향으로 이끄는
리더십

필자는 많은 시간을 영업 현장에서 보내며 영업 조직의 임원들과 관리자들을 만났다. 이때 코치로서, 컨설턴트로서, 학자로서 다양한 영업 조직의 관리자들과 회의하고 토론하고 코칭하면서 발견한 몇 가지 공통점이 있다.

첫 번째는 영업성과 향상을 위한 영업관리자(사장에서 팀장까지)들의 프레임이 과도하게 영업담당자의 역량과 실적 개선에 초점이 맞춰져 있다. 영업관리자들은 개선과제로 영업담당자들이 신규 거래선 개척에 대한 노력 부족, 니즈 파악 및 클로징 스킬 부족, 전문성 부족, 목표의식, 활동량 등과 같은 문제들을 언급한다. 이에 비해 변화하는 시장과 고객의 니즈를 반영한 경쟁력 있는 전략 및 수행에 적합한 영업 조직의 지원 시스템, 영업관리자의 리디

십, 관리 역량 개발 등 영업 전략이나 영업관리자의 전문성에 초점을 맞추고 있는 경우는 상대적으로 매우 적다.

두 번째는 영업관리자들을 위해 시간과 예산을 투자하지 않는다. 영업담당자 역량 개발을 위해 지출되는 비용에 비해 영업관리자들을 위해 투자한 비용과 시간은 지극히 적다. 아이러니하게도 많은 기업들은 영업관리자들이 관리자로서 역할을 가르쳐 주지 않아도 잘 수행할 것이라고 믿고 있다. 국내 기업들 중에 일 년에 단 한 번도 영업관리자들의 전문성과 역량 개발을 위한 교육이나 워크숍을 하지 않는 기업들이 많다.

세 번째는 고위층 영업관리자들이 당면 성과에만 몰두한 나머지 전략적으로 사고하거나 행동하지 않는다. "올해의 영업 부문 핵심 전략은 무엇입니까?"라는 질문에 자신 있게 답할 수 있는 영업관리자들이나 영업담당자들이 생각보다 많지 않다. 아니 훨씬 적다. 영업담당자들은 더 말할 것도 없다. 영업 조직의 구조는 영업 전략의 영향을 받는다. 영업담당자의 역할 또한 영업 전략의 영향을 받는다. 따라서 전략과 현장이 일치되지 않으면 영업 조직도 영업담당자도 오합지졸이 되고 만다. 영업관리자들은 전략을 명확히 하고 그것이 현장에서 구현될 수 있도록 리더십을 발휘해야 한다.

많은 CEO나 영업 담당 임원들은 영업력 향상의 중요 요소로 영업담당자들의 전문화를 이야기한다. 하지만 영업담당자들의 전문화는 전문성 있는 영업관리자의 역량에서 비롯된다는 것을 알아야 한다.

영업 조직은 하부로부터 변화하지 않는다. 전체 영업 조직의 영업력과 경쟁력을 변화시키려면 명확한 전략의 수립, 전략을 현장과 한 방향으로 이끌 수 있는 영업관리자의 전문성, 지원 및 관리 시스템, 그리고 조직 문화가 변해야 한다.

필자가 이 책을 기획하고 출간하게 된 목적은 어떻게 하면 영업관리자들이 영업 전략과 영업 현장을 한 방향으로 이끌고, 이를 통해 지속적으로 성과를 창출해 낼 수 있는 시스템을 만들 수 있는지 알려주기 위해서다. 이 책을 통해 "전략과 영업을 한 방향으로 이끄는 리더십"이 왜 중요하고, 어떻게 발휘할 수 있는지에 대한 통찰을 얻기를 바란다.

영업력 향상을 위해 고민하는 CEO, 영업담당 임원, 영업 전문가와 인사 전문가 그리고 영업 관련 종사자들에게 좋은 지침서가 되기를 기대한다.

2024. 11

저자 김상범

차례

PART 3 영업관리자 육성하기

PART 4 영업 현장에 맞는 리더십 발휘하기

PART 1

영업의 좌표와 방향을 명확히 하라

왜 영업에 제대로 된 전략이 없을까?

옆의 〈그림 1-1 : 전략 선택 매트릭스〉의 세로축에는 경제적 이윤economic profit, EP 또는 경제적 부가가치economic value added, EVA가 표시되어 있다. 경제적 이윤은 순영업이익에서 자본비용을 뺀 값을 말한다. 기업이 투자(예를 들어 공장 신설, 영업담당자 채용, 직원 교육에 투입하는 시간과 자금)를 할 때에는 적어도 기회 비용을 포함한 자본비용을 회수할 수 있어야 한다.

여기서 기회 비용이란 이미 투입한 자금, 인력, 시간을 다른 곳에 투입했을 때 얻을 수 있는 잠재적 이익을 의미한다. 세로축에서 경제적 이윤은 양의 값, 제로는 음의 값을 갖는다. 가로축은 매출 증가를 나타낸다. 오른쪽으로 갈수록 매출이 높아지고, 왼쪽으로 갈수록 매출이 낮아진다.

〈그림 1-1 : 전략 선택 매트릭스〉

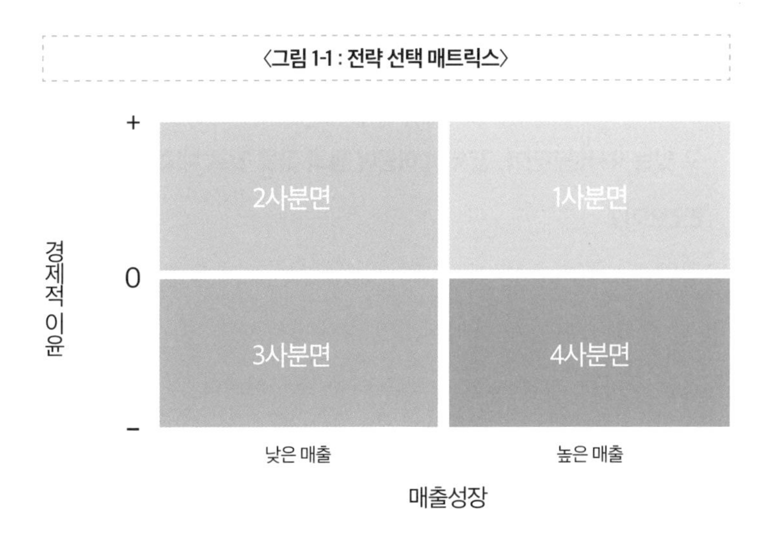

이제 〈그림 1-1〉을 가지고 테스트를 해보자.

[질문 1] **4개의 분면 중에서 기업에 가장 적합한 것은?**

정답은 1사분면이다. 이 지점은 경제적 이윤과 매출 증가가 기업의 가치를 더해주므로 영업관리자라면 당연히 여기를 지향해야 한다. 테스트 결과에서도 거의 대다수의 응답자가 정답을 제시했다.

[질문 2] **4개의 칸 중에서 기업에 차선이 되는 것은?**

정답은 매출이 조금 낮더라도 경제적 이윤이 양의 값을 갖는 2사분면이다. 정답을 말한 영업관리자는 약 80~90%였다.

[질문 3] **4개의 분면 중에서 기업에 최악인 것은 어떤 것인가? 그리고 경제적 이윤이 음의 값을 갖지만 고객이 많아져 매출이 빠르게 증가하고 있는 4사분면인가, 경제적 이윤이 음의 값을 갖고 매출이 낮은 3사분면인가?**

정답은 4사분면이다. 4사분면이 3사분면 보다 훨씬 더 나쁜 상태다. 경제적 이이윤 마이너스인 상태에서 매출 증가율을 위한 추가적 투자는 기업 가치 하락을 더욱 촉진시킨다. 이는 마치 '타이타닉'처럼 침몰하는 배에서 생명을 구하기 위해 활용 가능한 자원을 동원하는 데 필요한 시간을 벌어보겠다는 생각으로 배가 서서히 침몰하기를 바라는 것과도 같다. 참고로 영업관리자들 중에서 세 번째 질문에 4사분면이라고 말한 사람은 3분의 1도 되지 않았다.

2023년 6월 12일 자 〈노컷뉴스〉의 기사에 의하면 2022년 국내 상장 기업의 영업이익은 줄고 이자 비용이 늘어 부채 상환능력을 나타내는 '이자보상배율'이 반 토막 난 것으로 집계됐다. 기업의 안전성과 활동성 지표도 코로나19가 유행하던 2020년과 2021년보다 악화한 것으로 나타났다. 조사 대상 상장기업의 지난해 매출은 전년보다 12.1% 늘며 2년 연속 성장했다. 반면에 영업이익은 전년 대비 34.2% 감소했다. 코로나19가 유행하던 2020년과 2021년 각각 22.7%와 60.8% 성장한 것과 대비된다.

영업이익이 줄면서 기업의 수익성 지표도 동반 하락했다. 영업이익을 매출액으로 나눈 '매출액영업이익률'은 4.5%로 전년보다 3.2% 포인트 낮아졌고, 당기순이익을 매출액으로 나눈 '매출액 당기순이익률'도 3.6%로 전년 대비 3% 포인트 내려앉았다. 특히 기업이 부담해야 할 이자 비용은 전년 대비 31.9% 증가했다. 지난해 급등한 금리 때문으로 풀이된다. 기업이 벌어들인 영업이익으로 이자를 갚을 수 있는 능력을 뜻하는 '이자보상배율'은 전년(10.1배)의 절반 수준인 5.1배로 집계됐다. 조사기간 동안 실제로 많은 기업들이 목표로 잡은 매출 증가율을 달성했다. 하지만 자본비용을 포함한 결과는 우리를 낙담하게 만든다. 영업담당 임원이나 관리자들은 이점을 간과해서는 안된다.

다시 테스트로 돌아가 보자. 경험도 많고 교육도 많이 받은 영업관리자들이 세 번째 질문에서 틀린 답을 내놓은 원인이 무엇일까? 그 원인으로 다음의 몇 가지를 들 수 있다.

정보 부족의 부족

영업담당 임원과 관리자들은 기업의 자본비용이 얼마인지 잘 모른다. 영업담당 임원과 관리자는 자본비용을 모르면 자신의 입지를 위해 매출을 늘리고 싶은 유혹에 빠져든다. 매출 자체가 기업의 실적이나 가치를 잘못 나타내는 지표가 되기도 하는 것이다.

개념의 무시

비쁘게 살아가는 영업관리자들에게는 경제적 이윤의 중심에 있는 기회 비용이라는 개념이 쉽게 다가오지 않는다. 기회 비용은 차선의 대안을 실현할 때 치러야 할 대가를 의미한다. 예를 들어 A나 B 대신에 C를 선택할 때 버려야 하는 것을 말한다. 기회 비용에는 단지 재무적 개념만이 아니라 자원 할당과 관련하여 잃어버린 시간, 노력, 활동이 포함된다.

경제적 이윤이 음의 값을 가질 때 매출을 늘리는 것(그림 1-1의 4사분면)이 매출을 줄이거나 전혀 발생시키지 않는 것(그림 1-1의 3사분면)보다 더 낫다고 생각하는 영업담당 임원이나 관리자들이 있다. 그들은 매출을 늘리면 직원들이 의욕을 잃지 않고 고객과의 관계를 계속 유지하여 궁극적으로 사업을 지속할 수 있을 것으로 생각한다. 그러나 사실은 그렇지 않다. 매출 실적이 좋아도 매출 자체가 자본비용을 회수하지 못하면 더 깊은 수렁에 빠져들게 된다. 이는 '매몰비용 오류Sunk Cost Fallacy'라고 할 수 있다. 잘못된 투자를 하고도 계속해서 자금을 쏟아붓는 것을 의미한다. 이렇게 되는 원인은 바로 기회 비용을 무시하기 때문이다. 이에 대한 인식이 있어야 더 깊은 수렁에 빠지지 않고 자원을 다른 곳에 투입하여 사업을 지속할 수 있는 수익을 얻을 수 있게 된다.

실적 지표에 대한 무관심

이제 많은 관리자들이 세 번째 질문에 틀린 답을 내놓는 원인 중에서 실적 지표를 살펴보자. 영업 조직은 시장점유율처럼 경제적 이윤과는 무관한 실적 지표에 따라 움직인다. 그것이 연봉이나 성과급, 승진을 좌우하는 요소로 작용하기 때문이다. 많은 영업관리자들이 세 번째 질문에 대한 대답을 뒷받침하기 위해 이렇게 말한다.

> "시장점유율이 늘어나면 보수도 많이 받습니다. 저는 시장점유율을 확대하기 위해 최선을 다합니다. 결국 시장점유율이 저의 성과급을 결정합니다."

서브프라임모기지 사태를 생각해 보자. 영화 '빅쇼트'를 보면 당시 은행과 모기지 회사 직원들을 포함한 많은 사람들은 모기지 대출이 앞의 〈그림 1-1〉의 4사분면에 해당하는 전형적 사례라는 사실을 잘 알고 있었다. 모기지 대출이 기업뿐 아니라 경제 전체의 가치를 파괴하고 있음에도 모기지 중개인들은 2007년부터 모기지 대출 잔치가 끝나는 2008년 9월까지 엄청난 성과급을 챙겼다. 2008년 금융위기는 바로 이와 같은 일이 세계적인 규모로 일어난 것이었다. 이 같은 현상은 영업 현장에서 자주 벌어진다.

영업에도 전략이 필요하다

전략에 실패하는 또 다른 요인이 있다. 투자와 투자 주기에 대한 영업담당 임원들과 관리자들의 믿음이다. 돈을 벌려면 먼저 돈을 투자해야 한다는 것이다. 이러한 전략은 먼저 기반을 구축하고 나중에 수익을 창출하려는 생각에 바탕을 둔다. 현재는 경제적 이윤이 마이너스일지라도 미래의 경제적 이윤을 얻기 위해 반드시 투자가 필요하다는 것이다.

다시 말하면 우리는 시간이 지나면서 4사분면에서 1사분면으로 옮겨가기 위한 계획을 갖고 있다. 실제로 대부분의 연간 보고서, 신제품 개발 계획, 영업 계획에서 이에 대한 믿음을 확인할 수 있다. 그리고 시장 선점을 위한 정책을 시행하거나, '프리미엄 가격'(기본 서비스는 무료로 제공하고 추가 고급 기능에 대해서는 요금을 받는 가격 정책)을 책정하거나 '면도날 전략'(가격 부담이 있는 제품을 원가 이하로 제공하고 이후에 연계 상품의 판매를 통해 이익을 창출하려는 전략)을 추진한다.

여기서의 쟁점은 자금, 시간, 인력을 합리적으로 투입할 수 있는 계획과 돈을 까먹다가 3년이 지나서 갑작스러운 행운을 기대하는 계획을 구분하는 기준은 무엇인가다. 이것이 계획을 발표하는 사람에 대한 호감이나 파워포인트 자료가 근사한가의 문제가 되어서는 곤란하다. 한 가지 기준은 오른쪽 상단으로 가기 위한 계획 즉, 주장이나 열정이 아니라 그 자체여야 한다. '계획이 타당한가, 시장과 고객의 현실에 부합하는가'의 논리 정연한 전략을 살펴야 한다.

많은 기업의 영업담당 임원들이 이윤이 발생하지 않음에도 불구하고 불확실한 자신도 모르는 미래를 위해 계속해서 수주를 하고 투자를 해야 한다고 강조한다.

인터넷 회사를 생각해 보자. 초기 영업 전략의 핵심은 사이트에 돈을 내고 광고를 게재하려는 사람이나 기업을 모집하기에 앞서 사이트를 무료로 사용할 사용자들 유치했다. 이 전략은 벤처기업의 현금흐름이 악화될 것임을 시사한다. 하지만 더 많은 사용자와 광고주를 유치하기 위한 고객 기반을 다지는 일이다. 인터넷 붐이 일고 거품이 걷히는 동안 많은 기업들이 이 전략에 따라 수십억 달러의 투자를 단행했다. 물론 우리는 그 결과를 잘 알고 있다. 경제의 기초적 조건을 무시하고 경쟁하는 시장의 여건을 다루는 후속 전략의 미흡으로 대부분 수포로 돌아갔다. 진입 장벽이 낮고, 대체제가 넘쳐나고, 사용자의 선택지가 많고, 구매자의 권력이 강한 상황을 충분히 고려하지 않은 탓이다. 그럼에도 불구하고 아마존Amazon이나 이베이eBay를 비롯한 플랫폼 기업들은 그 속에서 살아남아 지속적인 성장을 이룩했다.

사업의 성공과 실패는 행운, 타이밍, 노력에만 달려있는 것이 아니다. 그에 못지않게 중요한 게 전략이다. 전략은 일관성 있는 선택을 하게 만들고, 활용 가능한 자원을 효과적으로 할당하고, 일선 현장에서 커뮤니케이션을 효과적으로 하게 만들기 때문이다. 따라서 영업담당 임원이나 관리자들은 회사의 전략이 무엇이고, 전략이 아닌 것은 무엇인가를 반드시 알아야 한다. 일관되고 쉽게 전달할 수 있는 영업 전략을 입안하기 전에 염두에 두어야 할 사항을 인지하고 있어야 한다.

전략 성직자와 영업담당 죄인들

영업담당 임원들이나 관리자들 중에는 의욕만 앞서 추상적인 비전에 관해 청산유수지만 전략과 실행력의 디테일이 전혀 없는 사람들을 흔히 볼 수 있다.

필자는 기업에 근무하던 시절 CEO가 주관하는 법인고객을 대상으로 한 교차영업cross-selling 전략 제안과 관련한, 한 임원의 프레젠테이션에 참석했다. 도중에 옆에 앉아 있던 타 채널 영업 부문 책임자가 이렇게 귓속말을 했다. "저분은 성직자 같아요. 늘 고매하고 그럴듯한 말씀만 하세요" 칭찬이 아니었다. 결국 그 임원의 제안은 채택되지 않았다.

필자는 임원, 컨설턴트로서 전략회의에 많이 참석해 보았다. 그러나 현장에서 고객 접촉을 위한 전략의 의미를 제대로 설명하는 사람을 거의 보지 못했다. 전략계획이 재정 목표나, 브랜드 열망(브랜드가 타깃 고객의 마음속에서 달성하고자 하는 바람직한 상태 또는 이미지를 말하며, 이는 기능적 이점을 넘어 감정적, 심리적 차원을 활용한다), 경쟁우위와 관련한 영업 활동을 언급하는 경우도 거의 없었다. 게다가 이런 계획을 도입하거나 검토하는 과정이 임원을 포함한 경영진과 현장의 영업관리자들과 담당자들을 더 멀어지게 만들기도 했다.

영업은 보통 회의 후에 본부의 지침이 담긴 이메일이 Top-down 방식으로 전달되고 영업 실적이 정기적으로 본부에 보고되는 과정으로 이루어진다. 커뮤니케이션은 일방적이고 내용도 부실하다. 그 결과, 영업 실적이 저조한 근본 원인이 양쪽 모두에서 숨겨지는 경우가 많다.

21세기 들어 국내 기업들은 경영 컨설팅과 교육 훈련에 연간 많은 금액을 지출하는 것으로 나타났다. 국내 에듀테크 시장의 경우에는 2025년 약 10조 원 규모에 이를 것이라는 전망이 나왔다. 조사에 따르면 2021년 국내 에듀테크 시장 매출액은 약 7조 3250억 원이며 연평균 8.5% 성장해 2025년 9조 9833억 원을 기록할 전망이다. 이러한 추세에 따라 MBA도 경영 전문가를 지망하는 졸업생을 매년 수천 명씩 배출한다. 그러나 필자의 고객사 직원들 중 회사의 전략을 확실히 안다고 답한 비율은 50%도 안 된다. 고객들은 더 모른다. 회사의 간부 80%는 자신의 회사가 차별화된 전략과 제품을 갖고 있다고 말하지만, 고객들 중에서 그렇게 생각하는 비율은 10%에도 미치지 못한다. 평균적으로 기업들의 목표 달성률은 50~60% 정도다.

그렇다면 도대체 무엇이 문제일까? 가장 큰 문제는 '위'에 있다. 모두가 목소리를 낮추는 임원실 복도와 임원들의 머릿속에서 문제가 시작된다는 것이다. 전 세계 0.1%의 리더들에게만 제공된다는 하버드 비즈니스 스쿨의 신시아 몽고메리 교수는 하버드대 비즈니스 스쿨의 고위 임원 프로그램에서 이 문제를 잘 보여주는 실습을 진행한다. 몽고메리는 전략을 가르치는 교수이고, 참여자는 대부분 CEO를 비롯해서 직함에 C(최고 책임자라는 뜻)자가 들어가는 임원들이다. 프로그램이 시작되면 그는 임원들에게 전략이라는 말을 들을 때 떠오르는 단어 3가지를 말해보라고 요구한다. 이때 임원들은 과연 어떤 단어를 떠올렸을까?

모두 109가지 단어가 제시되었는데, '계획', '방향', '경쟁우위'가 가장 많이 나왔다. 그런데 2,000명 이상의 임원 중에서 사람과 관련 있는 단어를 말한 사람은 단 2명이었다. 한 임원은 '리더십'이라고 말했고, 다른 한 임원은 '비저너리visionary' 즉 선견지명이 있는 사람이라고 말했다. '전략가'를 말한 임원은 아무도 없었다. '영업'을 언급한 사람도 없었다. 아무도 회사에서 실제로 중요한 곳, 다시 말해서 현재의 고객이나 잠재 고객을 만나는 그곳을 말하지 않았다는 이야기다.

현장의 영업관리자들도 멋진 차트나 프레젠테이션 또는 그럴듯해 보이는 비전으로 기업의 전략을 설명하지만, 정작 자금과 시간,

인력을 영업에 어떻게 할당할지에 대해서는 아무런 언급이 없다. 누군가가 비평가를 두고 "길은 잘 알지만 운전은 못하는 사람"이라고 정의한 것과 같다.

많은 기업들이 일선현장에서 매일 부딪히는 전략적 문제들을 무시한채 실적만을 강조한다. 그러나 현장의 영업활동을 이해해야 제대로 된 전략이 나온다. 전략 성직자들이 현장 상황과 유리된 언급을 하는 경우가 많다면, 영업담당자들은 어떨까? 이들 역시 눈앞의 현실만 중시하는 고집불통인 경우가 대부분이다.

필자는 MBA 교수 시절 과정에 참석한 학생들이나 기업 출강 시 매번 참석한 영업관리자들에게 "현재 직면한 문제는 무엇입니까?" 라는 질문을 했다. 2018년부터 3년간 영업관리자 500명 이상으로부터 1,500건 이상의 답변을 모아 데이터베이스를 만들었는데, 이 자료에 따르면 영업관리자들이 전략 목표와 상관없이 영업 조직 내부의 실적과 운영 개선에 과도하게 초점을 맞추고 있다는 것을 알 수 있었다. 응답자의 약 84%는 당면한 영업 효율성 관련 문제에 대해 다음과 같이 표현했다.

— 영업담당자들은 클로징 스킬이 없다. 잠재 고객을 찾는 데도 충분한 노력을 기울이지 않는다.

— 우리는 계속 할당량에 미달하고 있다."

— 영업지역 할당이 바뀌어야 한다. 지역의 잠재성 차이가 영업 조직의 불공정성을 야기한다.

— 영업 정보가 부족하다. IT 문제 때문에 영업 실적 대시보드dashboard의 정확성과 시의적절성이 떨어진다.

그에 비해 영업 조직 외부의 문제를 언급한 비율은 13%에 불과했다. 그들은 주로 "변하는 고객의 요구사항과 신기술에 적응해야 한다"와 같은 시장의 문제나 "회사의 제품라인이 달라지고 있다"와 같은 회사 내부의 문제를 언급했다. 그리고 장기적 측면에서 영업의 효과성 문제에 초점을 맞춘 비율은 단 3%였다. 그런데 이 경우에도 외부 기준보다는 내부 기준에 맞추어졌다. 예를 들어 "영업 조직의 실적 개선을 위해 영업의 효과성과 조직 개편을 생각하고 있다"거나 "경영진이 사내 영업 채널 간 효율성 제고에 깊은 관심을 갖는다" 등이었다.

당면 상황에 몰두한 나머지 전략적으로 사고하거나 행동하지 못하는 경향은 비단 영업에만 국한된 현상이 아니다. 그렇지만 이런 경향은 영업에서 더 큰 문제가 된다. 몇 가지 이유가 있다. 그 이유 중 하나는 영업의 사업적 특성 때문이다.

영업 관리는 회사의 시간이 아니라 시장의 시간에 따르는 수많은 결정들로 이루어진다. 어느 영업 조직이나 마감시간, 거래처 방문, 주기적 위기, 실적 달성의 압박이 가득하다. 경영진은 영업의 경우 다른 사업 부문과 달리 분기별 판매 실적, 직원별 판매 실적, 할당량 목표 달성 여부 등 실적을 평가할 수 있는 기준이 간단하면서도 분명하다고 가정한다. 한 영업관리자가 필자에게 한 말이 있다. "우리 일에선 모든 것이 단기적으로 결판납니다. 단기적으로 살아남기 어려우면 장기적 생존은 걱정할 필요조차 없습니다."

또 다른 이유는 계획과 의사결정이 서로 따로 논다는 것이다. 많은 기업들이 전략계획을 주기적인 행사로 취급한다. 1년에 한 번 예산 편성과 자본 지출 승인에 앞서서 하는 일로 간주한다는 것이다. 그리고 여러 사업 단위를 아우르는 GTMGo-to-Market 접근법을 무시하고 사업 단위별로 전략계획을 짜는 경향이 있다.

예를 들어보자.

"전통적으로 사업전략 모델을 따르는 기업들은 연중 어느 시점에서 각 사업 단위별로 전략계획을 짠다. 특정 사업 단위의 계획을 짜는 데 여러 부서에서 차출된 인원들이 기업에 따라 다르지만 4주~9주 정도 매달린다(기업마다 차이는 있지만). 그리고 집행위원회(CEO, CFO 등으로 구성된)가 각 계획을 검토하는데, 주로 한두 번 만에 끝낸다.

사업단위별 전략계획 주기가 끝나면 각 사업 단위는 4~9주를 할애해 예산과 자본 지출 계획을 수립한다(많은 기업들이 이 과정에 전략계획이 명시되어 있지 않다). 그다음 집행위원회가 각 사업 단위별로 다시 회의를 열어 실적 목표, 자원 할당, 실무 책임자들의 수당 등을 논의한다."

9주에다 또 9주를 더하고 다시 사업 단위별로 한 차례씩 회의를 하는 시간을 합치면 전략계획 수립에 4~5개월이라는 긴 세월이 걸리는 셈이다. 이런 과정이 진행되는 동안 시장은 기다려주지 않고 계속해서 돌아간다. 따라서 영업 담당 임원은 그 전략을 무시하게 된다. 왜냐하면 영업은 이슈별로, 계정별로 달리 대응해야 하고, 시장의 구매 패턴과 판매 주기에 따라 연중 내내 중요한 의사결정을 내려야 하기 때문이다.

필자가 조사한 바에 의하면 전략 수립이 노력할 만한 가치가 있는 일이라고 만족하는 임원은 11%에 불과했다. 기업 임원 1,800여 명을 대상으로 한 다른 조사에서도 절반 이상(53%)이 자신들의 전략을 직원이나 고객이 알지 못한다고 말했다.

'전략 담당 성직자'와 '영업 담당 죄인'이라는 표현이 좀 황당해 보일지도 모르지만 그 갭은 실제 존재하며 이것 때문에 드는 비용도 만만치 않다. 현재 많은 기업들에서 나타나는 전략과 영업 사이의 상황은 간디가 서양 문명을 어떻게 생각하느냐는 질문을 받았을 때 내놓은 신랄한 대답을 떠올리게 한다.

"그런 게 있다면 참 좋은 생각인 거 같습니다".

서양에는 문명이랄 게 없는데 문명이 있으면 얼마나 좋겠느냐는 뜻이다.

전략과 영업을 연결하는 기본 틀

옆의 〈그림 1-2 : 전략과 영업의 연결 프레임워크〉은 활용도가 높은 프레임워크를 나타낸 것으로, 이 책의 내용을 한눈에 보여준다고도 할 수 있다. 전략과 영업을 효과적으로 연결시키려면 〈그림 1-2〉의 맨 위에 제시된 것처럼, 먼저 시장과 고객의 특성을 파악하고 시장의 기회와 위협 요인을 전략으로 해결할 수 있는 방법을 강구한다.

시장과 고객의 특성 파악은 경쟁사, 경쟁을 할 시장과 상품 품목, 제품과 서비스를 구매하는 고객의 구매 과정이 포함된다. 이러한 요인들이 필요한 영업 과제들, 즉 가치를 전달하고 얻기 위해 GTMGo-to-Market 과제가 달성해야 할 사항, 전략을 수행하기 위해 영업담당자들이 갖춰야 할 부분을 결정한다.

〈그림 1-2 : 전략과 영업의 연결 프레임워크〉

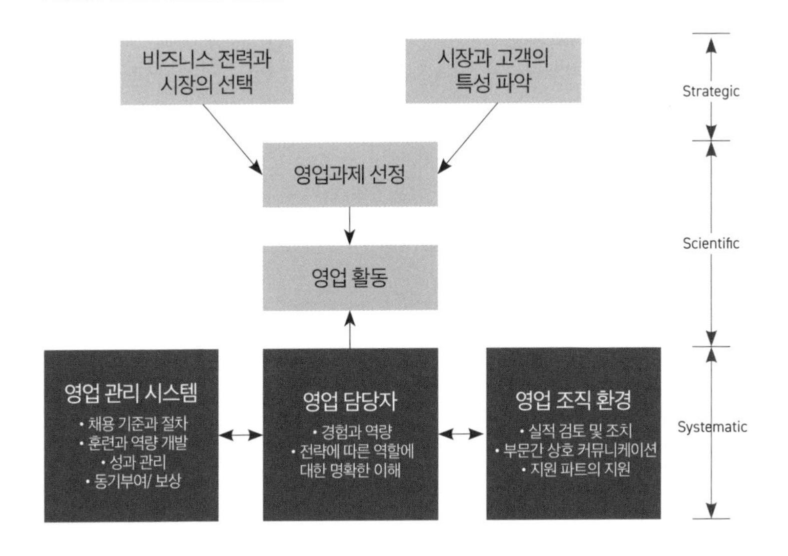

그다음에는 영업 과제들을 영업 활동으로 연결하고, 이를 위해 적합한 영업 관리 시스템을 구축하고 활용한다.

+ **영업담당자** : 그들은 누구인가? 무엇을 알고 있는가? 전략을 명확하게 이해하고 있고 그에 따른 자신들의 역할을 명확하게 이해하고 있는가? 이것을 알아야 전략이 요구하는 영업 과제를 순조롭게 수행할 수 있다. 일반적인 영업 방법론이나 다른 전략을 채택한 회사들에서 배운 것은 소용이 없다.
+ **영업 관리 시스템** : 어떤 사람을 채용할 것이며 어떻게 훈련할 것인가? 어떤 게 평가하고 보상할 것인가 등이 여기에 포함된다. 즉, 채용, 교육 훈

련, 성과관리, 보상 시스템이 포함된다.

+ **영업 조직 환경** : GTM 과제가 개발되고 실행되는 환경. 영업담당자가 정보를 충분히 제공받고, 수용되며, 지원받고 있는가? 조직 안에서 의사소통이 잘 이루어지는가? 영업관리자는 어떻게 선발되고 교육되는가? 협력이 필요할 때 영업담당자들이 한 팀으로 잘 굴러가는가? 실적 검토와 그에 따른 조치가 잘 이루어지는가?

이 프레임워크는 고객을 상대하는 조직에서 전략과 영업을 일치시키는 데 필요한 핵심 요소들을 정의한다. 다시 말해서 사업, 전략, 실행 과제의 연결 그리고 사람, 관리 시스템, 실제 행위가 과제와 일치하는지 확인해 준다. 또한 이 프레임워크는 전략과 영업의 일치가 '무엇'을 '어떻게' 영업 활동과 연결할 수 있는지를 설명해 준다. 또한 프레임워크는 체크리스트의 기능도 할 수 있다. 체크리스트가 외과의사, 비행기 조종사, 구조공학자 등의 실수를 줄여주듯이 프레임워크는 영업관리자들이 놓칠 수 있는 부분을 확인시켜준다. 다차원적인 문제(전략 차원, 영업 과제 및 활동 차원, 시스템 차원)를 관리 가능한 수준으로 구분해 주고, 영업의 책임 소재를 규명하게 해줄 뿐만 아니라, 효과적인 영업은 실제 노력만이 아니라 전략적 선택과 시스템의 산물이기도 하다는 사실을 상기시켜준다.

한 조직 안에서 효과적인 영업이 가능케 하려면 관련 요인들 간의 상호작용을 진단하고 그 결과를 피드백을 통해 개선할 수 있는 능력이 필요하다. 그 계획은 평가될 수 있고, 관리될 수 있으며, 현장에서 활용될 수 있어야 한다.

조직에서는 영업담당자들을 동기부여 시키는 주된 방법이 보상제도이며, 관리는 부차적인 활동이 된다. 물론 돈은 중요하다. 그러나 실력이 좋든 나쁘든 영업담당자들은 본래 가지각색이다. 수십 년간의 연구 경험에 비추어봐도 영업이나 영업담당자에 대한 포괄적인 일반화는 사실상 불가능하다. 비즈니스 전략에 따른 특정 영업 과제는 주어진 상황에서 판매를 잘하려면 무엇이 필요한지를 알려줄 뿐이다. 영업 조직 또한 다양한 사람들의 집합이다. 이들을 어떻게 관리할 것인가가 영업 조직의 큰 과제다. 사람들의 다양한 동기를 모두 충족시키는 단 하나의 인센티브 제도를 만들어내기란 거의 불가능에 가깝다. 따라서 영업 조직을 이끄는 사람이라면 싫든 좋든 앞의 〈그림 1-2〉의 맨 아래에 있는 3가지 차원을 제대로 관리하는 방법을 터득해야 한다.

기업들은 판매 할당량을 정하는 데 많은 시간과 노력, 자원을 사용한다. 그런데 그것이 최선일까? 적절한 목표는 어제가 아니라 오늘과 내일 경쟁해야 하는 시장의 환경과 전략에 달려 있다. 그리고 목표가 동기를 유발할 수 있도록 하려면 피드백이 반드시 필요하다. 실적 검토(영업 조직 문화)가 실적 측정(영업 관리 시스템)과 연결되어야 하고, 다시 이 2가지가 영업담당자로 누구를 어떻게 채용할지에 영향을 미치게 된다.

인과관계는 다른 방향으로도 움직인다. 영업에서 전략으로 거꾸로 이어질 수도 있다는 말이다. 판매 실적 예측은 회사의 가장 중요한 부분인 현금흐름, 영업으로 확보한 주문, 판매나 인사 등에서의 채용과 교육 훈련의 필요성에 직접적인 영향을 준다. 따라서 프레임워크는 2가지 목적을 달성하는 데 도움이 된다.

첫째, 전략을 명확히 정의하여 일선 현장의 영업 활동으로 이어지게 해준다. 그래서 포괄적이긴 하지만 알맹이가 없는 회사의 미션이나 목적 선언을 효과적으로 보완해 준다. 둘째, 영업담당 임원이나 관리자가 전략이나 영업 과제, 영업 관리 시스템에 전념할 수 있게 해준다.

전략과 영업을 일치시키려면 지속적이고도 체계적인 접근이 필요하다. 즉효를 노리는 동기유발 연설이나 현실과 동떨어진 전천후 영업스킬로는 불가능하다. 무엇보다 영업 조직의 내부에 존재하는 요인과 외부 요인들을 융합해야 한다. 내부 요인은 영업담당자의 행동에 영향을 미치는 관리 시스템 그리고 그런 관리 시스템이 영업 조직에 적용되는 방식을 의미하며, 외부 요인은 비즈니스 전략과 전략적 선택에서 나오는 표적 시장 또는 고객 특성을 말한다. 여기서 필요한 영업 과제들이 대부분 결정된다. 내부 요인은 영업 과제들이 전략과 일치되도록 하는 영업 활동에 영향을 미친다. 이렇게 내부와 외부 요인들이 일관성 있게 융합되면 전략수립 수준과 영업 성과가 향상된다.

영업에
전략인 것과
전략이
아닌 것

전략은 경영 용어 중에서 가장 대체 가능성이 높은 단어 중에 하나다. 많은 사람들이 저마다 전략이라는 용어를 다르게 사용한다. 심지어 같은 회사 같은 문서에서도 다르게 사용되는 경우가 있다. 이와 같이 기업 내에서 자주 사용하는 단어 중에는 받아들이는 사람에 따라 의미가 다르거나 또는 단어를 쓴 사람의 의도와 받아들이는 사람의 의도가 다른 경우가 비일비재하다. 따라서 서로 다른 측면을 설명하는 단어로 쓰일 때에는 정확한 의도를 알기 위해 문맥을 따져보아야 한다. 글을 쓰거나 말을 하는 사람 역시 자신이 의도하는 바를 정확하게 설명해야 할 의무가 있다. 이런 차원에서 전략의 의미를 다시 한번 짚고 넘어가고자 한다.

첫째, 전략은 목표, 비전, 열정이 아니다

많은 기업들이 '1위 탈환', '20% 성장', "'글로벌 기업으로 도약' 등과 같은 식의 선언을 전략과 혼동한다. 이러한 선언을 바탕으로 시무식이나 신년식 등을 통해 조직을 동기부여시키고 다짐을 한다. 목표가 도움이 되고 중요하다는 사실은 부인할 수 없다. 그러나 목표는 전략이 아니다. 또한 일선 현장에 있는 영업담당자들이 전략을 수행하는 데 필요한 역량, 프로세스, 상호 커뮤니케이션, 지원을 개선하는 데 도움이 되지 않는다.

둘째, 전략은 미션과 다르다

미션과 동기는 기업이 존재하는 이유와 기업이 고객과 사회에 기여하는 가치의 중요성을 설명한다. 동기가 전략의 기반을 제공하지만 동기가 전략은 아니다.

+ **엔씨소프트** : 즐거운 세상을 만드는 것
+ **오뚜기** : 365일 웃음 가득, 행복 가득. 언제나 고객과 함께 합니다. 고객이 웃을 때 오뚜기는 행복합니다.
+ **월트 디즈니** : 인류를 행복하게

이처럼 고상한 표현들은 직원들에게 자신의 일에 대해 특별한 기분을 들게 한다. 그러나 막연하다. 어디에서 사업을 할 것인지, 사업을 해서는 안 되는 곳은 어디인지, 사업을 하려는 곳에서 승리하려면 어떻게 접근해야 하는지와 관련된 내용을 담고 있는 전략과는 확연히 차이가 있다.

셋째, 전략은 가치와 다르다

가치는 조직에 속한 사람들이 믿고 행동하는 방식을 정한 것이다. 가치는 기업 웹사이트나 광고 표현 또는 CEO의 말이 아니라 실제 행동에서 참된 의미를 가진다. '인간 존중'처럼 가치를 내세우면서 협력업체에 대한 직원들의 갑질, 직원들에 대한 폭언을 서슴지 않는 임원 등은 기업 가치와 실제 행동이 다른 대표적 사례들이다.

전략과 가치는 이렇게 다르다. 그럼에도 불구하고 관리자들은 "우리 전략은 탁월한 제품과 서비스를 제공하는 것입니다"라는 말을 반복하면서 매출 향상에만 신경 쓰곤 한다. '지속적인 혁신'이나 '최상의 서비스'를 외치지만 전략적 행동은 찾아보기 어렵다.

영업과 관련한 의사결정은 회사 비전에서 시작하여 회사 목표와 전략, 마케팅 목표와 전략, 영업 목표와 전략 그리고 영업 및 영업 관리 활동에 이르기까지 계층적인 구조를 기반으로 이루어진다. 회사의 비전이 정해지면 이에 따라 회사의 목표가 정해지고 , 이어서 회사 목표 달성 수단인 전략이 정해진다. 마케팅은 기업의 다양한 활동 중 일부이기 때문에 회사의 전략 가운데 마케팅과 관련된 전략이 마케팅 목표 설정의 근간이 되고, 이어서 마케팅 목표를 달성하기 위한 마케팅 전략이 정해진다.

또한 영업은 마케팅 활동의 일부를 구성하고 있기 때문에 마케팅 전략 가운데 영업과 관련한 전략이 영업 목표 설정의 근간이 되고, 이어서 영업 전략이 만들어지면, 이에 따라 영업담당자들의 활동과 영업관리자의 역할이 결정된다. 즉, 영업담당자들의 구체적인 활동과 보상, 채용, 교육 훈련 등과 같은 영업 관리 활동은 일차적으로는 영업 목표를 달성하기 위한 것이지만, 회사의 목표는 물론 회사가 추구하는 목표나 비전과도 일관성을 이루어야 한다. 이러한 일관성을 가지고 결정된 전략을 경영진이 영업부서를 비롯한 여러 부서의 구성원들과 공유하고 통합된 노력을 기울일 때 실행력을 발휘한다.

전략 따로 현장 따로

컨설팅이나 코칭을 하다 보면 기업들이 수립한 전략 중에서 성공적으로 수행되는 경우는 극히 일부에 지나지 않는다. 왜 이런 문제가 나타나는 것일까? 가장 큰 이유는 고객들을 상대해 본 지 오래된 영업담당 임원이나 관리자들이 실제 현장에서 필요한 전략의 핵심을 제대로 파악하지도 못한 채 낡은 비전과 전략을 제시하기 때문이다. 당연히 영업담당자들은 현실과 동떨어진 전략을 이해하기도 수행하기도 어렵다. 이른바 전략과 영업의 단절 때문이다. 이들은 주로 '공자님 말씀'을 반복한다. 영업 실적 회의에 들어가 보면 마치 임원과 관리자들은 성직자들이고 영업담당자들은 모두 죄인 같다.

영업 현장은 기업의 가치가 만들어지기도 하고 소멸하기도 한다. 그러나 영업담당자들의 고객 응대 활동과 기업의 전략이 어떻게 연결되는지 명확하게 설명해 주는 전략 기획안을 찾아보기가 힘들다. 전략과 현장이 따로 노는 것이다.

전략 기획안이 만들어지는 절차를 들여다보면 그 이유를 알 수 있다. 기획하는 사람들과 실행하는 사람들이 서로 다른 쪽을 바라보고 있기 때문이다. 시간이 갈수록 그 간극은 점점 더 벌어진다.

일반적으로 기업들이 일을 추진하는 절차는 먼저 사업 착수 회의를 열고, 이어서 본사가 각 지점에 이메일을 보내 지침을 하달한다. 그리고 지점들로부터 보고를 받아 취합한다. 그 과정에서 '소통'은 거의 이루어지지 않고 대부분 일방적이다. 실적 부진 등의 문제가 발생해도 근본적인 원인을 파악하지 못한 채 그대로 넘어가기 일쑤다.

다른 이슈는 말할 것도 없다. 영업담당자들을 대상으로 한 교육에서도 비슷한 문제가 나타난다. 상담이나 협상과 관련한 스킬만 알려줄 뿐 달성할 목표의 우선순위나 전략적 의미와 같은 포괄적 차원의 맥락은 공유해 주지 않는 경우가 대부분이다. 이는 회사의 전략이 명확하지 않거나 외부로 유출될지도 모른다는 걱정 때문일 수도 있다.

시장에서 경쟁력을 갖기 위해서는 경영진이 나서서 전략을 구체화하고 공유해야 한다. 회사의 영업 전략을 모든 영업담당자가 공유하지 못해서 생기는 문제가 전략의 노출로 인한 문제보다 훨씬 더 큰 손실을 야기한다는 사실을 알아야 한다. 영업관리자는 현장에서 영업담당자들과 함께 지속적으로 소통하면서 전략과 성과로 구현해내는 역할을 해야 한다.

영업 전략을 구성원들과 공유하자

기업은 항상 보유한 시간, 인력, 자금으로 무엇을 생산하여 판매할 것인가, 무엇을 생산하지 말고 판매하지 말 것인가에 대한 선택을 하게 된다. 단기 실적에 집중하는 것이 잘못된 것이라고 할 수는 없지만, 전략과 같은 중요한 방향 선택에서 명료성이 부족한 것은 잘못이다. 명확하지 않으면 직원들의 생각도 일관성이 없어지고 결국 전략과 영업이 따로 놀게 된다. 전략의 존재 이유는 경쟁사를 능가하기 위해서다. 따라서 전략은 차별성이 있어야 한다.

예를 들어 애플 공식 매장에 방문해 더 저렴하게 판매하고 있는 쇼핑몰 화면을 보여주면 그 가격에 살 수 있다. 애플은 프라이스 매치, 즉 '가격을 다른 쇼핑몰과 맞춰주는' 제도를 시행하고 있는데

〈그림 1-3 : 단계적 전략의 선택〉

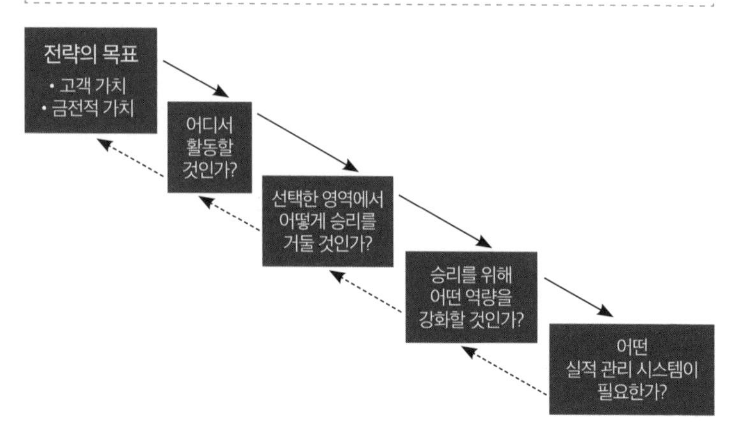

최저가 보장제와 같은 맥락이다. 이처럼 시장에서 승리하는 방식을 선택하여 전략적 차별성을 갖추지 못하면 그저 그런 기업으로 남을 뿐이다. 여러 부분에서 그럭저럭 해나갈 수 있을지는 몰라도 특정 부분에서 아주 잘 나갈 수는 없을 것이다.

단계적 선택

전략은 기업 전체에 단계적으로 전파된다. 〈그림 1-3 : 단계적 전략의 선택〉은 그 과정을 보여준다. 먼저, 고객에게 제공하는 가치(고객 가치)와 고객으로부터 기대하는 가치(금전적 가치)와 관련한 목표를 정한다. 고객에게 어떤 가치를 제공할 것인가는 전략에서 가장 중요한 문제다. 그럼에도 불구하고 대부분의 기업들이 이와 관련한 내부의 합의에 취약한 게 현실이다. 그 이유는 고객 가치에 관한 최신 정보는 일선 현장인 영업·고객서비스·마케팅 부서에서 갖고 있는 반면, 비용에 관한 정보는 구매·생산·재무·회계 부서에서 갖고 있기 때문이다. 정보가 서로 공유되어 있지 않은 것이다. 게다가 가치 제안에 대한 합의만으로는 충분치 않고, 고객으로부터 어떤 보상을 받아낼 것인가 또한 중요한 문제다. 즉, 무엇을 주고 무엇을 받을것인가를 전략적으로 선택해야 한다.

이어서 시장의 어느 곳을 공략할 것인가를 선택한다. 수익을 얻기 위해 어떤 고객, 어느 영역을 파고들 것인가를 결정하는 것이다. 이는 전략의 범위에 관한 문제다. 다음은 거기서 어떻게 이길 것인가이다. 비즈니스에서 이기려면 고객에게는 평균 이상의 가치를, 투자자에게는 평균 이상의 수익을 제공할 수 있어야 한다. 그것은 또한 시장에서 생존하고 비즈니스를 계속할 수 있는 기회이기도 하다.

다음 단계는 이기기 위해 필요한 역량을 갖추기 위해 개발해야 하는 과제는 무엇이고, 그것을 어느 정도까지 개발해야 하는지를 구별해야 한다. 일관성 있는 전략을 가진 기업은 모든 기능을 동등하게 취급하지 않는다. 더 중요한 기능에 더 많은 자원을 투입하여 역량을 강화해야 한다.

마지막으로 이기기 위해 실적을 어떻게 관리할 것인가를 정리해야 한다. 실적관리 시스템은 전략을 수행하는 데 필요한 요소들을 적절히 유지하거나 재배치하기 위한 것이다. 실적관리 없이는 목표, 경쟁 영역과 방법, 역량 강화를 위한 선택이 불가능하다. 일선 현장에서 실적관리의 핵심은 영업 활동을 조정하고, 영업의 효과를 평가하고, 채용과 인력 개발의 기준을 마련하고, 보상과 인센티브를 위한 평가 지표를 개발하는 것이다.

앞의 〈그림 1-3〉을 보면 전략의 목표로 되돌아가는 점선이 표시되어 있는데, 이는 단계적 선택과 결정이 계속해서 반복되는 과정이라는 것을 나타낸다. 전략과 영업의 일치는 단 한 번의 결정이나 행동으로 이루어지지 않는다. 오랜 시간에 걸친 고민과 의사결정을 통해 가능하다.

위대한 기업을 만드는 것은 위에서 열거한 전략적 선택 사항들을 피드백을 통해 반복적으로 수행하는데 있다.

영업 전략은 분명하게 표현하자

앞에서 말했듯이 단계적 선택은 다양한 차원에서 이루어진다. 제품에 관심을 가져줄 고객을 선정하고 인력과 시간, 자금을 어디에 투입해야 하는지도 결정한다. 궁극적으로는 무엇이 우선하는 기회인지, 위협인지, 가치 있는 행동인지를 결정해야 한다. 또한 전략에서 나오는 선택을 영업이나 다른 부서에서 일하는 사람들이 쉽게 이해하고 활용할 수 있도록 표현하는 것이 중요하다.

자신이 이해하지 못하는 계획을 실천하는 것은 아주 어려운 일이다. 한 연구 결과에 따르면 일선 현장에서 이루어지는 우선순위에 대한 커뮤니케이션이 기업의 실적과 아주 높은 상관관계를 보이는 것으로 나타났다. 또 다른 연구에서는 직원들이 자신들의 일상적 선택이 기업 전체의 전략과 수익에 미치는 영향에 대해 알고 싫어 하는 것으로 밝혀졌다. 이처럼 전략을 제대로 인식하기 위한 커뮤니케이션이 필요하다는 것을 알 수 있다. 그럼에도 불구하고 관리자들은 능동적이든 수동적이든 전략을 명료하게 표현하기를 꺼린다. 왜 그런지 몇 가지 이유를 정리해 보았다.

경쟁사에 대한 우려

첫 번째 이유는 보안상 전략을 비밀로 유지하는 것이 바람직하다는 생각이다. 경쟁사들에 대한 우려 때문이다. 그러나 성공한 기업의 전략은 널리 알려져 있다. 애플, 이케아, 나이키, 사우스웨스트항공 등의 성공 사례는 수많은 문헌들을 통해 전략이 비교적 소상히 공개되었다. 토요타의 경우에는 지난 수십 년간 외부 사람들의 공장 견학을 허가하여 그들이 최선의 생산 방법을 찾아내는 데 도움을 주었다. 생산 방법을 전략이라고 말할 수는 없지만 모두가 아는 사실이 되었다. 이처럼 경쟁사에 관한 정보 입수가 어렵지 않은 상황에서 비밀 유지를 위해 전략을 밝히지 않는 것은 근시안적인 생각이다. 또 직원들이 회사의 전략을 알지 못해 일을 제대로 처리하지 못하는 것이 경쟁사에 전략이 알려지는 것보다 더 심각한 문제임을 감안하면 바람직한 생각은 아니라고 할 수 있다.

점진주의와 직관

주어진 상황에 맞추어 그럭저럭 해나가려는 관리자들은 결코 전략을 분명하게 표현하지 않는다. 전략이 아니라 상황이 허락하는 범위 안에서 조금씩 해나가는 것이다. 그러나 영업관리자는 담당자들에게 어떤 업무가 왜 중요한지를 설명하는 동안에도 시장의 변화를 예의주시해야 한다. 그렇게 하지 않으면 영업담당자들이 전략이 아닌 자신의 생각대로 일을 처리할 것이다. 결과적으로 그럭저럭 해나가면서 각자가 생각하는 전략들에 이끌려 이런저런 행동을 하게 된다. 그리고 전략이 리더의 직관 안에 머물러 있는 경우가 있는데, 이렇게 되면 리더와 가까운 사람들만 알고 조직 전체에까지 미치지 않아 효과가 반감된다.

'전략을 알고 있지만 그것을 표현할 필요는 없다'는 믿음

어떤 영업관리자들은 전략이 이미 내면화된 기업은 그것이 무엇인지를 이야기할 필요를 느끼지 않는다고 주장한다. 최근에는 성공의 비밀 처방으로 전략 대신 문화나 경영방침을 거론하기도 한다. 물론 기업에서 문화와 경영방침은 중요하다. 그러나 고객과의 상호작용을 위한 전략적 선택과는 거리가 있다. 분명하게 표현되지 않은 모호한 전략은 시장의 변화를 반영할 수 없다. 검증이나 경쟁이 안 되기 때문이다. 전략이 조직에 효과적으로 영향을 미치려면 분명하게 표현되어야 한다.

정보와 변화

정보의 흐름과 사업상의 변화가 매우 빨라 전략을 분명하게 표현할 필요가 없다는 주장도 있다. 전략을 표현할 필요가 없다는 주장이 조직에서 갖는 의미를 생각해 볼 필요가 있다. 결과를 보면 전략을 분명하게 표현하지 않은 빠른변화에 적응하는데 실패했다는 것을 알 수 있다. 한때 잘나가던 PC 기업 델이 그랬고, 코닥이 그랬다. 21세기에는 새로운 기술과 비즈니스모델에 의해 커다란 타격을 받은 기업들이 그랬다.

전략적 선택은 임원들끼리만 알고 소통하거나 직원들까지 공유하거나에 관계없이 중요하다. 전략적 선택을 하지 않으면 결국 경쟁사나 고객이 대신하여 전략적 선택을 하게 될 것이다.

영업 전략을 표현하는 목표, 범위, 경쟁우위

전략은 '목표', '범위', '경쟁우위'라는 3가지 요소를 구체적으로 기술해야 한다. 이를 통해 관리자들은 제품의 포지셔닝market positioning을 분명히 할 수 있고 해당 전략에 따르는 실행 과제를 명시할 수 있다. 특히 전략의 방향을 현장에 전달할 때 유용하다.

+ **목표** : 목표는 전략이 성취하고자 하는 최종 결과를 의미한다. 이것은 양적으로 표시될 수도 있고 질적으로 표시될 수도 있다. 또 일정 기간 동안 달성 가능한 결과 중에서 선택될 수도 있다. 예를 들면 기업의 수익성이나 시장점유율, 병원에서는 환자의 만족이 될 수 있다.

모든 성공 기업은 내부적으로 비즈니스 목표를 가지고 있다. 이것은 직원들에게 일해야 하는 이유를 제시한다. 직원들은 이 안에서 고객들에게 무엇을 해야 하는지, 우선순위를 어디에 두어야 하는지를 이해하고 행동하게 된다. 만일 목표가 여럿이라면 우선순위를 분명하게 정해주어야 한다. 목표의 선택과 우선순위가 조직에 큰 영향을 미치기 때문이다. 주요 목표가 수익이 아닌 시장점유율이라면, 프리미엄 서비스가 아닌 생산 규모와 처리량이라면, 그에 따른 결과가 조직 전체(특히 영업부서)로 퍼져나간다.

시장점유율 증가에 목표를 둔 전략을 추진한다고 가정하자. 이를 위해 설계한 영업 프로그램의 경우 대개는 대량 구매에 따른 할인과 애플리케이션 기술 지원, 주문 설계 서비스, 신속한 배송 업무를 지원하도록 짜여 있다. 문제는 비용인데, 결국 마진에 마이너스 영향을 미치게 된다. 때로는 판매량 증가가 영업이익의 감소를 상쇄하지 못하여 영업부서를 재편하거나 전략 자체를 변경해야 할 필요성이 제기되기도 한다. 그러나 일선 현장을 향해 전략을 분명하게 표현하려면 목표가 무엇인가, 우선순위가 무엇인가에 대한 질문에 답하는 것에서 시작해야 한다.

+ **범위** : 범위는 전략이 실행되는 곳을 의미한다. 범위는 시장 분할, 지리적 시장, 제품과 서비스 카테고리 등 여러 차원이 있다. 그중에서 선택을 해야 한다.

범위를 결정하는 일을 영업부서로 넘기려고 해서는 안 된다. 영업부서에는 범위를 제대로 정하는 데 필수적인 근거 기준이 결여되어 있는 경우가 많다. 그래서 영업담당자들은 그때그때의 상황이나 고객의 요구에 쉽게 "예"라고 답하게 된다. 계약을 체결할 때 사용하는 약관을 영업부서가 아닌 다른 부서에서 취급하는 기업들도 많다. 연구 결과에 따르면 기업이 궁지에 몰리고 전략이 실패하는 주된 원인은 '집중력의 결여'다. 전략에 집중하지 않으면 고객 관계와 서비스가 증가하고, 서비스 비용이 상승하고, 범위 결정이 수포로 돌아가버린다.

범위를 결정할 때는 현재의 전략에서 넘지 말아야 할 경계부터 정해야 한다. 고객, 제품, 서비스 등의 유형을 한정해야 한다. 이렇게 하면 고객, 경쟁사, 공급 업자, 신기술을 비롯한 시장 요인들이 시간, 인력, 자본을 경쟁적으로 요구하는 상태에서 불가피한 충돌을 방지하기 위한 기준을 마련할 수 있다.

필자는 전에 의료장비 제조회사를 코칭 한 적이 있었다. 사업부가 일을 제대로 수행하지 못하고 있었다. 매출과 수익이 감소하면서 공장 가동률은 60%를 밑돌았고, 가격 인하 압박이 날로 커지고 있었다. 그런데 최소의 자본 투자로 공장을 가동하면 늘어나는 레저 활동에 맞는 서바이벌게임 장비를 생산할 수도 있었다. 회사는 그것을 생산해야 할까? 참고로 당시에 서바이벌게임 장비 시장은 무주공산인 상태에서 빠른 속도로 커지고 있었고, 마진도 의료장비보다 30%나 더 높은 것으로 추정되었다. 여기에 유통과 브랜드에 해박한 관리자들이 동조하고 나섰다. 그들은 다른 상표를 부착해서 대행사를 통해 서바이벌게임 장비를 유통할 것을 제안했다. 그렇게 하면 현재의 유통채널뿐만 아니라 회사와 브랜드에 대한 고객들의 인식에 별 영향을 주지 않으면서 활로를 개척할 수 있다는 것이었다. 그런데 과연 그들의 생각대로 일이 진행되었을까?

이사회는 처음에 양분되었다가 결국 표결에 부쳐 포기하는 쪽으로 결론을 냈다. 이유가 있었다. 그것은 범위를 재정의하는 것의 위험성이었다. 서바이벌게임 장비의 생산을 지지했던 사람들이 가정한 대로 상황이 전개된다 해도, 그 시장은 의료장비 시장과는 달리 새로운 제품의 등장이나 유행에 민감하다. 그리고 주인이 없고 마진이 높은 시장에는 경쟁자들이 금세 몰려들어 경쟁이 심화된다. 이런 변수들을 다룰 만한 경험이나 능력을 가진 부서도 없다. 또한 범위가 확대되면서 서바이벌게임 장비 시장에 많은 시간과 인력, 자금을 투입하다 보면 의료장비 시장에서 발생하는 문제를 처리할 자원이 부족해진다. 판매 유통 대행사도 시간이 지나면서 서바이벌게임장비 시장의 움직임에 대한 정보 제공에 소홀해질 것이다. 이처럼 범위 결정 문제는 모든 기업에서 끊임없이 나타난다.

CEO들은 신사업 기회에 대해 늘 목말라한다. 최근에 만난 CEO 또한 기존 사업의 활성화 방향을 경험이 없는 신사업에서 찾는 고민을 하고 있었다. 선택할 수 있는 기회는 항상 있을 것이다. 그러나 시장에서의 성공이나 경험이 들려주는 이야기는 전략에서 "아니오"를 결정할 수 있는 것이 매우 중요하다.

신생 기업이나 중소기업은 범위를 정확하게 지킴으로써 성공을 거둔다. 그들은 특정 고객이나 상품에만 집중한다. 오래전 스티브 잡스는 자신이 기업가의 길을 가면서 배웠던 가장 큰 교훈을 말해 달라는 요청에 이렇게 답했다.

"집중력이란 100가지의 좋은 아이디어에 '아니오'라고 대답하는 것을 의미합니다. 당신은 신중하게 선별해야 합니다. 사실 저는 우리가 하지 않은 것을 우리가 한 것만큼이나 자랑스럽게 생각합니다."

+ **경쟁우위** : 경쟁우위는 기업이 경쟁하는 분야에서 가장 높은 가치를 전달하기 위해 다른 기업보다 더욱 뛰어나게 하는 것을 의미한다. 그것은 2가지 요소로 나누어볼 수 있다. 외부고객을 대상으로 하는 가치 제안과 이를 지원하는 내부 활동이다.

한번 발길을 돌린 고객은 웬만해서는 그들을 되돌아오게 하기 어렵다. 이러한 고객에게 가치를 제안하기 위해 기업들은 다양한 경로를 통해 수시로 조언을 구한다. 가격, 품질, 서비스, 속도, 혁신 등을 포함하여 고객을 유치하는 방법은 다양하기 때문이다. 그러나 전략을 표현할 때의 경쟁우위는 무엇에 무게중심을 두어야 하는가의 문제다. 저가 항공사LLC나 대형마트처럼 저비용 구조를 바탕으로 경쟁할 것인지, 아니면 싱가포르항공이나 노드스트롬처럼 타깃 고객에게 높은 가격을 지불하도록 유인하는 방식으로 경쟁할 것인지를 선택해야 한다. 그 선택에 따라 자원을 조정하고 할당하여 경쟁우위를 확보해야 한다.

제약회사 화이자Pfizer는 일반 대중을 타깃으로 잡고 고지혈증약인 리피토Lipitor를 개발하여 엄청난 판매고를 올렸다. 그에 반해 미국의 알렉시온 파마슈티컬스AlexionPharmaceuticals는 솔리리스Soliris라는 약품만을 판매한다. 이 약품은 전 세계적으로 2만 명만 앓고 있는 발작성야간혈색뇨증PHN 치료제로 제일 비싼 약으로 통한다. 환자 1명이 연간 약 값으로 지불하는 돈이 40만 달러에 이른다고 한다.

알렉시온의 2021년 상반기 매출은 약 33억 3000만 달러로, 2020년의 28억 9000만 달러보다 15% 증가했다. 알렉시온은 JP모건 콘퍼런스에서 2025년까지 매출액 90~100억 달러를 달성하겠다는 포부를 드러내기도 했다. 경쟁우위란 이런 것이다.

높은 가격에 판매한다

이런 형태의 경쟁우위를 가진 회사라면 고객이 원하는 가치를 충분히 제공하고 있다고 볼 수 있다. 고객 또한 높은 가격을 지불하는 게 당연하다는 믿음을 보인다. 그러나 이와 같은 방식으로 꾸준한 경쟁우위를 확보하려면 다음과 같은 함정에 주의해야 한다.

+ **의미가 없거나 잘못된 차별화** : 탁월함이 고객에게 중요하지 않거나 탁월함에 대한 잘못된 전제에 기반하는 경우
+ **수익으로 직결되지 않거나 눈에 띄지 않는 차별화** : 고객이 더 나은 기능에 대해 더 높은 가격을 지불하지 않거나 그런 차이를 인식하지 못하는 경우
+ **지속될 수 없는 차별화** : 제품의 특징이나 서비스의 구성 요소가 쉽게 모방되는 경우

경쟁사들이 따라올 수 없는 가격으로 수익을 올리는 경쟁우위 방식은 많은 기업들이 경쟁에서 승리하기 위해 취하는 방식이기도 하다. 그러나 현실을 보면 소수의 기업들만 지속 가능한 비용 우위를 갖고 있다. 이러한 비용 우위가 진정한 경쟁우위로 이어지려면 다음과 같은 함정도 피해야 한다.

+ **가격 전쟁** : 가격 전쟁이 일어나면 비용 우위는 사라진다. 그러면 어떤 기업도 수익을 올릴 수 없게 된다.
+ **대체재** : 현재의 경쟁사에 대해 계속해서 비용 우위를 누릴 수 있을지 몰라도, 고객이 이용할 수 있는 대체재에 대해서는 그렇게 할 수 없다.
+ **비용 감축과 최저 비용** : 비용을 감축해도 당신 회사의 비용이 경쟁사보다 더 낮다고 단언할 수는 없다. 그리고 어떠한 시장에서도 최저 비용에 생산하는 회사는 하나뿐이다. 이처럼 비용과 관련한 서로 다른 입장을 혼동해서는 안 된다.

이제 아래의 배열에서 당신 회사는 어디에 위치하고 있는지, 다른 사람들도 당신 생각에 동의하는지, 영업부서에서도 이 사실을 잘 알고 있는지 알아보라.

1	2	3	4	5	6	7
낮은 비용으로 제작						높은 가격에 판매

경쟁우위에 관한 사실을 전사적으로 분명히 알려야 한다. 그렇지 않으면 여러 가지 문제에 부딪힌다. 외부적으로는 누군가가 가격이나 비용 경쟁에서 영업담당자를 궁지에 몰수도 있고, 고객들이 영업담당자들보다 가격정보가 더 많아 제품 성능이나 시장가격에 영향을 줄 수도 있다. 오전에 큰 계약을 하고 오후에 회사에 손실을 초래하는 일이 벌어질 수도 있다. 결과적으로 경쟁우위에 대한 분명한 내부 기준이 필요하다.

전략 선언에서 영업 활동으로

목표, 범위, 경쟁우위에 근거한 전략적 접근 방식은 영업담당자들이 회사의 전략을 이해하고, 이를 시장에서 검증하여 피드백을 제공하고, 다음의 〈그림 1-4 : 전략 선언에서 영업활동으로〉에 나오는 것처럼 효과적인 영업 활동을 전개할 수 있게 해준다.

영업담당자들은 목표와 경쟁우위에 입각하여 다양한 고객과 영업 과제를 상대한다. 또한 가치 제안을 위해서는 전략에서 도출된 가치 제안을 분명히 표현해야 한다. 그래야 영업담당자들이 명확

〈그림 1-4 : 전략 선언에서 영업활동으로〉

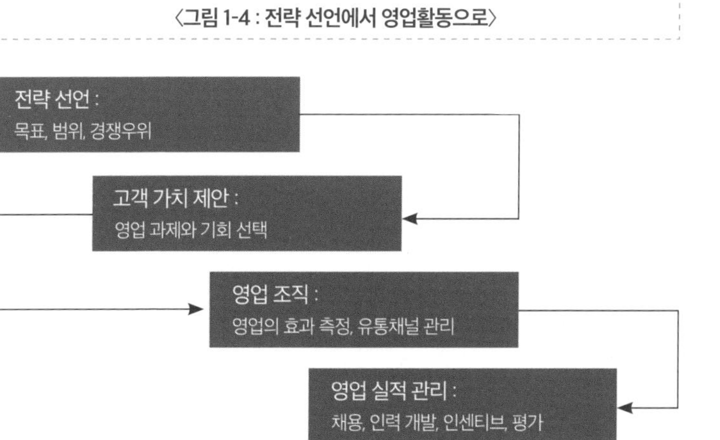

성을 가지고 영업 활동에 집중하고, 고객의 요구를 충족시킬 수 있다. 전략에 따른 가치 제안(고객에게 무엇을 제공하고 무엇을 얻어낼 것인지)을 분명히 표현하면 일선 현장의 관리자들이 영업 조직을 더욱 효율적으로 편제하고, 영업부서의 역할을 명확히 하고, 영업 성과를 측정하기 위한 지표를 정하는 데 도움이 된다.

현장에서의 실적관리는 영업 생산성을 높이는 것은 물론, 영업 담당자들의 효과적인 영업 활동에 필요한 지원이 무엇인지를 이해하는 데 도움이 된다. 영업부문 종사자라면 경험을 통해 알았겠지만, 정확하게 표현된 전략 또한 제대로 이행되기가 쉽지는 않다. 정성 들여 만든 배너가 사무실 벽면만 차지하고 있는 경우도 적지 않다.

하지만 포기하지 마라. 전략의 실행은 하나의 프로세스이지 한 번에 끝나는 거래가 아니다. "열 길 물속은 알아도 한길 사람의 마음은 알기 어렵다"는 말이 있다. 사람 속마음을 알기 위해서는 명확한 표현과 상호 커뮤니케이션이 있어야 한다. 전략도 그렇다. 분명하고도 간결하게 표현해야 직원들이 전략을 이해하고 실행의 기준으로 삼을 수 있다.

전략과 영업을 한 방향으로 이끄는 '리더십'

지금까지 1장에서 '왜 영업에 제대로 된 전략이 없을까?'라는 질문을 통해 기업들의 전략 실태와 문제점 그리고 전략을 어떻게 영업과 연결할 것인지에 살펴보았다.

결론적으로 '전략을 영업화하는 것'의 핵심은 '영업관리자 리더십'이다. 앞서 〈그림 1-2 : 전략과 영업의 연결 프레임워크〉에서 언급한 바와 같이 영업관리자는 영업이 나아가야 할 좌표와 방향Strategic을 정하고, 성과에 영향을 미치는 다양한 영업 관리 수단(채용, 교육 훈련, 성과관리, 보상, 동기부여 등)을 시스템Systematic화하고, 전략과 현장이 한 방향이 될 수 있도록 영업 활동 과정을 과학적Scientific으로 관리해야 한다.

무한 경쟁 속에서 각 기업의 영업 전략은 다양해지고 있다. 어떤 상황에서든 성장해야 하기 때문이다. 영업 조직의 평가는 전략을 성과로 만들어내는 실행력에서 차이가 난다. 그러므로 영업관리자들은 조직의 나아갈 방향에 대해 분명한 비전을 제시하고 이를 실현하기 위한 성공적인 전략을 실행하도록 노력해야 한다. 그러나 우리는 전략이 제대로 실행되지 않아 실패하는 경우를 많이 접한다. 많은 관리자들이 허술한 전략으로 인해 비난을 받아왔고, 결국 대부분은 자신의 자리에서 물러나기도 한다.

아무리 훌륭한 전략이 있더라도 현장에서 일어나는 일을 알지 못하면 실패할 수밖에 없다. 전략을 성공적으로 실행하는 데 필요한 가장 중요한 열쇠는 전략과 영업을 한 방향으로 균형 있게 일치시키는 것이다. 즉, 어떻게 물건을 파는지와 달성하고자 하는 목표가 같은 선상에서 서로 연결되어야 한다. 그렇다면 영업관리자들은 성공적인 전략 실행을 위해 무엇을 해야 할까?

첫째, 상시로 외부 환경을 파악하고 그것이 영업에 미칠 영향을 분석해야 한다. 모든 가치는 회의실이 아닌 시장에서 결정된다. 시장의 흐름과 변화, 고객의 이슈 등을 면밀히 들여다보고 그에 따른 파장을 세심히 살펴야 한다.

둘째, 분석한 외부 환경을 바탕으로 영업 방식을 정해야 한다. 고객에게 가치를 전달하고 성과를 내기 위해 무엇을 어떻게 하고 있는가를 물었을 때 제대로 답하는 기업들이 거의 없다. 무조건 영업담당자들에게 부딪쳐서 성과를 올리라고만 한다. 그런 방식으로는 아무것도 이룰 수 없다. 자사의 전략에 부합하는 특별한 방식을 알려주어야 한다. '전략의 힘은 여러 분야에서 어느 정도 잘하는 것보다 경쟁사가 따라 할 수 없는 어느 한 가지를 뛰어나게 잘하는 것'이라는 말을 명심해야 한다. 나만의 강점을 살려야 한다.

셋째, 영업팀이 목표를 달성할 수 있도록 역량을 끌어올려야 한다. 그러기 위해서는 능력을 갖춘 영업담당자를 채용하여 적절하고 충분한 트레이닝을 받게 해야 한다. 업무 방향도 확실히 해두어야 한다. 그래야 실행이 빨라져 더 많은 수익이 생긴다. 지속적인 커뮤니케이션으로 영업담당자들의 업무 태도를 개선하는 일에도 소홀함이 없어야 한다.

넷째, 전략과 영업을 한 방향으로 이끄는 리더십을 발휘해야 한다. 영업관리자가 전략을 수행하는 영업담당자들과 함께 현장에 나가 정보를 수집하고 끊임없이 소통해야 한다. 영업담당자들과 대화를 나누어 필요한 부분을 지원하고, 고객들과도 만나 제품에 대한 평가를 들어야 한다. 고위 영업관리자들이 고객을 만난 지 오래되었다면 직접 현장에 나가 고객들과 제품에 관해 이야기를 나누면서 누가 이 제품을 구매하는지, 왜 구매하는지 또는 왜 구매하지 않는지 등 회사 제품에 대한 평가를 얻어야 한다. 이러한 현장의 리더십이 전략과 영업을 동일 선상에서 한 방향으로 이끌어 가는 방법이다. 이것이 세일즈 코칭이다.

전략을 실행하는 과정에서는 고객의 생각과 시장을 이해하며 환경 변화에 대한 대응력을 키워야 한다. 책상머리는 영업의 세계를 바라보기에는 매우 위태로운 곳이라는 점을 명심해야 한다. 성공적으로 전략을 실행하는 것은 결코 쉬운 일이 아니다. 이와 관련한 성공 사례가 흔치 않은 현실만 봐도 그것을 알 수 있다. 무엇보다 영업관리자가 적극적으로 나서야 한다. 경영자의 의지와 뒷받침이 중요한 것은 두말할 필요도 없다. 이를 통해 전략이 현장의 실행으로 나타나면 영업성과는 자연스럽게 창출된다. 전략과 현장을 한 방향으로 이끌어라.

영업 전략의 끝은 실행이다

다음의 〈그림 1-5 : 실행의 중요성〉에 나오는 첫 번째 상황을 생각해 보자. 훌륭하지만 실행할 수 없는 전략을 가진 기업이다. 반면에 평균적인 전략, 즉 목표, 범위, 경쟁우위에서 일관성이 있지만 평범한 전략과 이를 잘 실천하는 조직을 갖춘 회사가 추진하는 사업은 성공하게 되어 있다. '좋은 전략'도 중요하지만 그보다 '탁월한 실행'이 기업의 성공에 더 중요하다.

금융 위기 이후 '실행'의 중요성은 지속적으로 강조돼 왔다. 글로벌 기업 CEO들은 입을 모아 '문제는 전략 그 자체가 아니고 전략의 실행'이라고 말하고 있다. 실제 매출액 5억 달러 이상 197개 기업을 대상으로 조사한 결과, 이들 기업이 올린 성과는 전략을 수립할 때 설정한 목표의 67%에 머물렀다. 바꿔 말하면 그 차이만큼

〈그림 1-5 : 실행의 중요성〉

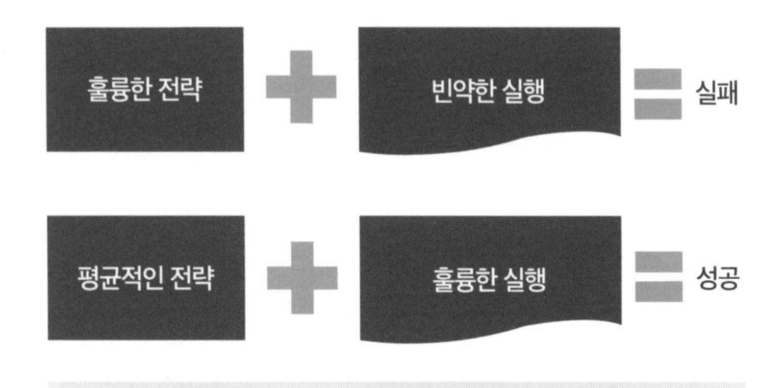

전략 수립이 10%라면 나머지 90%는 전략의 실행에 있다.

은 전략 실행의 실패로 인한 손실이라고 볼 수 있다. 즉, 33%의 '성과 손실Performance Loss'이 발생한 것이다. 반면 전략 실행력이 탁월한 기업들은 더 나은 성과를 올린 것으로 나타났다. 이른바 '실행 프리미엄Execution Premium'을 누린 것이다.

그렇다면 이들 기업은 어떻게 실행력을 강화해 성과를 높일 수 있었을까? 전문가들은 이들 기업의 경영진 그리고 임직원들은 '실행'을 바라보는 시각부터 달랐다고 말한다. 보통 실행이라고 하면 미리 보고하고 설정한 계획의 수행을 일컫는다. 직원들은 계획된 과제를 기한 내에 완수하고 목표한 성과를 달성하기 위해 열심히 일한다. 하지만 최근 강조되고 있는 실행은 단순히 계획을 수행하는 의미를 넘어선다.

비전과 전략을 완벽하게 가다듬는 데 시간을 쓰기보다는 전략을 실행해 나가면서 더 좋은 방향으로 전략을 수정하고 즉시 실천하는 선순환 구조를 의미한다. 이때 실행의 주체인 직원들의 자발적이고 지속적인 행동은 필수다. 실행력이 강한 기업일수록 현장 직원들의 의견과 결정을 존중하고, 이를 성과로 연결시키는 데 탁월하다. 직원들이 기업의 핵심 가치와 조직 문화를 내재화하고 책임의식을 가질 수 있도록, 동기와 자율성을 부여하는 리더십은 필수 조건이다.

지나간 고도성장기에 한국 기업들의 무기는 강한 추진력이었다. 하지만 이제 많은 기업들이 실행력 약화로 고민하고 있다. 전략을 실행하는 과정에서 경영 환경의 변화를 이해하고 대응력을 키우며, 다시금 전략을 수정하며 실천해 나가야 한다. 불확실성의 시대에 전략을 성과로 만들어 내는 실행력이야말로 경쟁사가 모방하기 힘든 경쟁 우위를 창출하는 핵심 역량이다. 이는 영업부서나 그 밖의 부서에서도 마찬가지로 적용된다.

PART 2

전략을 뒷받침할 시스템 구축하기

채용 시스템

recruitment
system

전략 수행에
적합한
인재를
선별하는 방법

채용에 실패하는 이유

영업관리자라면 누구나 한 번쯤 "잘할 줄 알고 뽑았는데 실망이야!"라는 혼자 말을 해 본 적이 있을 것이다. 지속적으로 최고의 성과를 낼 수 있는 영업담당자를 채용하고, 붙잡아 두기란 쉬운 일이 아니다.

많은 영업관리자들에게 탁월한 영업담당자가 될 만한 인재를 선발하는 데 고려해야 할 사항들에 대한 지원과 교육이 제대로 이루어지지 않고 있다. 그 때문일까? 영업관리자들이 채용 문제는 운에 달렸다고 믿는 경향이 있다. 그러나 실제로는 전혀 그렇지 않다. 그렇다면 왜 탁월한 영업담당자로 성장할 가능성이 큰 인재를 채용하지 못하는지 알아보자.

어떤 사람들을 찾아야 하는지 모른다

많은 영업관리자들이 자신의 이력과 경험 때문에 영업 조직을 이끄는 경우가 많다. 대부분의 영업관리자들은 한때 실적이 뛰어난 영업담당자이었을 가능성이 크다. 과거에 실적이 좋았던 영업담당자에게 조직은 전혀 다른 성격의 일을 해야 하는 관리자라는 직책을 맡겼을 것이다. 그러나 조직 행동이나 성과, 리더십에 관한 전문 교육을 받아 본 경험이 없는 경우가 대부분이다. 그러다 보니 안타깝게도 그들이 채용한 사람들 중 많은 이들이 조직에서 원하는 결과를 보여 주지 못한다.

문제는 많은 영업관리자들이 정작 영업담당자에게 무엇을 기대하고 있는지조차 명확하게 이해하고 있지 않다는 것이다. 또한 영업관리자들은 어떤 영업담당자가 왜 탁월한 성과를 나타내는지에 대해서도 정확히 모르는 경우도 많다. 영업관리자들이 어떻게 하면 유능한 영업담당자를 육성할 수 있는지 잘 알고 있다면 이 문제를 고민할 필요가 없다. 즉, 어떤 영업담당자들이 뛰어난 실적을 보이고, 어떤 영업담당자들은 저조한 실적을 보이는지를 영업관리자들이 명확하게 분석하지 못하는 게 바로 문제인 것이다.

그 이유 중 하나는 바로 많은 영업관리자들이 영업담당자의 역량에 관해 명확한 그림을 갖고 있지 않기 때문이다. 영업관리자들은 어떤 이들을 영업담당자를 채용해야 하는지 잘 모른다. '인재 발굴'이라는 문제가 어떻게 그리고 실제로 얼마나 깊이 개인의 내면과 연관되어 있는지 모를 경우, 보통 '감'으로 채용하게 된다. 이

력서와 면담을 통해 주관적 느낌으로 결정한다. 때로는 성격 검사를 참조하여 채용이 진행되는 경우도 있지만, 단순히 영업관리자의 '감'에 의해 결정하는 것보다 나을지는 몰라도 여전히 후보자의 잠재적 역량에 관해 전체적인 그림을 보기는 쉽지 않다.

실제로 인간은 매우 복잡하다. 이러한 채용 절차나 도구들이 때로는 도움이 될지 몰라도 항상 최고의 실적을 올리는 영업담당자를 발굴해 주지는 못한다. 영업관리자가 어떤 이들을 채용해야 할지를 모른다면 채용에 성공할 가능성은 희박하다.

무엇을 평가하고 개발해야 하는지 모른다

영업관리자가 무엇을 평가하고 교육해야 하는지 모른다면 영업담당자들에 대한 제대로 된 평가나 훈련도 이루어질 수 없다. 영업담당자들이 성과를 내는 데 필요한 자질이나 구성요소들 사이의 상관관계를 분석하고, 그 연관성을 찾아낸다면 영업담당자들의 성장과 실적에 큰 영향을 미칠 것이다. 이런 평가 기준들이 마련되지 않아서 많은 영업담당자들이 조직 내에서 성과를 내는 데 어려움을 겪는 경우가 많다. 따라서 영업관리자들은 학습과 경험을 토대로 영업담당자들에게 무엇을 교육하고 훈련하며 어떤 방법으로 그들의 역량을 평가하고 개발해서 성공에 다가갈 것인지에 대한 아이디어가 있어야 한다.

이것은 단순히 그 사실을 알고 있고, 영업담당자들에게 전달할 수 있다고 해서 해결되는 것은 아니다. 조직의 명확한 평가 기준을 바탕으로 영업담당자들을 관찰하고, 피드백을 통해 지속적으로 개발·개선할 때 좋은 결과로 이어질 수 있다. 결국 영업관리자가 무엇을 평가하고 개발해야 할지 명확하게 알지 못한다면 실적 저조, 의욕 부진, 높은 이직률과 같은 문제들에 직면할 수밖에 없다. 대부분의 영업관리자들은 실제 이러한 평가와 개발을 위한 기준이 있는지조차 모르고 있다.

가장 절박할 때 사람을 채용한다

사업을 확장하거나, 예측하지 못한 상황으로 인해 급히 영업담당자를 필요로 하는 경우가 많다. 이러한 경우 빈자리를 채우기 위해 영업관리자는 최대한 빠른 시일 내에 누군가를 고용해서 누수를 막으려 한다. 그러다 보니 절박한 심정으로 채용을 결정한다. 심지어 영업담당자 모집에 큰 어려움을 겪는 보험업계나 생활가전 렌털 업계의 경우, 자질이나 경험에 상관없이 무조건 출근부터 시키기도 한다.

이로 인해 차후 경제적 손실은 물론 여러 가지 문제를 수반하게 된다. 단순히 영업담당자의 수가 많을수록 높은 실적을 보일 것이라는 막연한 업계의 정서나 개인적인 믿음 때문에 채용을 결정하면, 한정된 후보자들 가운데서 채용하거나 그들을 설득하는 경우까지 발생하기도 한다. 이런 경우, 구직이 절박한 사람들이나 영업에 대한 의지도 없으면서 막연히 뭔가를 해보려는 사람들을 채용할 가능성이 매우 크다. 이런 상황에서 최고의 성과를 낼 수 있는 자질을 가진 인재를 선발할 가능성은 매우 낮다.

성급한 채용은 좋지 않은 결과를 가져오게 마련이다. 단순히 영업관리자의 기대에 부합할 것 같은 사람을 채용한다면 제대로 된 적임자를 채용했을 때보다 훨씬 더 많은 대가를 지불하게 될 것은 불을 보듯 뻔하다.

개인적 취향이나 직감으로 채용한다

어떤 일에서건 한 쪽으로 치우치지 않고 공정성을 유지한다는 것은 쉬운 일은 아니다. 객관적이 되려고 마음먹기는 쉽지만 실제로 객관적이기는 참 어려운 일이다. 인간은 사람을 판단할 때 쉽게 환경의 영향을 받는다. 영업관리자가 영업담당자를 채용할 때 개인적인 취향에 기준을 둔다면 성공적인 채용은 기대하기 어렵다.

인터뷰에서 사람들은 자신을 포장해 영업관리자에게 좋은 인상을 남기려고 한다. 때로는 자신이 회사가 찾고 있는 인재라며 면접관을 설득하기도 한다. 그 순간에 영업관리자는 자신의 감정이나 직관에 의지해 잘못된 결정을 내릴 수도 있다. 그 결과 영업관리자는 몇 개월 후에 자신이 뽑은 영업담당자를 내보내지 못해 고민에 빠질 수도 있다. 면접 당시 느꼈던 참신함은 온데간데없어지고, 실망스러운 진짜 모습이 드러난 후에야 자신이 원하던 사람이 아니었음을 깨닫고 후회해 봤자 그때는 돌이킬 수가 없다. 개인적 취향이나 직감에 의해 영업담당자를 채용한 영업관리자는 혹독한 대가를 치르게 된다.

명확한 채용 절차가 없거나 기준이 모호하다

영업담당자를 선발할 때 명확한 채용 절차가 없거나 기준이 모호하다면 사후에 문제가 발생할 수 있다. 대부분의 영업관리자들은 정상적인 선발 절차를 거쳐 채용했다고 하겠지만, 실제로 그런 회사들은 많지 않다. 근본적으로 정의되지 않은 채용 절차는 만족스럽지 않은 결과를 초래할 수밖에 없다. 향후 어떤 성공적인 채용도 보장하지 못한다. 허술한 채용 절차는 심각한 문제를 야기할 수 있다. 그럼에도 많은 회사들이 허술한 채용 절차를 통해 평범한 실적만 내는 영업담당자들을 반복해서 채용하고 있다. 동기부여가 되지 않는 영업담당자들이 존재하는 것이다.

영업 조직이 지속적으로 동기부여될 수 있다면 더 좋은 결과를 기대할 수 있겠지만, 이는 쉬운 문제가 아니다. 영업담당자들에게 동기를 부여하고 활력을 불어넣는다는 것은 단순히 그들을 위해 무엇을 해준다는 것을 의미하는 것은 아니다. 동기부여가 잘 된 사람들은 기본적으로 성취감에 충만해 있어서 열정적이다. 인센티브 등으로 단기간 열심히 일하게 할 수는 있을지 모르지만, 결국 동기부여는 개인의 자질이 결정한다.

그렇다면 사람에 따라 동기부여가 되지 않는 원인은 무엇일까? 어떤 사람은 충분한 에너지가 없어서 동기부여가 되지 않을 수 있고, 어떤 사람은 적은 보수 때문에 그럴 수 있으며, 심지어 어떤 사람은 영업관리자가 자신이 성장하는 데 도움이 되지 않기 때문인 경우도 있다. 이러한 내적인 원동력과 관련된 부분은 인터뷰 과정에서는 쉽게 파악되지 않는다.

영업관리자가 동기부여가 잘되어 있고 잠재적인 영업 능력을 갖춘 영업담당자를 원하는 것은 당연하다. 무엇이 특정 개인의 동기유발 요인인지 안다면 그들을 동기부여 시켜 더 좋은 실적을 올리게 하는 데 아주 유용할 것이다. 이러한 이유들 중 한두 가지 혹은 몇 가지 이유는 당신에게도 익숙할지 모른다. 비록 명확히 인식하지는 못해도 자신들이 직면해 있는 문제들에 관해 어느 정도 감은 잡혔을 것이다. "잘할 줄 알고 뽑았는데 실망이야!"라는 독백을 다시 하지 않으려면 먼저 '탁월한 영업담당자란 어떤 사람인가?'를 명확히 인지해야 한다. 그리고 그런 사람들을 어떤 방식으로 선발할 것인지 점검해야 한다.

인력 선발에서 실력인가, 잠재력인가?

영업에서는 개인에 따라 실적 차이가 크게 나타난다. 이는 재직 기간, 제품 구성, 구역 할당만으로는 설명되지 않는다. 일부 영업 담당자들은 다른 영업담당자들에 비해 더 열심히, 더 전략적으로 일한다. B2B 영업의 경우 동일 구역에서 상위 20%에 있는 영업담당자와 80%에 있는 영업담당자 간에 실적 차이가 300%나 나기도 한다. 소매영업의 경우에는 영업 생산성에서 3~4배 정도의 차이가 난다.

국내 유명 프랜차이즈 기업인 B사는 매년 평균 30여 개의 신규 가맹점을 개설한다. 2018년 한 해 동안 B사는 50개의 신규 가맹점을 개설했다. 당시 B사에는 K라는 영업담당자가 있었다. 당시 B사의 계약 중 14건의 계약은 K라는 영업담당자 한 사람이 이루어낸 것이었다.

다음 해 K는 신생 프랜차이즈 기업으로 자리를 옮기고 말았다. 그러고 나자 B사의 신규 가맹점 개설 실적은 하락하게 되었고, 회사는 영업담당자들에게 목표를 재할당하는 식으로 목표량을 메우려고 했지만 상황은 바뀌지 않았다.

지식노동에서는 스타의 반열에 오르는 사람이 종종 등장한다. 연구 결과에 따르면, 복잡한 일이 많은 직종에서 상위 1%에 해당하는 사람이 평균에 해당하는 사람보다 125%가 넘는 실적을 올리는 것으로 나타난다. 일례로 컴퓨터 프로그래머의 경우 스타와 평균적인 사람 간의 생산성 격차가 8대 1정도라고 한다. 산업 전반적으로도 상위 1%에 해당하는 발명가가 평균적인 발명가에 비해 5~10배 정도 높은 생산성을 보인다. 학술이나 예술 분야 또한 소수 학자의 논문과 예술가의 작품이 전체의 대부분을 차지한다.

타고난 재능은 중요하다. 후천적으로 능력을 개발하여 발전시킬 여지 또한 충분하다. 그러나 모든 사람을 최고의 수준으로 끌어올린다는 것은 불가능에 가깝다. 그렇다고 해서 영업담당자를 채용할 때 최고만 뽑는 것도 가능하지도 않을 뿐 아니라 좋은 방식은 아니다. 소요되는 비용과 관리 역량을 고려할 때 모든 자리에 스타 영업담당자를 배치할 수는 없는 일이다. 게다가 스타 영업담당자들은 언제나 다른 기업들이 노리는 스카우트 대상이 된다. 기업들의 영업담당자 모집 기준을 보면 절반 이상이 동종업계에서의 경험을 요구하는데, 이는 곧 모든 경쟁사들이 스타 영업담당자를 찾고 있다는 이야기다.

한편 스타 영업담당자의 이동에는 현실적인 어려움도 따른다. 보리스 그로이스버그Boris Groysberg는 그의 연구에서 뛰어난 능력을 발휘하던 스타 영업담당자가 회사를 옮기고 나서 실적이 곤두박질치는 이유를 "실적의 절반 이하는 개인의 능력에서 비롯되고, 절반 이상은 기업의 문화와 자원(브랜드, 기술, 리더십, 교육, 팀의 협력 등)에서 비롯되기 때문이다"라고 설명한다.

앞에서 설명했듯이, 영업 과제는 기업의 비즈니스 전략과 어디서, 어떤 고객에 집중할 것인가에 대한 기업의 선택으로 결정된다. 이러한 전략과 선택은 기업에서 나온다. 영업 활동 역시 채용과 역량 개발뿐만 아니라 영업부서의 관리 시스템과 문화의 영향을 받는다. 이 모두가 기업에 고유한 요인들이다. 그리고 스타 영업담당자는 이직할 때 이 요인들을 모두 회사에 남겨두고 떠난다.

여기서 우리가 얻을 수 있는 교훈은 기업의 영업역량은 올바른 채용시스템, 집중적인 교육 프로그램, 시장에 적합한 전략을 통해 내부에서 자체적으로 개발되어야 한다는 것이다. 경쟁우위와 효과적인 영업은 이러한 채용과 교육 훈련 기본 원칙을 어떻게 실천하는가에 달려 있다.

영업 실적보다 중요한 인력 관리 프로세스

초보 영업관리자 시절 필자는 영업 조직을 관리해 본 경험이 전혀 없었다. 영업관리자들이 사용하는 전통적인 방법을 잘 몰랐다. 그래서 석·박사 학위과정 경험을 살려 정량적 분석에 기반을 둔 채용과 역량 개발 시스템을 만들어 보았다. 목표를 '측정과 예측이 가능한 매출의 증대'로 정하고, 채용, 교육, 성과관리 등 내부 시스템에 집중했다. 많은 기업들이 영업직 지원자를 어떤 지표가 아니라 직감에 의존하여 선발한다. 당시 박사과정에서 연구 방법론을 공부하던 필자는 이처럼 비과학적인 프로세스에 정량적 분석을 도입하려고 애썼다.

영업 성과와 상관관계가 있을 것이라고 생각되는 채용 기준을 열거하는 작업부터 시작했다. 그리고 이러한 기준이 갖는 상대적 중요도에 따라 가중치를 부여했다. 최종 점수(1~10점)는 각 지원자의 채용 가능성 점수다. 그렇게 해서 1년 동안 500명을 면접하고 60명을 뽑았다. 또한 면접 시 인터뷰 점수와 입사 후 영업 실적 간 상관관계를 알아보기 위해 회귀분석을 활용했다. 6~12개월마다 회귀분석을 반복하면서 지표를 사업에 맞게 지속적으로 조정했다. 그 후 매월 영업담당자를 5~10명 뽑았다. 이러한 프로세스를 정립하고 나서 그전에 비해 영업담당자 이직률이 크게 개선되고 정착도 빨라졌다.

지원자들에게 이전 직장에서 어떤 교육을 받았는지 물어보면, 대다수가 몇 주 동안 스타 영업담당자의 성공사례를 듣는다고 한다. 매우 비효율적인 방법이다. 스타 영업담당자의 특별한 행동에 집중하여 일반적 특징을 찾으려고 하는 것은 좋은 생각이 아니라는 것이다. 물론 스타 영업담당자들은 뛰어나다. 그러나 그들 각자가 뛰어난 이유는 크게 다르다. 대부분은 영업의 한 측면에서 뛰어나다. 예를 들면 '훌륭한 질문을 하는 것'과 같은 것이다. 그러나 다른 면에서는 매우 평범하다. 따라서 뛰어난 영업담당자 한 사람이 각자 재능과 성향이 다른 영업담당자들에게 영업에 대한 전반적인 내용을 가르칠 수는 없다.

필자는 신입사원들이 처음 한 달 동안은 집체식의 교육을 받고 과목별로 30문항의 시험과 제품 지식, 제품의 영업 방법, 마케팅 등에 관한 6개의 자격시험을 통과하도록 하는 프로세스를 정립했다. 시험은 신입사원들이 교육을 마칠 때 똑같은 영업 스킬을 갖도록 해준다. 그리고 그들은 현장에 배치되어 담당 멘토들과 함께 고객들이 겪는 고통과 성공을 경험하게 하였다.

현장에서 한 달간 영업현장을 경험한 다음, 다시 2주 동안 토론식 워크숍을 통해 서로의 경험을 공유하고 자신들만의 고유의 강점에 집중하여 회사 전략과 연계하는 영업 프로세스를 습득하게 한다. 이렇게 5주간의 교육이 끝나면 수료식과 함께 현장에 배치했다.

2년간 추적 조사한 결과 정착률이나 실적 면에서 이 같은 방식은 효과적이었다. 물론 어떤 지역과 영업관리자에게 배치되느냐에 따라 결과는 차이가 크게 나타났다.

"영업담당자에게 잠재 고객 1명을 할당하고 한 달에 1,000번 전화하도록 하는 것이 좋을까? 아니면 잠재 고객 1,000명을 할당하고 한 달에 1번씩 전화하도록 하는 것이 좋을까?"

분명히 답은 중간 어딘가에 있다. 그런데 어디가 될까? 많은 기업들이 이 질문에 직감에 의존한 답을 내놓는다. 중요한 것은 실적 또는 기준이 아니라 프로세스다. 영업 여건은 각기 다르고, 영업담당자들은 각자 다른 스타일을 갖고 있다. 영업 여건에 적합한 스타일도 있지만, 그렇지 않은 스타일도 있다. 프로세스는 이러한 차이를 좁히는 데 도움을 준다. 전략과 영업을 일치시키기 위해선 다음과 같이 프로세스를 재정리할 필요가 있다.

+ **다른 회사의 팀이 아니라 당신 회사의 팀을 만들라** : 당신 회사의 전략이 요구하는 영업 활동을 정확히 이해하여 영업담당자를 선별하고 채용하라. 영업 인재의 포트폴리오를 구성하고 관리하는 방법을 숙지하고, 가장 중요한 곳에 가장 뛰어난 인재를 투입하라.

+ **기본에 충실하라** : 영업담당자들의 활동을 관찰하고 평가 가능한 방식으로 교육하라. 또한 교육 방식에는 일관성이 있어야 한다.

+ **조직의 장점과 한계를 확인하라** : 영업부서를 조직하는 최선의 방법은 한 가지만 있는 것이 아니다. 일반적인 영업 조직 형태가 지닌 장점과 한계를 이해하고, 당신 조직의 문제와 기회를 확인하여 관리하라.

+ **구매 행위에 집중하라** : 영업 과제는 고객의 구매 행위에 따라 변하게 마련이다. 이는 전략과 영업을 일치시키는 작업에서 인력과 조직에 중요한 의미를 지닌다.

시장의 요구에 적합한 역량을 판단하라

짐 디키Jim Dickie와 배리 트레일러Barry Trailer가 제시한 데이터는 끔찍한 이야기를 들려준다. 영업 조직에서 비자발적인 인력 교체 비율은 2009년 14.6%로 최대치를 기록한 후로 계속해서 13% 수준에 머물러 있었다. 그리고 전체적인 인력 교체(자발적 퇴직, 전직 등을 포함) 비율은 불황과 호황 시기를 막론하고 25~30% 구간을 맴돌았다. 이 같은 사실은 영업 조직 전체가 거의 4년마다 교체된다는 것을 의미한다. 매출 목표를 높게 잡으면 이 기간은 더 단축된다.

영업 인력을 수시로 채용하다 보면 관련 업무가 임기응변식으로 처리된다. 시간적 압박과 영업 분야 고용시장 상황이 원하는 인재를 구하기가 만만치 않기 때문이다. 기업들은 간단한 영업담당자 채용 원칙을 갖고 있다. 최고의 영업 경력자를 찾아 최대한 많이 확보하자는 것이다. 그러나 모든 자리에 최고의 스타를 앉힐 수는 없다. 그럴 필요도 없다.

개인별 서비스가 전략 수행에 필수 불가결한 유명 백화점에서 일하는 담당자와, 상품이 저가低價에다 종류가 다양하여 영업 활동이 비교적 단순한 대형마트에서 일하는 담당자를 비교해 보자. 또는 관계 기반의 고객을 대상으로 하는 영업 활동과 솔루션 기반의 영업을 하는 영업 활동의 차이를 생각해 보자.

기업은 영향력과 가변성이 큰 영업 활동에서 스타 영업담당자를 필요로 한다. 잠재 고객이나 기존 고객의 관리 또는 솔루션 영업을 대상으로 거래 규모가 비교적 큰 영업이 여기에 해당된다. 하지만 영향력과 가변성이 작은 거래 규모가 작은 영업 활동에서는 스타 영업담당자를 영입하기 위해 자금이나 시간을 많이 투입할 필요가 없다. 다시 말해서 영업의 특성에 맞게 영업 인력의 포트폴리오를 적절하게 구성하여 영업담당자를 효율적으로 선별, 채용해야 한다.

영업 과제 전반에 걸쳐 자금, 시간, 인력을 너무 많이 투입하는 곳은 어디인가? 너무 적게 투입하는 곳은 어디인가?를 끊임없이 질문해야 한다. 전략적 선택은 고객 선택 기준에 영향을 미치고, 영업 활동은 영업의 특성과 규모에 영향을 받고, 시장의 변화에 따라 달라진다. 소프트웨어 서비스나 웹서비스처럼 회원 모집에 기반한 사업에서는 처음부터 회원 모집에 치중한 영업 활동을 벌인다. 이때의 영업 활동은 가변성과 영향력이 크다. 그러나 시장이 성숙하면 고객 관리, 이탈 방지, 업셀up-selling과 크로스셀cross-selling에 치중하게 되고, 영업담당자들에게 요구되는 역량도 달라지게 된다. 따라서 인력의 배치도 달라져야 한다.

영업 활동에
적합한
역량 선별에
집중하라

영업관리자들은 한두 차례의 면접을 통해 지원자를 평가할 수 있다고 자신한다. 그러나 직업 전반에 걸친 연구 결과에 따르면, 면접 결과와 업무 능력 간에는 겨우 14%의 상관관계만 있다. 영업직은 특히 그렇다. 영업처럼 개인 간 실적 차이가 많이 나는 직업에서는 필연적으로 복제 편향cloning bias이 나타나기 때문이다. 다시 말해서 영업관리자들은 자기가 선호하는 취향의 영업담당자를 채용한다. 그러나 최선의 결과는 현재의 영업 활동에 맞는 역량을 가진 담당자를 채용할 때 얻을 수 있다.

지원자의 능력을 관찰할 수 있는 방법은 평판 조회, 테스트, 인터뷰 기술 등 여러 가지가 있다. 지원자를 정규직으로 채용하기 전에 인턴사원 제도를 활용하여 과제 수행 능력을 관찰할 수도 있다. 지원자들에게 면접 며칠 전에 15~30쪽에 달하는 사례연구 과제를 부여하는 기업도 있다. 영업 상황을 제시하고 타깃 고객을 선택하여 접근하는 방법을 설명하라는 것이다. 이것은 지원 동기와 프레젠테이션 능력을 확인하는 데 도움이 된다. 지원자는 면접장에서 자신의 계획을 설명하고, 영업관리자나 트레이너와 함께 상황에 따르는 역할을 수행해야 한다.

그런데 문제는 영업관리자들의 평가 역량이 부족하다는 것이다. 따라서 영업 관련 경험이 무엇을 의미하는지 확실히 해둬야 한다. 연구에 의하면, 영업관리자들 가운데 동일 업종에서의 영업 경험을 가장 중요한 선별 기준으로 삼는 사람이 50%가 넘는다. 다른 업종에서의 영업 경험을 선별 기준으로 삼는 사람은 33%였다. 이러한 결과는 경력자의 경우 교육과 능력 개발에 투입하지 않아도 된다는 믿음에서 비롯된다. 그러나 실제로는 그렇지가 않다. 앞서 언급한 것처럼 동일 업종에서든 다른 업종에서든 다른 회사에서의 경험은 쉽게 옮겨올 수 없다. 영업 경험은 본질적으로 다차원적 특징을 지니고 있으며, 다음과 같은 요소를 포함한다.

— 대상 고객 집단의 특성

— 영업스킬

— 기업 또는 영업 조직의 문화

— 영업 관할 지역 특성과 문화

— 판매 제품

각각의 경험이 적합한지는 영업 과제에 따라 다르다. 따라서 지원자의 어떤 영업 경험이 영업 과제에 적합한지를 고민하고, 그런 경험이 무엇을 의미하는지를 명확하게 이해하고 있어야 한다.

경력사원 vs 비 경력사원

영업담당자 채용과 관련하여 회사가 결정해야 할 또 한 가지 중요한 사항은 영업 경력을 가지고 있는 사람을 채용할 것인지 혹은 그렇지 않은 사람을 채용할 것인지에 대한 것이다. 경력사원과 비 경력사원은 소요비용, 새로운 조직 문화에의 적응, 고객 반응, 기존 영업담당자의 사기, 영업 관리, 등 여러 가지 측면에서 많은 차이가 있다. 따라서 회사는 이 두 가지 대안의 장·단점을 분석하여 두 개의 대안을 어느 정도의 비율로 활용할 것인지를 결정할 수 있어야 한다.

비 경력사원은 경력사원과 비교하면 급여 등의 보수 수준은 낮지만 영업에 대한 경험, 기술이나 지식이 부족하기 때문에 교육 훈련이나 코칭을 하는 데 더 많은 비용이 소요된다. 생산성이 낮아서 단시일 내에 좋은 성과를 내기도 어렵다. 특히 영업담당자에게 필요한 지식, 스킬 태도 등 자사의 영업에 필요한 역량을 체계적으로 습득하게 할 수 있는 교육 훈련 시스템을 갖추고 있는 회사라면 모르지만, 그렇지 않은 경우라면 많은 시간과 비용을 소모하고도 역량 있는 영업담당자를 양성하는 데 한계가 있다. 따라서 영업담당자에 대한 체계적인 교육 훈련 시스템을 갖추지 못했다면 비 경력사원을 채용하는 것은 심각하게 고려해 봐야 한다.

반면에 경력사원은 비 경력사원과 비교하면 급여 등에 있어서 더 많은 비용이 소요된다. 성과가 좋은 경력사원을 채용하기 위해서는 회사는 영업담당자가 현재 받고 있는 보상 수준보다 더 높은 수준의 보상 수준을 제시해야 하고, 그렇지 못할 경우에는 승진 등을 약속해야 하기 때문이다. 조직 문화 적응 면에서 경력사원은 전직장과의 비교를 통해 현 직장의 조직 문화에 대한 단점을 자연스럽게 느끼게 되고 자신에게 불리하거나 불편한 부분에 대해서는 비판적인 입장을 취할 수 있다. 이러한 현상이 심화되면 동료 영업담당자는 물론 영업관리자나 경영진과도 갈등을 겪게 되고 조직 전체에 부정적인 영향을 주는 경우도 발생할 수 있다.

반면에 비 경력사원은 처음으로 영업담당자로서 조직생활을 시작하는 것이기 때문에 성공적인 영업담당자가 되고자 하는 욕구가 강하고, 회사 문화에 가능한 한 빨리 적응하려는 노력을 기울인다. 따라서 회사가 지금까지와는 다른 영업 문화의 정착을 도모하고 있다면 비 경력사원의 채용에 무게를 두는 것이 바람직하다. 경쟁력 있는 외부의 시각을 받아들여 회사의 체질을 강화하는 계기를 마련하고자 한다면 경력사원의 채용에 무게를 둬야 한다. 따라서 영업관리자는 이러한 사항들을 고려하여 경영진에 제안함으로써 영업 조직력을 강화하거나 혁신할 수 있다.

영업 인력의 유지 비용

영업담당자를 일정 수준 이상 유지하는 데 발생하는 비용은 '직접 비용'과 '기회 비용' 두 가지로 나누어진다.

직접 비용은 이직하는 영업담당자의 퇴사 절차와 관련된 비용과 결원으로 인한 충원 및 새로운 인원에 대한 교육 훈련에 소요되는 비용이다. 반면에 기회 비용은 다음 〈그림 2-1 : 이직으로 인한 기회비용〉에서와 같이 영업담당자가 이직하는 시점과 새로운 영업담당자가 채용되어 배치되는 시점 사이에서 발생하는 영업기회의 상실에서 오는 기회 비용이다.

후퇴 기간은 영업담당자가 이직을 생각하기 시작한 시점부터 이직 시점 까지를 의미한다. 즉, 매출 손실은 이직 시점부터 발생하는 것이 아니라 퇴사를 고려하는 시점부터 발생한다. 영업담당

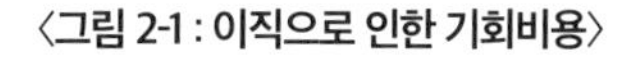
〈그림 2-1 : 이직으로 인한 기회비용〉

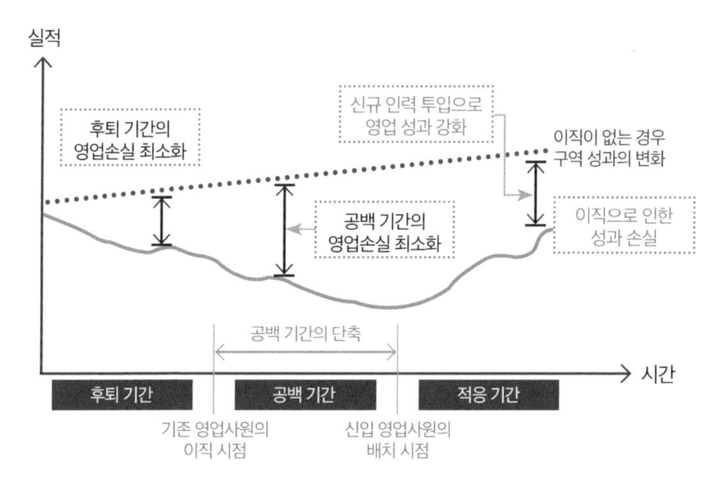

출처 : 앤드리스 졸트너스(Andris Zoltners) • 프라바칸트 신하(Prabhakant Sinha) • 셀리 로리모어(Sally E. Lorimer), 《성공을 위한 영업력 구축(Building a Winning Sales Force)》

자는 이직을 고려하는 시점부터 영업을 평소와 같이 집중하기 어렵기 때문이다. 공백 기간은 영업담당자의 퇴사 시점부터 신입 영업담당자가 채용되어 적응하는 시점까지를 의미한다. 후퇴 기간에도 매출은 평소에 비해 점차 감소하다가 공백 기간이 되면서 본격화되고 새로운 영업담당자가 배치되는 시점부터 회복세를 보이게 된다.

영업담당자 유지를 위한 관리자의 역할

유능한 영업담당자를 채용하는 것도 중요하고 영업담당자들이 각자의 재능을 계발하여 성과를 내게 하는 것도 중요하지만, 영업담당자의 수를 적정하게 유지하는 것도 그에 못지않게 중요하다. 영업관리자는 평소에 이직과 관련한 업무를 우선적으로 수행하여야 한다. 영업담당자 수를 효과적으로 유지하기 위해 영업관리자는 어떻게 해야 할지 살펴보면, 상황에 따라 일정 정도의 이직은 정상적일 뿐 아니라 영업 조직을 위해서도 바람직할 수 있다.

예를 들어 성과가 부진한 영업담당자가 이직을 하고 그 자리를 새로운 아이디어와 역량을 가진 영업담당자가 채워준다면 조직에 활기를 불어넣을 수 있다. 그러나 이직률이 필요 이상으로 높아지면 영업적 손실이 커지므로 이를 방지하기 위한 조치를 취해야 한다. 특히 실적이 우수한 영업담당자가 이직하게 되면 다시 원래 상태로 회복하는 데 오랜 시간이 걸리기 때문에 이직하지 않도록 특별히 더 많은 노력을 기울일 필요가 있다.

영업담당자가 이직하면 매출이 감소할 뿐 아니라 대체 인력 투입에 따른 비용이 증가하여 수익성이 악화한다. 따라서 영업관리자는 평소에 이직과 관련한 업무를 우선적으로 수행하여야 한다. 이직과 관련한 영업관리자의 역할은 후퇴 기간, 공백 기간, 적응 기간 등으로 나누어 살펴볼 수 있다.

후퇴기간

영업관리자는 평상시에 다양한 루트를 통해 이직 가능성이 높은 영업담당자를 파악하려는 노력을 계속해야 한다. 정보원은 같은 회사의 영업담당자일 수도 있고, 다른 회사의 사원일 수도 있다. 때에 따라서는 경쟁사의 영업관리자나 고객이 될 수도 있다. 또한 영업 실적의 추이를 통해 이상 징후를 감지한 후 영업담당자 본인이나 주변인들을 통해 확인해 볼 수도 있다.

이직을 고려하고 있는 영업담당자가 실적이 좋지도 않고 발전 가능성도 희박한 경우라면 아무런 조치를 취하지 않을 수 있다. 하지만 실적이 우수하거나 지금은 평범하지만 발전 가능성이 큰 영업담당자라면 신속한 조치를 취해야 한다. 그가 최종 결정을 하기 전에 불만 요인을 찾아 해결해 줌으로써 이직하지 않도록 해야 한다.

공백 기간

이직으로 인한 매출 감소와 기회 비용을 생각할 때 공백 기간은 최대한 단축해야 한다. 이직이 발생하고 나서 채용 절차를 시작하면 신입사원을 교육하고 배치하기까지 시간이 많이 소요될 수밖에 없다.

영업관리자는 과거의 이직 관련 통계자료를 분석하여 일정 기간에 발생하는 이직 규모를 예측하고 이를 바탕으로 평소에 일정 규모의 신입사원을 채용하여 교육 훈련을 시키고 이직이 발생하면 바로 배치할 수 있도록 만들어야 한다. 프로야구 구단에서 운영하는 2군에 비유할 수 있다. 1군 선수의 부상, 성적 부진, 갑작스러운 은퇴 등에 대비하여 2군을 적절히 활용하는 것이다.

공백 기간에 특히 유의할 부분은 주요 고객에 대한 관리다. 고객들은 영업담당자의 부재로 인해 소홀히 대우받고 있다고 생각되면 이 기회에 더 좋은 거래 조건을 제시하는 업체로 옮기는 것이 좋겠다고 판단할 수 있다. 특히 우수 고객의 경우에는 경쟁사가 공백 기간을 틈타 유치에 심혈을 기울일 가능성이 높으므로, 해당 구역을 담당하는 영업담당자가 없어도 주요 고객에 대한 관리가 소홀해지지 않도록 해야 한다.

적응 기간

영업관리자는 새로 배치된 영업담당자가 잘 적응할 수 있도록 적절한 도움을 주어야 한다. 잘 설계된 교육 훈련 프로그램을 통해 신입사원이 조직 문화에 적응하도록 돕는 한편, 영업에 필요한 지식이나 기술 등을 습득할 수 있게 관심을 기울여야 한다. 또한 영업 현장에서의 세심한 코칭으로 현장 감각을 끌어올려 해당 구역에서의 매출이 최대한 빨리 회복될 수 있도록 노력해야 한다.

국내 생활가전 렌털 업계나 보험업계 등 비정규직 영업담당자들의 경우를 보면 정착률이 매우 낮은 실정이다. 쉽게 들어오고 쉽게 나가기 때문이다. 이러한 회사들에서 영업관리자의 주된 업무는 채용이다. 영업담당자 확보 능력에 따라 평가와 보상을 받는다. 그런데 영업담당자의 유지나 육성에는 소홀하다. 회사의 관심 부분이 아니기 때문이다. 그러니 영업담당자들이 들어와서는 마음을 붙이지 못하고 쉽게 나갈 수밖에 없다. 관리자가 채용에만 정신이 팔려 있는데, 누가 이들을 이끌어준단 말인가. 그러다 보니 악순환이 멈출 줄을 모른다.

해법은 의외로 간단하다. 영업관리자 역할의 우선순위를 재정비하고 영업담당자의 유지나 육성을 중심으로 보상 제도를 개선하는 것도 좋은 방법이다.

교육 시스템
educational
system

목표와 계획에 맞는 프로그램을 준비하라

많은 기업들이 영업 교육 커리큘럼에 좋다는 건 다 포함시키는 백화점식 교육을 하고 있다. 왜냐하면 제품개발 담당자는 영업 교육에서 제품 정보를 중요하게 취급해야 한다고 생각하고, 마케팅 관리자는 인구통계, 사이코그래픽스 등에 관심을 가진다. 회계담당자는 손익이 중요하기 때문에 보통의 영업 교육 프로그램을 보면 경영활동의 거의 모든 부분을 다루는 것이 거의 원칙처럼 되어 있다. 그러나 효과가 있는지는 의문이다.

영업담당자 교육은 영업담당자가 전략을 수행하는 데 필요한 교육들로 구성되어야 한다. 효과적인 영업 교육이 되기 위해서는 이벤트처럼 한두 번으로 그치는 백화점식 교육이 아니라, 영업 교육 계획을 수립하기 전과 교육하는 동안, 그리고 교육이 끝난 후에 무엇을 해야 할지를 알게 계획하는 것이 중요하다. 그래야 영업담당자들에게 필요한 역량에 대한 보강, 정기적 업그레이드, 새로운 환경에의 적응 능력, 동기부여가 지속적으로 이루어질 수 있다.

기업들은 대부분 업무 수행에 필요한 역량 리스트를 갖고 있지만, 이것이 특정 영업 과제와 정확하게 맞아떨어지는 경우는 드물다. 따라서 영업 교육 계획을 수립할 때는 항상 영업 활동의 목표와 더불어 결과를 좌우하는 변수들을 염두에 두어야 한다. 구체적으로는 판매 경쟁, 신제품 도입, 협상 또는 클로징 기술, 고객 선택과 방문 패턴의 개선 방안 등이다. 때로는 이미 만들어진 교육 프로그램이 바람직한 결과를 이끌어줄 수도 있지만, 실제로는 목표에 맞는 새로운 프로그램이 요구되는 경우가 더 많다.

신입 영업담당자는 회사의 영업 환경과 전략 등 알아야 할 것이 많다. 회사에 대해서는 물론이고 다른 부서가 영업 활동에 어떻게 영향을 미치는지, 또 영업 활동에 의해 어떤 영향을 받는지에 대해서도 알아야 한다. 영업이 아닌 다른 업무들을 하는 방법까지 알 필요는 없지만 그런 업무가 무엇인지, 영업에는 어떤 영향을 미치는지는 알아야 한다.

요즈음 구매자들은 영업담당자를 만나기 전에 온라인을 통해 제품 기능과 가격 등을 알아본다. 그들은 제품 정보를 얻기 위해 영업담당자에게 덜 의존한다. 그러므로 영업 교육도 달라져야 하는 것이다. 영업 과제와 영업 스킬뿐만 아니라 영업담당자가 고객을 만나는 동안에 발생시키는 부가가치에 보다 집중해야 한다.

마지막으로 영업 교육은 기업 문화와 가치에 관한 것을 간과해서는 안 된다. 요즘처럼 영업담당자가 본사에 출근하기보다는 현장으로 바로 활동을 나가거나 집에서 혼자 일하는 경우가 더 많을 때는 특히 그렇다.

'백문이 불여일견' 실행을 통한 학습이 중요하다

누군가가 원했던 결과를 얻었다면 그것은 다름 아닌 실행이다. 실행이 중요하다. 능동적인 학습이 강의나 수동적인 학습보다 효과가 크다는 것은 주지의 사실이다. 실행을 통한 학습이 일 처리를 가장 잘할 수 있게 한다.

영업 스킬 또한 습득하려면 반복 학습이 필요하다. 새로운 행동이 익숙해져서 효과를 나타내려면 반복해서 연습을 해야 한다. 연구 결과에 따르면, 연습을 3~20회는 해야 하는 것으로 나온다. 이는 OJT교육이 매우 중요하다는 것을 의미한다.

교육은 구체적 행동에 대한 반복을 통해 구현된다. 사람은 누구나 연습을 통해 예상하지 못한 환경을 다루는 방법을 배운다. 이러한 사실을 보여주는 좋은 사례가 바로 경찰이 사격 훈련을 위해 사용하는 '스마트 사격훈련 프로그램'이다. 이 프로그램에서는 실제 상황을 묘사한 스크린이 나온다. 범인은 아이들이 놀고 있는 교외 잔디밭을 가로질러 달려가거나 인질을 방패로 이용한다. 실습생들은 적용 법규, 관측 결과, 주변 사람들의 안전, 행동을 취할 때와 그렇지 않을 때의 결과 등 다양한 요소들을 한순간에 생각하면서 총을 쏘아야 할지 말지를 결정해야 한다.

이러한 훈련 방법은 실천 학습의 핵심 요소들을 포함한다. 사례 연구, 역할 연기를 비롯한 그 밖의 연습도 비슷한 경험을 제공한다. 안전한 환경(고객과의 관계나 계약에 문제가 없는)에서 실행할 수 있도록 하고 필연적으로 나타나는 실수를 허용한다. 이를 통해 실습생들은 현장에서 부딪힐 수 있는 다양한 상황에 대한 경험을 쌓을 수 있다.

GE는 영업담당자들의 교육을 위해 워크아웃Work-Out 프로그램을 활용한다. 이 프로그램은 GTM 과제에 영향을 미칠 만한 주제에 초점을 맞추어 참가자에게 사내와 사외에서 인터뷰를 실시하도록 한다. 이를 통해 참가자는 시장, 고객, 마케팅 등에 관한 지식을 쌓는다.

이 프로그램에서는 기업 고유의 사례 연구와 그 밖의 연구 데이터도 제공된다. 1~5일 정도가 소요되는 이 프로그램은, 관리자와 영업담당자가 현장에서 만나게 되는 기회와 문제를 다루면서 적절한 실천 방안을 논의하고 모의실험하고 분석하도록 구성되어 있다. 또한 주요 고객이 참가자에게 GE 제품과 영업 방식에 대한 경험도 말해준다. 최근에는 이 프로그램을 이용하여 실시간으로 문제를 해결하기 위해 고객과 협력하는 데 집중하고 있다.

경험을 통한 학습은 능력 개발과 관련된 또 다른 사실을 알려준다. 사람들은 새로운 정보나 스킬을 응용하여 실적을 확인할 수 있을 때 가장 잘 배운다는 것이다. 결과적으로 가장 효과적인 교육은 과제 수행과 사후관리가 중요하다.

영업 교육 이후의 사후관리도 중요하다

교육의 효과는 교육 내용 그 자체보다 교육 이후에 발생하는 일들 즉, 교육 대상자들이 교육시간에 배운 스킬을 실제로 적용하게 하는 사후관리에 있다.

사후관리를 위한 일반적인 방법은 뛰어난 관리자의 지시를 따라가는 것이다. 영업관리자의 헌신적인 지도와 건설적인 실적 평가가 중요하다. 성공-실패 분석도 교육의 목표를 심화하고 영업의 효과를 배가할 수 있다. 물론 분석을 진행 중인 프로세스와 연결시킬 수 있을 때만 그렇다. 그런데 성공-실패 분석이 실패에만 집중할 때가 많다. 결과에 대해서는 주로 영업담당자의 견해에 의존하고, 관리자는 법정 드라마에 나오는 검사의 역할만 한다. 하지만 성공도 실패만큼 중요하다.

〈그림 2-2 : 영업담당자의 경력과 생산성에 대한 시사점〉

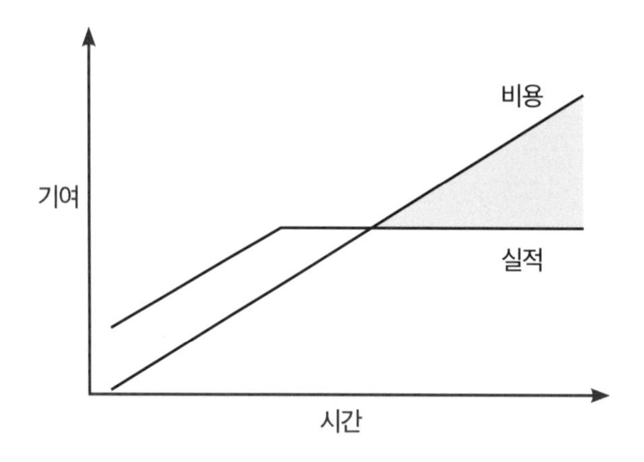

성공은 영업담당자의 장점, 경쟁자의 약점, 구매 활동, 기업의 비즈니스모델이나 포지셔닝에 관한 정보를 제공한다. 성공 가능성을 측정하고 높이기 위해 이 모든 요소들을 활용할 수 있어야 한다. 성공이나 실패에 대한 영업담당자의 견해를 보완하기 위해 직접 거래처를 방문하는 것도 도움이 된다. 사후 평가는 다음과 같은 질문을 통해 체계적으로 실시할 수 있다.

— 우리의 의도는 무엇인가?

— 무슨 일이 일어났는가?

— 왜 일어났는가?

— 우리는 무엇을 잘했고, 무엇을 더 잘할 수 있었는가?

— 무엇을 개선시킬 수 있는가?

성공-실패 분석이 효력을 지니려면 일회성 이벤트로 끝나서는 안 된다. 사내 온라인 회의도 사후관리에 필요한 메시지를 환기시키고, 최선의 실천 방안을 전달해야 한다.

사후관리는 영업담당자의 경력에도 관심을 가져야 한다. 옆의 〈그림 2-2 : 영업당담자의 경력과 생산성에 대한 시사점〉에서 보면 영업담당자의 실적은 노력 외에 제품, 기술, 시장의 인구통계를 비롯한 기타 요인의 변화 때문에 시간이 지나면서 평평해진다. 즉, 기여도는 점점 떨어진다. 그러나 이들을 계속 채용하는 데 소요되는 비용은 증가한다. 이것이 영업담당자와 회사에 문제를 일으킨다. 인원은 느는데 실적은 올라가지 않는 것이다.

영업담당자들은 시시때때로 달라지는 영업 과제 속에서도 높은 실적을 유지해야 하는 어려움이 있으며, 원하든 원치 않든 시간이 지나면서 경쟁 상대의 도전에 직면하게 된다. 경쟁 상대는 경력이 짧고 연봉도 적지만 최신 교육을 받았기 때문에 스킬 면에서도 더 앞서 있고 현재 비용 보다 적게 쓰면서 동일하거나 더 높은 실적을 올리는 사람이다. 영업담당자는 앞으로도 자신의 경쟁 상대보다 더 많은 연봉을 받아 갈 수 있을까?

실적과 관련한 영업담당자의 고충은 〈세일즈맨의 죽음Death of a Salesman〉에 나오는 윌리 로먼Willy Loman에서부터 데이비드 매밋David Mamet의 작품 〈글렌게리 글렌 로스Glengarry Glen Ross〉에 나오는 한물간 영업담당자 셸리 레벤Shelly Levene에 이르기까지 수많은 영화와 연극 작품들을 통해 생생하게 표현되었다. 그리고 그러한 상황은 지금도 크게 달라진 것이 없다.

한편, 회사 입장에서 보면 비용이 개인의 실적을 능가하는 현상을 무시하거나 묵인할 수가 없다. 그것은 더 많은 비용과 불확실성을 초래하는 것을 의미하기 때문이다. 이럴 때 비용 효율성을 높이고, 실적과 비용의 차이를 좁히기 위한 효과적인 방법이 사후관리 교육이다. 사후관리 교육을 통해 영업담당자의 기여도를 지속적으로 끌어올릴 수 있어야 한다.

고객의
구매 행위에
주목하라

오늘날의 고객들은 채널을 자유롭게 바꾼다. 조사에 의하면 고객 구매의 3분의 2정도가 온라인 검색 후에 이루어지는 것으로 나타났다. 이와 같은 구매 행위는 식품이나 가정용품보다 자동차나 전자제품에서 훨씬 더 많이 나타난다. 이는 영업 활동에 큰 의미를 시사한다. 대부분의 구매 행위는 영업 조직 파이프라인의 여러 단계를 지난다. 다음의 〈그림 2-3 : 고객 구매 단계의 변화〉는 이와 같은 단계들을 보여준다.

구매자는 쇼핑을 하고 구매를 통해 소유하게 된다. 쇼핑 단계에서는 제품을 인식하고, 특징과 가격을 비롯한 관련 정보를 수집한다. 구매 단계에서는 선택, 결정, 주문 처리 절차를 거쳐 대금을 지급한다. 소유 단계에서는 제품을 사용하거나 고객 지원, 유지 보

〈그림 2-3 : 고객 구매 단계의 변화〉

기술, 선택권, 풍부해진 정보 덕분에 많은 고객들이 일괄 판매되는 제품이나 서비스에 대한 개별적으로 가격을 정하고, 구매 주기 전반에 걸쳐서 공급자가 주도하던 절차와 계약을 재편성하고 있다.

쇼핑 ➔	구매 ➔	소유
• 인식 • 정보 수집 • 조사/비교	• 선택 • 대금 지급/임대 : 지급 조건 • 주문 처리	• 사용 • 고객 지원 • 유지보수 서비스

(예)

- 자동차, 금융 서비스, 약품
- 소매 공급망
- 여러 산업 부문의 B2B 구매자

수 서비스를 받는다.

지금은 온라인 구매가 보편화되었다. 21세기 들어 인터넷이라는 초고속 정보통신Information Super Highway이 신문의 헤드라인을 장식하자 직거래의 망령이 등장했다. 하지만 전자상거래가 영업 부서를 없애버리거나 규모를 축소시키는 일은 벌어지지 않았다. 중요한 사실은 고객의 구매 행위가 영업 과제를 재편성한다는 것이다. 한 예로 자동차 영업을 들어보자.

온라인으로 자동차를 구매하는 사람은 많지 않다. 그러나 우리나라 국민의 90%는 자동차 판매점에 가기 전에 온라인 사이트에서 구매하고 싶은 자동차를 살펴본다. 조사에 따르면 일반 구매자는 온라인을 통해 11시간 넘게 자동차에 대해 알아보고, 오프라인으로는 판매점에 가는 시간을 합쳐 겨우 3.5시간을 사용한다고 한다. H사에서 자동차 영업만 20년을 한 베테랑은 다음과 같은 이야기를 하였다.

"요즈음 고객들은 어떤 차를 구매할 것인가를 온라인을 통해 결정하고 나면 자동차 대리점에 방문합니다. 따라서 영업담당자들은 즉석에서 거래를 매듭지어야 합니다. 구매자들은 보통 그 자리에서 구매 계약서를 작성하려고 합니다. 이제는 더 이상 뜸을 들일 시간이 없습니다."

구매자들은 스마트폰, 온라인 리뷰, 소셜미디어, 블로그, 각종 애플리케이션을 통해 제품, 가격, 주변 매장에 대한 정보를 확인한다. 다양한 도구들이 구매 옵션을 늘려주는 셈이다. 구매 행위에서 나타나는 이러한 변화는 영업 교육, 능력 개발, GTM 활동을 추진하는 조직에 영향을 미치게 된다. 이제는 영업 조직을 어떻게 편성하든 현실에 맞게 다중채널 관리를 하는 것이 중요하다. 다시 말해서 온라인 영업과 대면 영업 계획을 수립하여 직접 또는 간접 유통채널을 확립해야 한다는 것이다.

이제는 다중채널 관리가 표준이 되어가고 있다. 그런데도 영업 관리자들은 여전히 직거래에 대한 과장된 주장에 현혹될 뿐만 아니라, 새로운 기술이 구매 행위에 미치는 영향에 대해 제대로 이해하지 못하고 있다. 결과적으로 영업 교육 프로그램에서도 영업담당자가 이처럼 복잡한 문제를 다룰 수 있도록 지원하는 노력을 찾아보기 어렵다. 현재의 영업 실적 지표로는 이러한 노력을 뒷받침할 수 없다. 판매량이나 시장점유율보다는 각각의 고객 집단이 차지하는 구매량의 비중을 파악하는 것이 더 의미 있다. 마찬가지로 서로 다른 유형의 고객 집단에 소요되는 비용을 분석하는 것도 필요하다.

근본적 쟁점의 해결책

최고의 인재를 채용하는 것이 교육 훈련, 조직 개편 등 영업 조직이 직면한 영업과 전략상의 근본적인 쟁점에 대한 해결책이고 믿는 경향이 있다. 이런 가정을 해 볼 수는 있지만 그 자체로 해결책이 될 수는 없다. 최선의 채용, 교육, 조직 개편이 문제가 많은 전략, 현장 영업 활동, 실적 평가에 관심이 없거나 구매 행위의 변화에 대응하려는 의지와 능력이 없는 영업관리자를 대체할 수는 없다. 따라서 기업은 인재를 통해 실적을 올리려면 합당한 인센티브와 성장할 여건을 조성해야 한다. 다음 '성과관리 시스템'의 내용에서 이에 대해 알아보자

성과 관리 시스템

performance
management
system

실적을
평가하고
피드백을
활용하라

방치되고 있는 실적 평가

연구 결과들을 살펴보면, 사람은 자신이 개선해야 할 구체적인 부분을 확인하고 피드백을 받아 필요한 스킬을 연마함으로써 성장하는 것으로 나타난다.

피드백은 영업담당자가 일을 적절히 처리하고, 나쁜 습관을 버리고, 우선순위를 정하고, 자신이 져야 할 책임을 분명히 인식하게 만드는 방법이다. 한마디로 효과적인 리더십을 위한 열쇠라고 할 수 있다. 리더십이란 단어는 전략과 마찬가지로 너무도 포괄적으로 쓰이기 때문에 애매한 표현이 될 위험이 있지만, 거의 모든 정의에 내포된 기본 견해는 '리더란 개인의 실적뿐만 아니라 조직을 관리하는 사람'이라는 것이다.

조직에서 더 높은 자리로 갈수록 리더는 부하직원의 실적에 더욱 많이 의존하게 된다. 어느 IT회사의 사장은 "나는 나를 위해 일하는 모든 사람에게 나의 사업을 걸고 있습니다"라고 말한 적이 있다. 이와 같은 실적 평가의 중요성에도 불구하고 많은 임원들이 실적 평가를 기피하거나 형식적으로 처리하는 영업관리자의 문제를 지적한다. 감원을 실시할 만큼의 위기가 오기 전에는 대부분 좋게만 평가한다는 것이다. 그렇다면 영업관리자들이 실적에 관한 대화를 그토록 어렵게 생각하는 이유는 무엇일까? 그럴 만한 이유가 있다.

갈등을 피하고 좋은 사람으로 남기를 원한다

피드백을 하다 보면 대치 상황에 직면하여 갈등을 관리해야 할 때가 있다. 그런데 대부분의 영업관리자들은 이를 외면하다가 한참이 지나서야 갈등관리가 필요했던 해당 과제를 두고 직원에 대한 실적 평가를 한다.

연구 결과에 따르면, 영업담당자들은 보통 이상의 친애 욕구affiliation need를 갖고 있다고 한다. 영화 〈세일즈맨의 죽음〉에 나오는 주인공 윌리 로만이 아들에게 말했듯이, "중요한 것은 호감을 사는 것"이기 때문이다. 이러한 경향은 관리자들이라고 해서 다르지 않다. 하지만 극복해야 한다. 관리자가 피드백을 주저하면 상대방이 배우고 발전할 기회를 뺏는 것일 수도 있기 때문이다.

나쁜 소식 전하기를 꺼린다

상대방의 자존심을 건드리지 않으려는 생각도 효과적인 피드백을 어렵게 만든다. 경영자들은 옥석을 가리라고 분명하게 이야기하지만, 실적에 관한 좋은 대화의 중심에는 언제나 심정적 모순이 자리를 잡게 된다.

피드백을 주는 사람은 직원의 행동, 기질, 장점, 약점을 알기 위해 시간을 두고 관심을 가져야 한다. 또한 마음에 내키지 않더라도 피드백을 할 필요가 있을 때에는 친하게 지내는 사람과도 일정 정도 거리를 두어야 한다. 많은 사람들이 이렇게 하지 못한다. 어렵기 때문이다. 하지만 효과적인 피드백을 위해 반드시 필요하다.

반발, 저항, 분열에 대한 두려움

영업담당자들은 대부분 독립성이 강한 '반 의존'적인 성향이 많다. 그래서 자신의 실적과 관련한 나쁜 소식에 반발하고 저항하며 상사와의 갈등이 많다. 이러한 사실을 잘 알고 있는 영업관리자들은 그런 상황을 만들지 않으려고 한다.

결과적으로 영업관리자와 담당자는 현상 유지 편향을 갖는다. 실적 평가와 관련하여 영향력이 가장 큰 대화는 스타 영업담당자나 실적이 부진한 영업담당자와의 대화가 아니라, 정규분포곡선에서 중간에 있는 영업담당자들과의 대화다. 그들의 생산성이 조직 전체의 실적에 직결되기 때문이다. 여기서 중요한 것은 피드백을 주는 사람이나 받는 사람이 평정심을 유지해야 한다는 점이다.

실적을 평가할 때는 말투나 표정, 몸짓이 숫자로 나타난 결과나 구체적 메시지만큼이나 중요하다. 특히 영업에서는 결점이나 약점을 지적할 때 생산적인 변화에 대한 낙관적 기대를 반영하는 것이 중요하다. 영업담당자를 해고하지 않는 한 평가 이후에도 여전히 그와 함께 일해야 하므로 항상 동기부여가 대화의 한 부분을 차지해야 한다. 동기부여는 오래가지 못한다.

합리화

관리자들은 "우리가 얘길 좀 해야 하는데, 미안하지만 제가 너무 바빠요"라는 말을 자주 하는 편이다. 피드백을 안 하는 것에 대한 변명이다. 물론 피드백을 효과적으로 전달하기 위해서는 시간이 필요하다. 그러나 관리자가 시간을 들먹이는 것은 실적 평가가 우선순위에 있지 않다고 말하는 것과 같다. 이는 잘못된 생각이다.

프로세스의 결여

피드백을 준비하고 전달하는 데 필요한 프로세스가 없는 경우가 있다. 영업관리자들은 어떻게든 실적에 관한 대화를 해야 한다는 사실을 알고 있으면서도, 정작 이를 위한 프로세스는 갖고 있지 않다. 이것이 결국 실적이 뛰어난 담당자의 동기를 떨어뜨리고, 실적이 형편없는 담당자를 방치하게 되고, 영업팀 전체에 혼란을 일으킨다.

실적에 관한 피드백, 효과적으로 전달하기

평가의 목적은 영업담당자들의 역량을 향상시키고 조직에 헌신하도록 만드는 것이다. 구성원들이 전략적 목표와 선택을 이해하고 이에 따라 영업 활동, 자원 할당, 관심, 방문 패턴 조절, 재량권 행사 등의 노력을 기울이도록 한다. 여기서 전제 조건은 실적을 내는 사람이 누구이고, 누구의 실적에 관심을 가져야 하는가를 확인하는 일이다.

영업관리자들은 "구성원 모두에게 관심을 갖습니다"라는 말을 자주 한다. 그러나 실제로는 그렇지 않다. 특히 조직 형태가 수평적이고 관리 범위가 넓은 기업에서 올라오는 모든 보고서에 똑같은 관심을 갖는 관리자는 거의 없다. 대부분은 계획, 표준에서 크게 벗어난 일만 보고하도록 하는 예외 관리management by exception를

〈그림 2-4 : 코칭의 효과〉

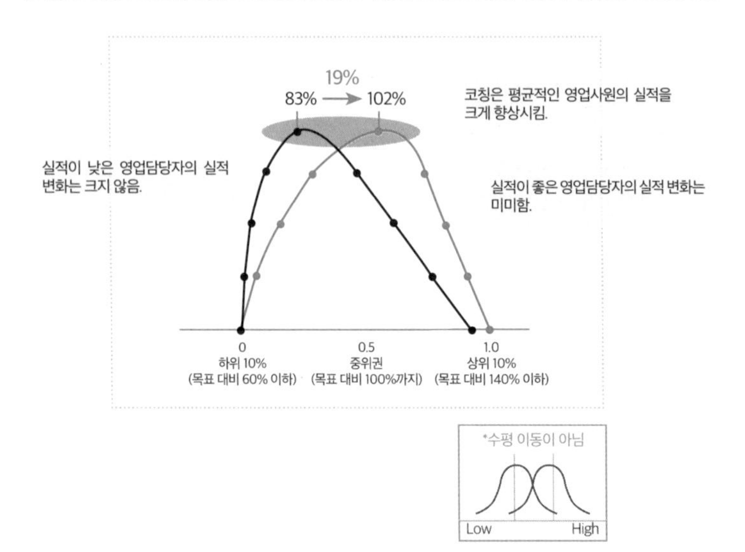

한다. 그들은 문제 또는 기회가 생기면 그것을 처리하기 위해 시간과 관심을 할당하는 방법을 찾는다. 여기서의 쟁점은 관리자들이 정말로 그렇게 하는가가 아니라 그것을 효과적으로 하는가에 있다.

영업부서는 다른 기질, 능력, 학습 방식을 가진 사람들로 구성되어 있다. 어떤 사람은 더 나은 접근 방식을 깨달았을 때 실적이 향상되고, 어떤 사람은 스타 영업담당자가 과제를 처리하는 모습을 보고 그 행동을 따라 할 때 성과가 난다. 특정 과제를 통해 배우는 사람도 있다. 따라서 관리자는 개개인에게 맞는 피드백을 전달해야 한다. 특히 영업부서에서는 개인별로 실적의 차이가 크다.

코칭이 미치는 효과도 마찬가지다. 〈솔루션 영업의 종말〉이라는 논문The End of Solution Sales을 발표한 매슈 딕슨Matthew Dixon과 브렌트 애덤슨Brent Adamson이 이와 관련한 연구 결과를 발표한 적이 있다. 옆의 〈그림 2-4 : 코칭의 효과〉를 보면 코칭을 통해 전체적인 실적은 향상되지만 부분적으로만 향상된다.

코칭은 실적이 부진한 영업담당자나 스타 영업담당자에게는 큰 효과가 없다. 그 이유가 뭘까? 스타 영업담당자는 이미 뛰어난 실적을 보여주는데, 시장이나 전략은 변하지 않은 채 영업 과제만 변경되는 상황에서는 코칭이 약간의 개선 또는 동기의 지속에 기여할 뿐이다. 실적이 부진한 영업담당자에 대한 코칭이 별다른 효과를 나타내지 않는 것은 영업직이 그에게 맞지 않아서인 경우가 대부분이다. 결국 채용의 문제라고 할 수 있다.

이들과 달리 중간 집단에서는 코칭의 효과가 크게 나타난다. 자료에 따르면, 효과적인 피드백이 그들의 실적을 거의 20%나 향상시켰다. 그러므로 실적에 관한 피드백은 효과가 있는 곳에 집중되어야 하고, 목적에 맞게 설계되어야 하며, 실천이 가능해야 한다. 이는 영업관리자가 평가 이전과 이후, 도중에 해야 할 일이 무엇인지를 시사한다.

모든 단계의 평가를 관리하라

평가 이전

영업관리자는 윤리적 기준을 포함하여 실적을 판단하는 기준을 분명히 해야 한다. 중요한 것이 무엇이고, 얼마만큼 기대하는지를 밝혀야 한다. 신임 영업관리자들 가운데 영업 목표가 영업 전략과 얼마나 잘 부합되는가에 대해 정확히 알지 못하는 이들이 적지 않다. 경험이 많은 영업관리자들 중에도 시장이나 전략의 변화를 따라가지 못하는 이들이 있다. 관리자의 교체가 영업 활동에 혼선을 주기도 한다.

그리고 평가 기회를 갖지 못한 영업담당자들이 혼란스러워하거나 자신의 가치를 제대로 인정받지 못했다는 생각을 갖게 하지 않으려면 충분한 대화를 나눌 시간을 확보해야 한다. 실적 평가는 영업담당자가 하는 일, 사람들과의 관계 그리고 때로는 영업담당자의 보수와 관련된 과제를 점검하는 것이다. 당연히 어렵고 시간도 많이 드는 과정이다. 또한 평가하기 전부터 꾸준히 영업담당자의 활동을 지켜봐야 한다. 그렇게 해야만 영업 활동에 구체적인 도움을 주고 영향을 미칠 수 있다. 지속적인 관심과 피드백이 동반되어야 한다. 또한 평가가 효과적으로 이루어지려면 실적 하락이 동기 저하 때문인지, 능력 부족 때문인지 실적에 대한 근본 원인을 파악해야 한다.

— 영업담당자들 중에는 일은 열심히 하는데 능력이 따라주지 않는 사람이 있다. 그렇다면 교육과 코칭이 그들의 능력을 향상시킬 수 있는가?
— 능력은 있는데 동기가 약한 사람도 있다. 그에게 다른 인센티브나 프로그램이 동기를 부여할 수 있는가?
— 동기도 능력도 부족한 사람이라면 그에게 다른 업무를 맡겨야 하는가, 아니면 영업 조직에서 내보내야 하는가?
— 동기부여도 되어 있고 능력도 갖춘 스타 영업담당자는 어떻게 보호하고 시너지 효과를 내게 할 수 있는가?

이 같은 문제들은 인간의 본질에 관한 질문으로 쉽게 판단할 수 있는 사안이 아니다. 그럼에도 불구하고 판단은 필요하며, 이전과는 다른 구체적인 실천 계획을 요구한다. 구체적인 실천 계획 없이는 평가 과정에서 생산적인 결과를 얻기 어렵다.

평가 도중

옆의 〈그림 2-5 : 효과적인 피드백 프로세스〉는 실적에 관한 대화에서 지침이 될 만한 5단계를 개괄적으로 보여준다.

1단계 : 긍정적인 의지를 전달하라

실적 평가는 영업담당자의 업무 능력을 향상시키기 위해 그 사람의 강점을 더욱 강화하는 데 목적이 있고, 이를 위한 피드백을 전하는 것이다. 영업관리자가 이러한 의지를 갖고 있지 않다면 그 영업담당자를 내보내기 위한 대화를 해야 한다.

2단계 : 당신이 관찰한 내용을 구체적으로 설명하라

상대방의 강점과 약점에 대해 당신이 전하는 피드백이 구체적일수록 상대방은 당신이 하는 말을 더 잘 이해한다. 실적에 영향을 미칠 만한 구체적이고도 중요한 사건을 설명해야 한다. 그러나 피드백을 지나치게 자주 하면 '좋은 일은 하고 나쁜 일은 피하라'는 식의 개괄적인 피드백이 되고 만다. 빈번하고 일반적인 피드백은 다양한 판단이 가능하기 때문에 상대방이 변화에 개방적인 자세를 취하기보다는 방어적인 자세를 취하게 만든다.

예를 들어 "자네 영업 방식은 문제가 있어"라는 말은 일종의 인식에 지나지 않으며, 개방적인 대화보다는 상대방의 반격을 불러온다. 반면 "이번 제안에는 인구통계, 총생애주기비용life cycle cost, 지불 조건에 관한 정보가 없습니다"라는 말은 부정적인 코멘트이

〈그림 2-5 : 효과적인 피드백 프로세스〉

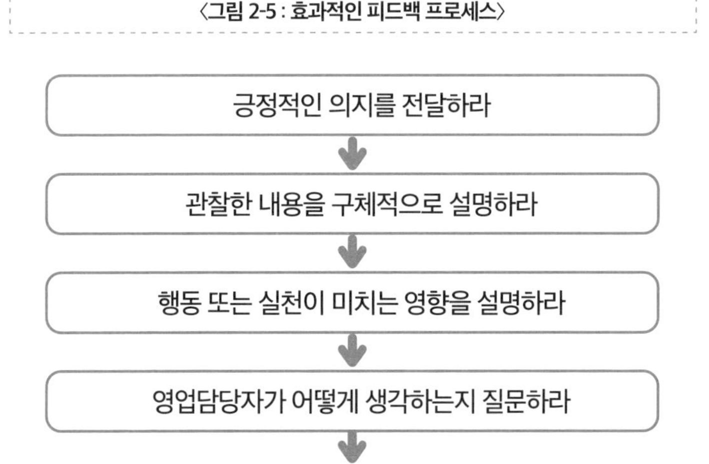

지만 비교적 편하게 들리고 시정 조치를 취하게 만든다. 구체적으로 설명하려면 평가를 앞둔 1~2주 전이 아니라 1년 내내 지속적으로 관찰하고 기록해야 한다.

3단계 : 행동 또는 실천이 실적에 미치는 영향을 설명하라

낮은 실적을 원하는 사람은 없다. 그러나 자신의 행동이 실적에 미치는 영향을 인식하지 못하는 사람들은 많다. 그래서 관리자가 필요한 것이다. 행동과 실적의 인과관계에 대해 의논하는 이 단계는 영업담당자와 영업관리자 모두에게 중요하다. 영업담당자에게 실적 향상은 궁극적으로 행동의 변화를 의미하며, 영업관리자는 구체적인 행동, 실천, 실적에 집중해야 한다.

"가망 고객과 소통을 제대로 하지 않습니다"라고 말하는 것과 "미팅을 하는 동안 이런저런 일로 대화를 중단시켰습니다. 그래서 가망고객이 담당자님이 하는 말에 제대로 귀를 기울이지 않았습니다"라고 말하는 것에는 차이가 있다. 영업담당자의 기본 성격은 거의 변하지 않으므로 변화 가능한 범위 내에서 그의 행동에 영향을 미칠 수 있도록 설명해야 한다. 성격에 관한 피드백은 실적에 보탬에 되는 경우가 별로 없으며, 오히려 실적 향상에 방해될 수 있다.

4단계 : 상대방이 어떻게 생각하는지를 물어보라

평가가 효과적으로 이루어지려면 정보가 피평가자에게만 전달되어서는 안 되고, 평가자와 피평가자 모두에게 흘러들어야 한다. 대부분의 영업담당자들은 자신의 행동이 실적에 미치는 영향에 대해 알고 싶어 한다. 그런데 영업에서도 라쇼몽 효과Rashomon Effect가 잘 나타난다. 두 사람이 같은 사건이나 결과를 관찰하고 다르게 해석하는 것이다. 따라서 양방향의 정보 전달과 대화가 중요하다. 원활한 대화를 위해서도 그렇지만, 무엇보다 서로의 가정과 추론을 검정할 수 있기 때문이다.

"이번 평가를 위해 제가 사용할 데이터가 여기 있습니다. 무엇을 놓치고 있다고 생각합니까?", "어카운트 플래닝과 전략에는 우선순위가 있습니다. 동의합니까? 동의하지 않는다면 왜 그런지를 말해주겠습니까?"와 같은 양방향의 대화는 또한 평가의 다른 목적에도 도움이 된다. 영업담당자가 관리자의 행동, 스타일, 지혜를 배워 실적 개선을 위한 기회로 삼을 수 있다.

5단계 : 옵션과 해결 방안에 관한 논의에 집중하라

평가는 어제의 회의나 세미나에서 논의된 일이 아니라 오늘과 내일 시장에서 일어날 일에 관한 것이어야 한다. 양 당사자(영업관리자와 영업담당자가)가 실현 가능한 변화의 선택에 대한 책임을 지고 그다음 조치를 논의하지 않는 평가는 불완전하다. 그리고 평가를 완전하게 만들 책임은 관리자에게 있다.

— 효과적인 평가를 위해 당신은 어떤 자산을 이용할 수 있는가?
— 학습과 실천 또는 영업 과제의 해결을 촉진할 수 있는 요소가 있는가?
— 인사 시스템이 도움이 될 수 있는가?
— 평가 이후의 발전을 측정하는 데 사용할 일정표와 척도로는 무엇이 있는가?

평가 이후

교육과 마찬가지로 실적에 관한 대화로부터 얻을 수 있는 가장 큰 효과는 평가 이후에 어떤 변화가 일어나는지를 보면 알 수 있다. 평가는 단지 순위를 매기는 것이 아니라 평가를 통해 차후 수행에 도움을 주기 위한 것이다. 그런데 아무 일도 일어나지 않는 경우가 너무 많다. 평가는 단발성의 연중행사가 되고, 인센티브 액수를 제외하고는 실질적 효과가 없는 경우가 대부분이다. 효과적인 변화는 목표 설정과 더불어 목표를 달성하기 위한 지속적 피드백을 요구한다. 여기서 영업 분야는 아니지만 피드백 효과와 관련이 있는 사례를 하나 들겠다.

루스 잇Lose It!은 체중 감량 애플리케이션으로, 사용자들이 희망 체중과 일정을 선택해서 매일 일정한 칼로리를 섭취하도록 해준다. 또한 식품 포장지 바코드에 스마트폰을 대면 칼로리 섭취량을 알려주고, 걷기, 운동과 같은 신체 활동의 시작과 끝을 비교하여 칼로리 소비량을 확인할 수 있게 해준다.

이 애플리케이션은 목표를 향해 매일 얼마나 전진하고 있는가에 관해 걷기, 달리기의 긍정적 효과, 디저트의 부정적 효과 등의 지속적인 피드백 주고 다른 사람들과 이야기를 나눌 수 있는 채팅룸까지 제공한다. 결과적으로 1,000만 명에 달하는 사용자들이 평균 12파운드를 감량하는 데 성공했다. 의사들은 대부분의 사람들에게 이 정도의 감량은 건강에 좋은 효과를 안겨준다고 말한다. 또한 루스 잇은 다양한 신체 활동이 실적을 낼 수 있는 사후관리 방법도 제시한다. 실현 가능한 목표, 정기적이고도 적절한 피드백 동료를 통한 강화 작용 등이 그것이다.

이와 같은 기술은 사후관리를 위한 비용을 낮춰준다. 저축을 늘리기 위한 프로그램 관련 연구 결과에 따르면, 사후관리를 위한 문자메시지가 사람들에게 목표 대비 저축률을 알려주는 기능을 할 뿐 아니라 직접 만나는 미팅과 비교할 때 80%에 달하는 효과를 낸다고 한다. 건강관리, 선거, 에너지 사용, 음주 습관에 관한 연구에서도 문자메시지가 행동에 영향을 미치고 실적을 개선시키는 것으로 나타났다. 관리자들도 정기적인 피드백을 제공하는 데 이러한 기술을 사용할 수 있다. 또한 동기를 부여하기 위해 동료들의 압력이나 동료들과 비교하는 방법도 활용할 수 있다.

여기서 핵심은 사후관리가 반복적인 프로세스가 되어 영업담당자의 역량을 향상시키고 고객으로부터 기업가치를 얻어내는 것이다.

보상 시스템

compensation
system

보상과 인센티브의 기준과 적용

보상은 영업에서 가장 많이 논의되는 주제다. 또한 보상은 비즈니스모델에서 목표, 채용, 교육, 고객 주문의 형태, 평가, 영업사원과 다른 사람 간의 일상적 상호작용 등 다양한 측면과 연관되어 있다. 이 장에서는 영업사원의 보상 시스템을 설계하기 위한 프로세스를 설명한다. 또한 구체적인 보상 금액을 정하거나 인센티브 계획을 논의하기 전에 다루어야 할 다음과 같은 몇 가지 쟁점도 다룰 것이다.

— 보상의 역할과 한계

— 보상, 동기부여, 평가의 연결 문제

— 보상 시스템에 대한 일반적인 통념

많은 기업들이 인센티브 제도를 시행한다. 또한 영업담당자 보수 총액에서 인센티브가 차지하는 비율이 회사마다 차이가 있기는 하나 30% 이상으로 큰 비중이며, 관리상의 노력을 요구한다. 그럼에도 불구하고 최근 기업을 조사한 바에 따르면, 보상 시스템이 영업 활동에 '거의 또는 전혀 영향을 미치지 못한다'고 대답한 기업이 20%나 되었다. 12%는 '잘 모르겠다'고 대답했고, 8.9%만이 '항상 영향을 미친다'고 대답했다. 이러한 사실은 영업담당자에 대한 일반적인 전제, 즉 '영업담당자들에게 가장 중요한 것은 금전적 보상이다'를 생각하면 훨씬 더 놀라운 결과다.

금전적 인센티브는 행동뿐만이 아니라 현실을 바라보는 태도에도 영향을 미친다는 증거도 있다. 은행의 대출 담당 직원들을 상대로 연구한 결과에 따르면, 인센티브는 대출에 대한 그들의 인식을 바꾸는 요소로 작용한다. 이는 대출에 따르는 수당이 대출 가능성을 높여줄 뿐 아니라, 대출은 위험성이 작고 승인할 만한 가치가 있다는 강력한 믿음을 심어준다는 것을 의미한다. 신용credit은 믿음을 의미하는 라틴어 크레디투스creditus에서 나왔다. 결국 돈이 믿음까지도 갖게 할 만큼 강력하다는 뜻이다.

적절한 보상은 반드시 필요하다. 그러나 영업 조직처럼 거절이 난무하고 경쟁이 치열한 곳에서는 기업이 원하는 행동을 영업담당자로 하여금 하게 만드는 요인이 절실하다. 더구나 영업부서는 같은 인센티브에도 다르게 반응하는 사람들로 구성된 이질적 집단이다. 이런 이질성은 앞서 은행의 대출 담당 직원들을 대상으로 한 연구에서도 드러난다. 즉, 인센티브의 효과는 위험성을 대하는 직원들의 태도를 변화시키지만 그 효과는 연령, 조직 단위, 성별에 따라 다르게 나타난다. 나이 든 대출 담당 직원은 인센티브에 덜 반응하고, 공공 부문에서 일하는 직원이 민간 부문에서 일하는 직원보다 덜 반응한다. 또한 여성이 남성보다 대출 심사를 더 관대하게 하는 경향도 보인다.

영업담당자를 위한 보상 시스템의 목적은 회사의 목표를 달성하도록 동기를 부여하는 것이다. 따라서 보상 시스템은 동기부여와 경영 관리의 한 부분이 되어야 한다. 또한 금전적 보상, 동기부여, 경영 관리처럼 상호 영향을 미치는 요인들이 임금제도와도 연관되도록 해야 한다.

보상, 평가, 동기부여에서 고려해야 할 것들

동기부여는 경영 관리의 핵심이다. 경영자가 해야 할 일 중에서 사람이 제대로 일을 하게 만드는 것보다 중요한 것은 없다. 영업에서는 동기부여가 다양한 요인들과 관련된다. 다음의 〈그림 2-6 : 보상, 평가, 동기부여의 연결〉은 이러한 요인들의 연결고리를 나타낸다. 우리는 이러한 연결을 간과하는 경우가 많다.

동기부여에 영향을 미치는 주요 요인 중 하나는 채용, 능력 개발, 영업 조직의 문화 등이다. 이러한 것들이 영업담당자들의 개인적 특징뿐만 아니라 그들의 담당 구역과 그들에게 할당된 고객들에게도 영향을 미친다. 시장의 특징 역시 영업담당자가 가질 수 있는 기회와 잠재 소득 수준을 좌우한다. 영업담당자가 누구인가와 관계없이 거래가 성사될 가능성이 높은 곳들이 있다. 따라서 시장의 특성과 거래 성사 가능성의 관계를 바탕으로 담당 구역을 감안하여 평가 및 인센티브 모델을 설계하면 할당량 설정과 보상 설계에 유용하게 쓰일 수 있다.

〈그림 2-6 : 보상, 평가, 동기부여의 연결〉

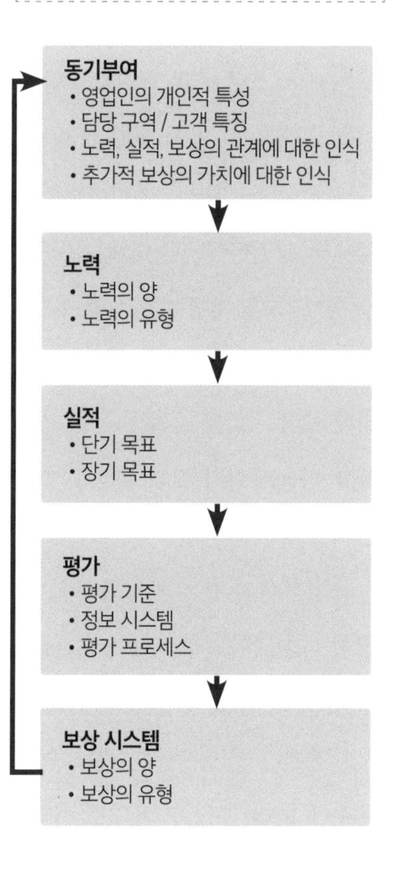

노력, 실적, 보상의 관계에 대한 영업담당자의 인식도 중요한 요인이다. 일을 열심히 한다고 해도 제품, 가격 정책, 경쟁 상황 때문에 더 나은 실적이 보장되지 않을 수 있다. 또 노력을 해서 더 많은 매출을 올려도 기업의 평가나 보상 시스템이 이를 인식하지 못하거나 보상에 반영하지 못할 수도 있다.

반면에 추가적인 보상의 가치를 인식하면 일에 대한 동기가 생긴다. 문제는 보상 시스템이 노력, 실적, 보상을 연동시키고 있어도 영업담당자는 추가적인 보상에 비해 요구되는 노력이 엄청나게 많다는 생각을 가질 수 있다는 점이다. 예를 들어 영업담당자에게 적용되는 인센티브 시스템들은 전년과 비교하여 판매량이 얼마나 증가했는가를 기준으로 삼는다.

이런 시스템의 목적은 영업담당자가 새로운 사업에 관심을 가지고 고객을 더 많이 확보하고 신제품의 크로스셀에 치중하게 만드는 것이다. 그러나 경력이 쌓이고 고객이 어느 정도 안정적으로 확보된 영업담당자들에게는 이를 위한 노력이 가치 없게 여겨질 수 있다. 그들에게는 현재의 고객 관리가 연금처럼 보일 수 있다. 따라서 영업 관련 전략의 쟁점은 추가적인 보상의 가치를 높이기 위해 보상 시스템을 재설계할 것인가, 또는 새로운 사업에 대한 관심을 집중시키기 위해 영업부서를 재배치할 것인가에 있다. 이는 단지 보상 차원의 선택이 아니라 경영 차원의 결정이다.

동기부여의 결과는 노력의 양과 유형에서 나타난다. 방문 횟수, 영업 파이프라인상의 고객수, 예약 주문량으로 노력의 양을 알 수 있다. 제약 부문에서는 의사를 찾아가는 횟수와 영업 실적 간에 상관관계가 있다. 그래서 일부 제약회사의 영업사원들은 1일 방문 횟수에 따라 수당을 받기도 한다. 한편 건강관리를 어떤 집단의 의료를 의사 집단에 도급을 주어 맡기는 관리의료managed-care 회사들은 매출이 크게 신장하면서 영업담당자들에게 부여하는 방문 점수를 줄이기 시작했다. 이러한 상황에서는 보상 시스템을 변경할 필요가 있다. 그렇지 않으면 실적보다 움직이는 양에 따라 보상을 하게 된다.

노력의 유형은 고객 개발인가 또는 고객 유지인가, 새로운 제품에 대한 노력인가 또는 현재의 제품에 대한 노력인가, 매출 자체를 강조하는가 또는 마진을 강조하는가를 의미한다. 노력은 목표가 분명하고 평가 기준과 일치될 때 실적으로 이어진다.

그러면 어떤 목표가 노력을 실적으로 이끄는가? 이를 알려면 설정한 목표에 비추어 실적을 측정해야 한다. 여기에는 적절한 측정 지표, 활용 가능한 정보, 실적 평가 프로세스와 같은 이슈가 포함된다.

마지막으로 노력의 유형과 양과 관련하여 보상 시스템이 갖는 역학力學을 고려해야 한다. 여기서 노력의 유형은 '기본급'이나 '인센티브'의 상대적 비중과 관련이 있고, 시장 여건과 영업 과제가 변했을 때 이 2가지를 조정하는 방법에 관한 문제를 제기한다. 노력의 양은 목표 작업량에 따른 보수 총액과 관련이 있으며, 보수 총액을 영업 활동에 할당하는 방법에 관한 문제를 제기한다.

보상
시스템에 대한
통념을
재고하라

앞의 내용의 관점에서 보상 시스템을 바라보는 순간, 우리는 보상에 대한 통념을 재고하게 된다. 내가 경험하기로 3가지 잘못된 통념이 있는데, 하나씩 살펴보기로 하자.

보상 시스템은 단순해야 한다?

복잡한 보상 시스템이 영업담당자를 판매와 고객 관리에 열중하게 하는 대신에 보수를 계산하는 데 많은 시간을 소비하게 만들 것을 염려하는 사람들이 있다. 일반적인 생각은 '훌륭한 보상 시스템은 단순하고 예측이 가능해야 한다'는 것이다. 영업담당자들이 이해하기 쉽고 간단하면 보상 시스템이 잘 설계되었다고 보면 된다'는 것이다.

하지만 그렇지 않다. 영업 상황은 언제나 변수가 많다. 상품을 팔기 위해 팀 전체가 노력해야 할 때도 있고, 제품과 서비스를 함께 제공해야 할 때도 있고, 솔루션을 판매하는 경우처럼 여러 사업부가 함께 참여해야 할 때도 있다. 앞서 설명한 다중채널 관리를 생각하면 영업의 복잡성은 더욱 커질 것이다. 복잡성이 존재하지 않는 것처럼 보일 수는 있겠지만, 실제로는 존재한다.

보상 시스템이 단순해야 한다는 생각의 이면에는 영업담당자들에 대한 암묵적 전제가 도사리고 있다. 그들은 명함보다 큰 종이에 담아야 하는 보상 계획을 이해할 정도로 똑똑하지 않다는 것이다. 여기서 우리가 풀어야 할 문제는 윈윈win-win 시스템을 만들어내는 것이다.

전략적으로 효과적인 보상 시스템이라면 영업담당자가 인센티브를 받을 때 기업도 이익을 얻는다. 영업 특성상 매우 복잡한 영업 과제와 전략을 가진 기업의 보상 시스템을 생각해 보라. 이들 기업의 보상 관련 규정집은 수차례에 걸친 내용 수정과 복잡한 지급체계로 구성되어 상당히 두껍다. 이것은 영업의 현실을 그대로 반영한 것이다.

필자는 지금까지 아무리 어렵다고 불만을 표시해도 인센티브 제도를 이해하지 못하는 영업담당자를 본 적이 없다. 기업들의 데이터를 살펴보더라도 보상 시스템이 복잡하든 단순하든 할당량을 달성 또는 초과 달성하는 영업담당자의 비율에는 큰 차이가 없다. 경험으로 보면 영업담당자들은 자신이 관련된 보상 시스템에서 전문가가 된다. 그것이 복잡하든 단순하든 상관없이 말이다. 어떤 정책이 앞으로 먹고사는 방식을 결정한다면 누구나 그것을 자세히 살펴보기 때문이다. 따라서 예측 가능성의 측면에서 보면, 궁극적으로는 예측 가능성이나 변동성을 결정하는 것은 보상 시스템이 아니라 시장이다.

프로세스가 아니라 실적만 보고 보상한다?

대부분의 영업 조직의 보상 제도는 프로세스를 무시하고 단순히 실적만 보고는 보상 수준을 정한다. 가장 바람직한 프로세스가 무엇인지를 모르기 때문이다.

일반적으로 좋은 영업담당자는 두둑한 보너스를 받는다. 그러나 인센티브를 지급하는 프로세스가 기업의 공식적 실적 평가와 상충되는 경우가 있다. 다시 말해서 인센티브의 근거(영업사원의 노력으로 얻어낸 주문 예약 등)가 기업의 전략이나 영업관리자가 원하는 사항(교차 영업, 특정 제품의 점유율 향상, 매출 순증가율 등)과는 부합하지 않은 것이다. 결국 실적은 동기부여에 역행하고 더 나쁘게는 바람직하지 않은 영업 활동을 위한 동기를 부여하게 된다.

다른 사람들과 마찬가지로 영업담당자들도 보상을 극대화하고 목표 달성에 성공하거나 실패한 이유를 알고 싶어 한다. 그들은 다음 달, 다음 분기, 다음 해에 돈을 더 많이 벌기 위해 이러한 정보를 이용하려고 한다. 이를 논의하는 프로세스(객관적 데이터

또는 주관적 추측에 근거한 프로세스)는 미래의 행동에 영향을 미친다.

연구 결과에 따르면 사람들이 프로세스가 공정하다는 생각이 들면 이를 수용하지만, 절차상으로 공정하지 못하다면 보상의 가장 중요한 목표 즉, 적절한 행동에 대해 보상하여 동기를 유발하려는 목표가 훼손된다. 따라서 전략 목표를 달성하기 위한 영업담당자들의 노력이나 영업 과제 달성을 위한 노력과 같은 과정을 무시한 채 결과만 가지고 보상을 한다면, 기업이 원했던 전략을 달성하지 못할 수도 있을 것이다.

오직 돈만이 동기를 부여한다?

사람들은 이윤 극대화만 생각하며 살지는 않는다. 이 같은 사실은 '소비자의 행동과 위험 수용'의 측면을 잘 보여주는 행동경제학의 연구에서도 드러난다. 관리자들 또한 직책, 상대적 지위와 함께 사람들의 행동에 영향을 미치는 비금전적인 요인의 중요성을 잘 알고 있다. 각종 포상 제도들에도 이 같은 인간의 욕구가 반영되어 있다.

대부분의 기업에서 영업담당자들의 실적을 공시하고 있다. 월별 또는 분기별로 도표나 스프레드시트를 이용하여 발표한다. 이렇게 하는 이유는 사람이라면 누구나 자신의 위치에 관심을 갖기 때문이다. 즉, 다른 사람들과 비교해서 얼마만큼 실적을 올리고 있는가에 촉각을 곤두세우기 때문이다.

한 연구 결과에서는 어떤 회사가 직원들에게 자신의 보수와 실적이 조직 전체에서 어느 수준에 있는지를 보여주고 나서 직원들의 생산성이 평균 7% 정도 증가했다고 한다. 이러한 효과는 시간이 지나서도 감소하지 않았다. 이렇게 상대적 실적에 관한 피드백을 전하는 것은 '호손 효과Hawthorne effect' 즉, 주목받고 있다는 사실 때문에 그 대상자에게서 나타나는 업적의 향상 만이 목적이 아니다. 필자가 만난 영업담당자들은 "물론 우리는 돈을 보고 일을 한다. 하지만 인정받기를 원한다"고 말했다.

효과적인 영업 보상 시스템의 개발을 위한 질문

인간의 행동을 지배하는 요인으로는 돈 외에 다른 것들이 있다. 그럼에도 불구하고 금전적 보상 시스템은 인간의 행동을 결정하는 중요한 요인으로 작용한다. 전략적으로 효과적인 보상 시스템을 개발하려면 다음의 질문에 답을 내놓을 수 있어야 한다.

— 중요한 영업 과제는 무엇인가?

— 영업사원이 성공하기 위해서는 무엇을 해야 하는가?

— 기준이 되는 영업 인력 풀은 어떤 모습인가?

— 기본급과 인센티브는 어떻게 구성되어야 하는가?

— 인센티브는 어떻게 설계되어야 하는가?

전략과 영업을 일치시키는 다른 요인들처럼 보상 시스템을 설계하기 위한 출발점은 회사가 보상을 주고 관리하기를 원하는 핵심적 영업 과제를 설정하는 것이다. 만약 '전략을 통해 실적을 이끌어내도록 하는 영업 과제는 무엇인가?'의 질문에 대한 소매영업의 경우를 예로 들면, 대략 다음의 3가지 범주로 나눌 수 있다.

+ **판매량에 영향을 미치는 활동** : 새로운 제품을 판매한다. 기존 제품에 대해서는 진열 공간을 더 많이 확보한다. 점두 제품과 점내 진열 제품을 판매 또는 관리한다. 합동 광고를 낸다. 트레이드인 프로모션trade in promotion을 협의하고 관리한다.
+ **점내 서비스 활동** : 판매대를 점검한다. 파손된 제품을 처리한다. 제품의 신선도를 유지한다. 가격을 조정한다. 매장관리자의 질문사항을 처리한다.
+ **공급망 관리Supply-Chain Management 활동** : 판매량을 예측한다. 운송 일정을 관리한다. 제조업체의 생산부서(또는 물류부서)와 도매업체의 물류부서 간 업무를 조정한다. 특별 운송을 관리한다.

B2B 영업의 경우에는 보상 시스템이 운송, 가격 협상, 유통업자와의 관계 형성, 판매 전 애플리케이션 지원, 판매 후 서비스 지원, 판촉 전화, 크로스셀 등의 영업 과제들 중에서 어디에 중점을 두어야 하는가에 영향을 미친다.

여기서 영업 과제의 상대적 중요성은 시장의 라이프사이클 단계에 따라 변한다. 초기에는 고객 교육과 애플리케이션 개발이 중요한 영업 과제다. 그러나 시장이 형성되고 표준이 정해지면 영업담당자는 기능상으로 동등한 다른 브랜드에 맞서 제품을 판매하는 일과 제3자와의 관계를 형성하는 일에 더 치중하게 된다. 보상 계획은 이러한 과제의 변화를 따라가야 한다. 그렇지 않으면 전략을 제대로 수행할 수 없다.

영업 보상 시스템과 영업담당자의 활동이 서로 어긋나게 되는 한 가지 이유는 기업에서 시기적으로 뒤떨어진 영업 과제에 따라 보상 시스템을 운용하기 때문이다. 따라서 관측 활동을 포함하여 실제 상황이 벌어지는 현장에서 이루어지는 고객과의 상호작용을 반영해야 한다. 그것을 대체할 만한 것은 아무것도 없다. 이러한 상호작용은 시장의 변화에 합당한 보상 수준에 대한 데이터를 모으는 작업을 보완하는 데 반드시 필요하다.

영업담당자가 성공하기 위해 해야 할 일들

제품 전시회나 콘퍼런스에 가서 고객의 마음을 얻는 일은 중요하다. 따라서 영업담당자가 이러한 장소에서 계약을 성사시키고 관계를 형성할 수 있도록 경비를 지원하는 내용을 또한 보상 시스템에 담아야 한다. 다중채널 관리가 요구되는 세상에서 중개인과의 협력관계는 매우 중요하다. 영향력을 지닌 중개업자와의 협력을 위해 교차영업, 교육, 공동 판촉 활동을 통해 인센티브를 제공할 수 있어야 한다. 그렇지 않으면 영업담당자들은 중개인이나 동업자의 이익에 반하는 판매를 하게 되고, 결국 양쪽 모두 영업에 실패하여 상대방을 비난하게 된다.

영업관리자들 중에는 이러한 보상 방식을 싫어하는 이들이 많다. 팀 영업의 경우를 생각해 보자. 팀 영업에서는 실적의 공유가 항상 문제를 일으킨다. 기업은 영업에 참여한 모든 사람들의 실적을 인정해 주면서도 영업 수당을 2배로 지급하지는 않는다. 여기서 중요한 것은 기업이 목표를 설정할 때 영업 과제를 이해하고 실적을 추적할 수 있는 정보시스템을 확립하여 공동의 영업 실적을 고려할 수 있게 하는 것이다.

한 가지 예를 들어보자. 작년에 영업담당자 2명이 각자 접근해야 하는 고객에게 상품 500만 원을 팔았고, 팀 영업대상 고객에게 500만 원을 팔았다고 한다. 따라서 그들이 기록한 매출은 1,500만 원이다. 이에 대해 기업은 다음의 방법을 사용할 수 있다.

— 첫째. 개인별 매출 750만 원에 대해 각각 100만 원을 지급하도록 매출 목표와 영업 수당을 설정한다. 이 방법은 팀영업 대상 고객에 대한 실적을 50 대 50의 비율로 나눈 것이다. 이때 기업이 지급해야 하는 영업 수당은 총 200만 원이다.

— 둘째. 매출 1,000만 원 대해 영업 수당 100만 원을 지급한다. 여기서는 공동의 영업 실적을 이중으로 계산하여 100% 각 영업담당자의 실적으로 인정해 준다. 그러면 영업담당자는 매출의 50%를 팀에 의존하게 된다. 기업이 지급해야 하는 영업 수당은 앞에서와 마찬가지로 200만 원이다.

첫 번째 방법에서는 영업담당자의 매출 목표 750만 원을 달성하려면 개별적으로 접근해야 하는 고객에게 250만 원을 더 많이 판매하는 것이 더 낫겠다는 생각을 하게 될 것이다. 복잡하게 얽혀 있는 공동 판매를 위한 노력보다 시간이 덜 소요되기 때문이다. 따라서 자신은 개별적으로 접근해야 하는 고객에게 집중하고, 동료 영업담당자는 팀영업 대상 고객을 열심히 맡도록 하여 노력을 적게 들이거나 전혀 들이지 않고 공동 실적의 50%를 인정받을 수 있기를 바랄 것이다. 결국 공동으로 접근해야 하는 고객을 상대로 한 영업은 어려운 국면에 처하게 된다.

두 번째 방법에서는 인센티브 측면에서 공동 실적을 위한 노력에 장애가 될 요소는 없다. 회사가 지급해야 하는 영업 수당에도 변함이 없다. 그러면 어느 방법이 더 좋을까? 선택은 기업의 전략과 이에 따른 팀 영업 과제의 상대적 중요성에 달려 있다.

기준이 되는 영업 인력 풀은 어떤 모습인가?

임금 수준에서 경쟁력이 떨어지는 기업은 좋은 직원을 잃는다. 필자가 재직했던 기업에서도 비슷한 일이 일어났다. 새로운 사람들을 뽑아 훈련시키고 영업 경험을 제공했지만 결국 그들은 임금을 더 많이 주는 경쟁 기업으로 옮겨버리곤 했다.

같은 업종의 임금 수준을 비교해 놓은 자료는 다양한 출처를 통해 알 수 있는데, 때로는 각 출처에서 해당 범주를 다르게 정의하고 집계하여 다른 숫자를 내놓기도 한다. 그러나 이런 자료들을 활용하여 회사의 영업 전략에 부합하거나 부합하지 않는 영업 활동을 되돌아볼 수 있어야 한다.

또 다른 쟁점은 구매 결정에 미치는 영업담당자의 영향력과 이러한 영향력을 행사하는 데 필요한 그들의 능력이다. 영업이 전문적 스킬을 요할 때에는 다른 업종이나 영업 외의 다른 영역에서 그에 적합한 사람을 뽑아야 한다. 임금 수준도 경쟁 기업들과 다르게 제기해야 한다. 원하든 원하지 않든 유능한 영업담당자를 대체하는 데는 엄청난 비용이 소요되므로 보상 시스템에서 이러한 대체비용을 반드시 고려해야 한다. '누가 고객을 소유하고 있는가, 기업인가 아니면 영업사원인가?'를 질문해 보라. 때로는 영업사원이 답이 되기도 한다.

뛰어난 프라이빗 뱅커private banker가 되려면 다양한 스킬을 갖추어야 한다. 은행이 제공하는 금융상품에 대한 지식뿐만 아니라 원만한 인간관계를 형성하여 고객을 소개받고 다른 은행으로부터 업무상 필요한 협력을 이끌어내는 능력도 있어야 한다. 금융상품은 쉽게 모방될 수 있기 때문에 개인적으로 제공하는 서비스가 고객 가치 제안의 핵심이 된다. 따라서 인간적인 신뢰, 친화력, 좋은 인상을 가진 직원의 역할이 매우 중요하다.

이러한 요소들의 조합은 쉽게 얻어지지도 않고 MBA 프로그램을 통해 제공되지도 않는다. 오랫동안 축적해온 노하우에 의존하는 것이다. 시간이 지나면서 고객들은 자신이 은행이 아니라 프라이빗 뱅커와 함께 일을 하고 있다는 생각을 갖게 되며, 그래서 프라이빗 뱅커가 다른 은행으로 자리를 옮기면 자신의 자산관리도 그 은행에 맡기게 된다. 프라이빗 뱅커의 경우 연봉이 2억 안팎으로 알려져 있지만 실적에 따라 40억 이상의 연봉을 받는 사람도 있다고 알려져 있다. 이러한 임금 결정은 해당 자산의 가치에 관한 결정이고, 해당 뱅커의 대체비용을 반영한 결정이라고 할 수 있다.

기본급과 인센티브, 어떻게 구성되어야 하는가?

대부분의 영업담당자들은 '기본급'과 '인센티브'를 받는다. 여기서 기본급의 비중을 높이는 몇 가지 요인이 있는데, 해당 기간 동안 영업담당자에 대한 실적 평가가 어렵거나 실적 평가 관리가 복잡한 경우, 영업담당자들의 협력을 이끌어내야 하는 경우, 판매 주기가 복잡하고 긴 경우, 서비스 지원이 중요한 경우, 판촉성 판매가 필요한 경우, 시장 수요의 변동성이 큰 경우 등이다. 그러나 기업은 강력한 레버리지 보상 시스템(수수료를 높게 잡거나 보너스를 많이 지급)을 확립해놓고 서비스 지원과 장기적 고객 관계가 중요한 시장에서도 실적 평가 관리가 복잡한 제품을 판매할 수도 있다.

기본급과 인센티브의 구성에 관한 결정은 영업 문화뿐만 아니라 영업사원에게도 영향을 미친다. 실적에 기반을 둘 것인가, 행위에 기반을 둘 것인가에 관한 연구에서 이러한 결정을 자세히 분석했다. 실적에 기반을 둔 관리는 영업관리자에게 크게 부담이 되지 않는다. 실적이 좋으면 임금을 더 많이 받는다는 사실을 강조하기만 하면 된다. 이때 영업담당자들은 법적 윤리적으로 문제만 없다면 많은 자율권을 가지고 영업 활동을 한다. 본질적으로는 기업가나 프랜차이즈 창업자와 다를 것이 없다.

반면에 행위에 기반을 둔 보상 시스템에서는 관리자의 감독과 영업 방법에 대한 개입이 요구된다. 보상의 대부분이 고정급이고, 변동급은 실적만이 아니라 영업사원이 무엇을 했는가(방문 횟수, 지출 관리 등)에 달려 있다. 따라서 변동급에 대한 요구가 크지 않다.

부동산이나 금융 중개 업체에서는 오랫동안 성과급을 강조해 왔다. 영업담당자들의 이동이 상당히 많은 편이고, 때로는 고객과 함께 다른 곳으로 옮겨가는 경우도 있다. 어떤 영업 담당 부사장은 다음과 같이 말한다.

"전체 보상에서 인센티브가 차지하는 비중이 10%에 못 미치면 대부분의 영업담당자들이 거의 신경을 쓰지 않는다. 10~25%이면 관심을 갖는다. 25~50%일 때는 인센티브가 영업담당자들의 행위에 영향을 미치고, 영업관리자는 몇 가지 중요한 사항만 관리하면 된다. 50%가 넘으면 영업관리자의 현장관리가 현저히 줄어들고, 영업담당자들은 '할당을 채우지 못하면 퇴출'이라는 각오로 일을 한다. 영업관리자들은 자신들의 경험에 비추어 영업담당자의 눈에 인센티브가 중요하게 보이려면 전체 보상에서 적어도 15%는 차지해야 하며, 행위에 영향을 미치려면 적어도 30%는 되어야 한다고 말한다. 그러나 이 같은 비공식적 가이드라인에 타당성을 부여하는 결정적 연구 결과는 아직 없다. 그러나 분명한 사실은 기본급과 인센티브의 구성이 영향력을 갖는다는 것이다."

기본급만 지급하거나 판매량에 근거한 인센티브만 주는 방식은 관리하기가 쉽다. 그래서 이 2가지 방식은 복잡한 제도를 운용하기 위한 시스템이 갖춰지지 않았거나 관리 능력이 부족한 기업에 디폴트 옵션default option이 되기도 한다. 그런데 SFASales Force Automation와 같이 영업 활동을 체계적으로 관리할 수 있는 기술이 속속 등장하여 효율적인 비용 관리가 가능해지게 되었다.

효과적인 인센티브를 설계하라

인센티브의 주요 유형은 많지 않지만 이를 변형한 것은 상당히 많다. 목표를 달성한 사람에게는 보너스가 일시불로 지급된다. 보너스는 양적 또는 질적 목표에 근거하여 지급될 수도 있고, 영업관리자의 판단에 따라 지급될 수도 있다. 수당은 대체로 판매량이나 마진에 따라 일정 비율로 지급된다. 전체 판매량을 기준으로 적용하는 기업도 있고, 제품이나 고객 또는 수익성이나 경쟁 목표를 반영하는 그 밖의 지표에 따라 비율을 다르게 적용하는 기업도 있다. 때로는 할당량을 초과한 판매에 대해서만 수당을 지급하는 곳도 있고, 할당량을 초과한 판매와 그 이하의 판매에 대해서 비율을 다르게 정하여 지급하는 곳도 있다.

판매 콘테스트는 목표 대비 실적을 기준으로 보너스를 일시불로 지급하거나 단기 목표를 달성한 영업사원에게만 지급한다. 그런데 인센티브에서 골치 아픈 일은 세부사항에서 나온다. 예를 들어 인센티브를 주문 예약이 들어왔을 때 지급하는가, 고객에게 인도했을 때 지급하는가의 문제는 현금흐름과 생산 계획뿐만 아니라 영업 활동을 어디에 집중해야 하는가에 큰 변화를 가져올 수 있다.

기업마다 비즈니스 환경이 다르겠지만 전략과 영업을 일치시킬 인센티브를 설계할 때 지켜야 할 일반 원칙이 있다. 이 원칙은 목적, 적용 기간, 사용되는 지표와 관련이 있다. 영업에서 인센티브에는 서로 밀접한 관련이 있는 3가지 목적이 있다.

+ **첫째. 경영 목표와 전략적으로 가장 매력적인 기회를 향한 영업 활동 간의 조화를 도모한다** : 인센티브 제도는 정말 중요한 것이 무엇인가에 대한 기업 전체의 커뮤니케이션 결과이며, 영업담당자들은 이러한 사실을 명심해야 한다.
+ **둘째. 영업 역량에 대한 투자수익률**Return on Investment, ROI**을 증대한다** : 인센티브 제도는 영업담당자의 노력을 강화하며, 이러한 노력을 통해 기업과 영업담당자가 동시에 발전할 수 있어야 한다.
+ **셋째. 동기를 부여한다** : 인센티브 제도는 보수 총액이 개인의 실적을 반영하도록 설계되어야 하고, 인센티브는 실적의 차이에 따라 지급되어야 한다. 인센티브 지급액의 차이는 영향력을 지닐 정도로 의미가 있어야 한다.

인센티브의 적용 기간은 영향력을 미칠 만큼 짧아야 하지만, 지급이 의미를 지닐만큼의 기간은 되어야 한다. 여기서의 원칙은 노력, 실적, 보상의 인과관계가 가시적으로 드러나도록 인센티브를 설계해야 한다. 왜 많은 기업들이 영업담당자가 목표를 달성했을 때 공개적으로 포상하는지를 생각해 보면 알 것이다. 노력과 실적을 인센티브와 연결시키는 것은 인센티브가 전형적인 판매 주기를 반영하여 영업을 위한 노력을 무의식적으로 좌절시키지 않도록 하려는 것이다.

많은 기업들이 인센티브의 근거를 특정 제품에 대한 최소한의 기준 판매량을 달성하는 데 둔다. 특히 수익성이 높고 전략적으로 중요한 제품에 노력을 집중하기를 원한다. 그러나 이렇게 '모' 아니면 '도'라는 식의 인센티브는 엉뚱한 결과를 낳을 수 있다. 영업담당자들은 인센티브 기간 내에 기준 판매량을 달성하지 못할 것으로 생각되면 다음 인센티브 기간을 위해 주문을 비축할 가능성이 크다. 더 나쁘게는, 목표 달성을 위한 노력을 지레 포기하기도 한다. 이처럼 영업담당자들의 행동은 인센티브의 적용 기간과 구조에 영향을 받는다.

그러므로 인센티브는 중요한 목표를 반영하는 지표에 근거하여 설계해야 한다. 판매량은 인센티브를 지급하기 위해 가장 널리 사용되는 지표지만, 때로는 다른 지표가 전략적 선택뿐만 아니라 비즈니스모델에 내재된 GTM 원리를 더 정확하게 반영하기도 한다. 예를 들어 다음과 같은 지표가 있다.

+ **제품 믹스** : 제품 믹스는 하나의 시스템으로 다른 아이템을 판매할 때 중요하다.

+ **가격 책정** : 인센티브와 가격 책정의 연계는 협상이 주요 영업 과제이거나 영업담당자가 할인 또는 가격 외의 요구에 대해 재량권을 가졌을 때 특히 중요하다.

+ **대손(貸損) 또는 제품 반환** : 많은 사업(의료기기, 서비스 머천다이저, 케이블 TV)에서 이 2가지는 비용과 수익성에 커다란 영향을 미친다.

+ **판매 유형** : 아무런 조건이 없는 일반 판매인가, 임대인가, 회원제인가에 따라 현금흐름, 고객 기반, 애프터마켓 매출이 크게 달라진다.

+ **교육** : 사용자에 대한 교육서비스 제공이 핵심 영업 과제이며, 이것이 판매회사의 매출과 수익의 원천인 경우에 특히 중요하다(법인 소프트웨어, 전문 서비스 등).

인센티브에서 모든 회사, 모든 사업 단위, 모든 영업 지점에 최적인 단 하나의 유형은 없다. 최선은 당신의 전략 그리고 이와 관련된 영업 과제 분석에 달려 있다.

전략적인 영업 보상 시스템이 필요하다

영업 보상 시스템은 여러 차원에 영향을 미치기 때문에 별개로 접근할 수 없다. 이제부터 전략적으로 효과적인 영업 보상 시스템의 특징을 살펴보기로 하자.

많은 보상 시스템들이 모든 것이 다 중요하다는 식의 오류에 빠져든다. 최고경영자들은 영업 보상 시스템에 대해 다음과 같은 목표를 제시한다. '영업을 위한 노력을 더 많이 하도록 하고, 영업 활동을 효과적으로 관리한다', '최고의 실적을 내는 영업사원을 보유한다', '교차 기능적이고 팀 영업에 적합한 능력을 개발한다', '고객 서비스의 질을 개선한다', '제품들의 세일즈 믹스Sales Mix를 바꾼다', '영업비와 일반 관리비를 절약한다', '관리상의 논란을 최소화한다', '영업사원들에게 책임감을 더 많이 부여한다' 등등. 목표 리스트

〈그림 2-7 : 효과적인 보상 시스템〉

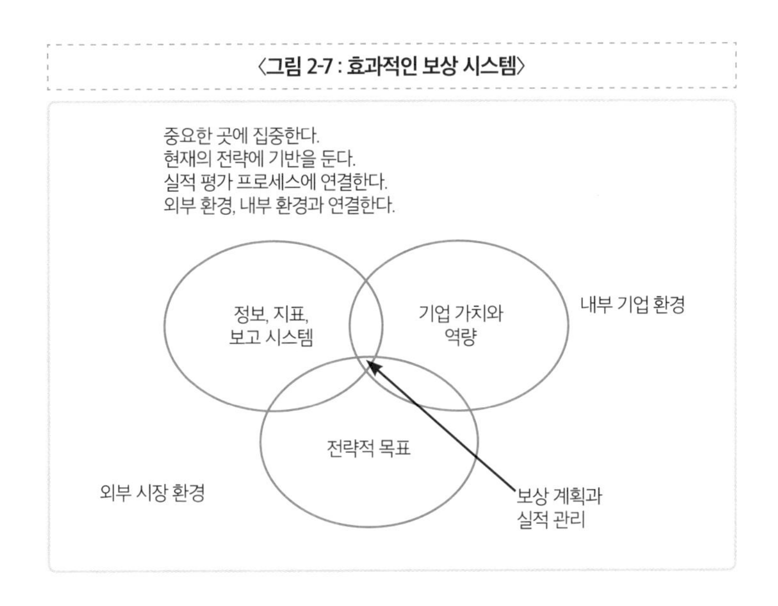

는 계속 이어지고, 내용은 일반적이다. 그러나 이렇듯 모든 것이 다 중요하다면 노력, 보상, 동기부여가 제대로 이루어지지 않게 된다. 결국 전략은 선택의 문제다.

많은 기업들을 보면 목표 설정 시 현재의 전략에 기반을 둔다. 보상 시스템을 현재가 아니라 전년 실적에 맞춰 조정하는 경우가 많다. 할당량과 목표를 설정하는 가장 일반적인 접근 방식도 전년을 기준으로 필요한 수정을 가하는 것이다. 바꿔 말하면, 작년에 영업담당자들 중에서 할당량을 채운 사람이 많은가, 적은가에 따라 금년의 할당량을 올리거나 낮추는 것이다.

그러나 영업은 어제의 일이 아니라 오늘과 내일의 일이며, 사내에서 벌어지는 게임이 아니라 시장에서 일어나는 일이다. 따라서 보상 시스템은 영업 과제, 영업 활동, 기업의 IT 시스템과 보고 시스템을 연결함으로써 전략적 선택을 효과적으로 운용할 수 있게 해야 한다.

어떤 기업들은 보상 정책으로 관리를 대체하려고 한다. 그러나 보상 정책은 기업이 원하는 행동을 유발하기에는 충분하지 않다. 보상 시스템은 현재 진행중인 실적 관리의 수단일 뿐, 관리 자체를 대신 할 수는 없다. 사람은 사람이 관리하는 것이다. 따라서 어떠한 보상 시스템도 실적에 관한 피드백을 제공하고, 현장의 영업역량을 강화하는 영업관리자의 역할'에 관심을 기울이지 않고는 효과를 보지 못할 것이다.

PART 3

영업관리자 육성하기

뛰어난 영업관리자는 어떤 사람인가?

영업관리자들은 영업담당자 채용과 교육에 영향을 미친다. 목표 시장에 대한 영업 활동을 정의하고 인센티브를 할당한다. 또한 실적을 평가하고 바람직한 활동을 강화한다. 그리고 다른 부서나 임원실에서 요구사항에 대응한다. 대부분의 기업에서 영업관리자들은 전략과 영업 인력, 관리 시스템, 영업부서의 환경을 일치시키는 데 핵심적 역할을 한다.

영업관리자의 역할에 대해서는 복합적인 견해가 존재한다. 연구 결과에 따르면, '단기적으로는 평균적인 관리자와 함께 일하는 뛰어난 영업담당자가, 뛰어난 관리자와 함께 일하는 평균적인 영업담당자 보다 더 나은 실적을 보여주는 것'으로 나타난다. 그러나 시간이 지나면서 실적이 감소하는 경향을 보인다. 왜냐하면 뛰어난 영업담당자는 결국 승진하거나 퇴직해서 다른 곳으로 떠나고, 남아 있더라도 평균적인 관리자가 그를 평균적인 영업담당자로 전락시키는 경우가 많기 때문이다.

'일류는 일류를 뽑고, 이류는 삼류를 뽑는다'고 했다. 게다가 뛰어난 영업담당자는 자신의 담당 구역이나 고객에게만 영향을 미칠 수 있다. 하지만 영업관리자는 다양한 구역과 고객에게 더 많은 영향을 미치게 된다. 필자가 조사한 바에 따르면, 많은 기업들의 영업관리자들이 보고서를 비롯한 격무에 시달릴 뿐만 아니라 교체도 심한 것으로 나타났다. 실무자가 관리자로 승진하는 것은 쉽지 않은 일이지만, 영업부문에서는 뛰어난 실적을 보여줌으로써 관리자로 승진할 수 있다. 문제는 그다음이다.

영업관리자는 자신이 관리해야 할 영업담당자들의 장점과 단점을 판단하고, 조직 내 다른 사람들과 상호작용하고, 행정적인 업무를 수행하고, 목표를 달성해야 한다. 그런데 영업담당자로는 성공했지만, 관리자로서는 실패하는 사람이 적지 않다. 이유는 관리자로 변신하기보다 영업담당자의 모습을 계속 유지했기 때문이다.

영업만 잘해서는 훌륭한 관리자가 될 수 없다. 그런데도 불구하고 대부분의 기업들은 영업에서 뛰어난 실적을 낸 사람을 관리자로 뽑는다. 그래서 필자는 더 나은 영업 조직을 만들고 싶다면 관리자 선발 기준을 바꾸라고 권고한다.

하지만 현실은 실적이 뛰어난 영업사원을 관리자로 뽑는다. 그것은 어리석은 선택이라기보다는 조직에서 나타나는 일반적인 현실을 반영한 것이다. 영업관리자로 임명된 사람이 영업담당자 시절 뛰어난 실적을 보여주지 않았을 경우에는 영업담당자들로부터 신뢰를 얻기가 어렵기 때문이다. 이것이 영업관리자 승진을 결정할 때 가장 어렵다.

영업관리자가 된다는 것은

영업관리자가 되는 것은 과거의 실적에 대한 보상이고, 기업 입장에서는 관리자로서 기여할 잠재적 능력에 대한 일종의 도박이라고 할 수 있다. 물론 이러한 승진은 영업 부문에서만 있는 일이 아니다. 모든 부서에서 실무자에서 행정적인 책임을 지는 위치로의 이동이 이루어진다. 하지만 그러한 변화에 성공적으로 적응하는 경우가 많지 않다. 대부분의 영업담당자들은 관리자가 되기 전에 외부 고객의 요구에만 집중하고 조직 내부의 행정적인 업무를 기피한다(때로는 이러한 업무를 거부하기도 한다). 하지만 관리자가 되면 이를 기꺼이 감수해야 한다.

영업관리자는 영업 파이프라인을 생산적으로 유지하고, 개인교사, 평가자, 행정가일 뿐만 아니라 기업 전략의 매개자로서의 역할도 수행해야 한다. 문제는 새롭게 맡은 영업관리자에게 이런 다양한 역할을 소화해 낼 만한 능력이 부족하다는 것이다.

훌륭한 영업담당자는 거래를 매듭짓고, 수당을 챙기고, 다음 거래처를 찾기 위해 움직인다. 반면에 훌륭한 영업관리자는 큰 그림을 보고 자원을 가장 잘 활용할 수 있는 방법을 생각한다. 하지만 이 역활을 실행에 옮기는 것이 왜 그리 어려울까?

필자는 영업담당자에서 영업관리자로의 승진과 관련된 문제를 오랫동안 연구해 왔다. 또한 코치로서 컨설턴트로서 영업관리자를 채용하거나 영업관리자가 되는 것에 대한 실질적 조언을 제공해왔다. 필자가 항상 강조하는 사항은 신임 영업관리자는 자신의 영업 실적에만 책임을 지던 과거의 태도와 습관을 버려야 한다는 것이다. 관리자가 된다는 것은 새로운 차원의 직업적 정체성을 확립하고, 새로운 과제를 배우고, 마인드를 바꾸고, 자신을 변화시키는 것을 의미한다.

그러나 코칭을 하다 보면 신임 관리자의 대다수가 자신의 새로운 지위에 맞는 새로운 태도, 사고방식, 가치관을 개발해야 한다는 요구(자기 자신을 변화시켜야 한다는 예상치 못했던 요구)에 당혹감을 느끼는 것으로 나타났다. 이들은 영업담당자의 역할에서 자산이 되었던 행동(고객과의 관계를 맺기 위해 접근하는 것)이 영업관리자의 역할에서는 부채가 된다는 사실을 깨닫게 된다. 결국 이러한 역할 변화의 필요성에 대해 일찍 깨닫고 관리자의 역할에 맞게 자신을 변화시키는 관리자가 살아남는다.

영업관리자의 육성 프로세스

미국의 조직 행동 전문가인 진 돌턴Jean Dalton과 폴 톰슨Paul Thomson은 그들이 개발한 "4단계 모델"을 통해 실무자가 리더로 성장해 가는 과정을 설명하고 있다.

실적이 뛰어난 사람들은 자신의 경력에서 4단계를 거치면서 조직에 더 많이 기여한다는 것이다. 이들은 과거에 자신에게 성공을 가져온 행동을 온전히 자기 것으로 만들었을 뿐만 아니라 그다음 단계에서 실적을 내는 데 필요한 새로운 기술과 비전을 갖추어 조직에 기여했다. 돌턴과 톰슨의 모델은 다음과 같다.

— 1단계 : 도움을 받고 배워가는 단계

— 2단계 : 독자적으로 기여하는 단계

— 3단계 : 다른 사람을 통해 기여하는 단계

— 4단계 : 조직의 방향을 제시하는 단계

이 모델의 장점은 개인-기여자-관리자로 넘어가는 과정에서 나타나는 특징을 아주 잘 설명하고 있다는 것이다. 또한 영업관리자로서 더 많은 책임을 지고 더 높은 목표를 달성하는 데 필요한 인사이트를 제공한다.

1단계 : 도움을 받고 배워가는 단계

조직에 들어가면 조직의 구성원에게 요구되는 지식을 익혀야 하고 적절한 능력과 배우려는 의지를 보여주어야 한다. 또한 직무기술서에 적혀 있는 내용과는 별도로 일의 우선순위를 알아야 한다. 조직도에 나와 있는 공식적인 경로뿐만 아니라 조직 고유의 관행적이고 비공식적인 경로에 따라 일을 처리하는 방법도 배워야 한다. 또 관리자의 지도하에 자신의 능력과 잠재력에 대한 평가를 받으면서 맡은 일을 처리해야 한다. 이 단계에 있는 사람은 무엇보다 다음의 행동을 배우고 보여주어야 한다.

— 관리자의 지도하에 자기가 맡은 일을 창의적이고 주도적으로 처리하면서도 해당 분야에서 경험을 쌓은 사람의 감독을 기꺼이 받아들인다(예를 들어 회사의 가치 제안, 범위 선택, 방문 과제를 준수하면서 자신의 성격에 가장 잘 맞는 방식으로 영업을 한다).

— 때로는 대형 프로젝트의 일부를 맡는다. 정해진 목표에 따라 업무를 제때에 능숙하게 처리할 수 있는 능력을 보여준다(예를 들어 팀별로 할당된 담당 구역이나 고객 집단에서 한 부분을 맡는다. 방문 보고서를 작성하고 CRM과 관련하여 유익한 정보를 정리해둔다).
— 시간과 예산의 허용 범위 내에서 자신이 맡은 일을 처리한다. 조직의 구성원으로서 일을 처리하는 방법을 적극적으로 배운다.

1단계는 견습 기간이라고 할 수 있다. 그런데 돌턴과 톰슨은 많은 사람들이 이 단계에 머물러 있다고 지적하고 있다. 당신에게 보고하는 사람들 중에서 같은 일을 수년 동안 해왔지만 여전히 직접적인 관리가 필요한 이들을 떠올려보라. 그가 사원인가 관리자인가는 별개의 문제다. 여전히 1단계에 머물러 있다는 것이 문제다. 그런가 하면 1년 안에 20년 경력자에 못지않은 능력을 갖추는 사람도 있다.

새로 들어온 사람은 자신이 맡은 일에 빨리 적응해야 한다. 다른 곳에서 얼마나 일을 잘했는지는 중요하지 않다. 중요한 것은 이곳, 즉 현재의 시장, 고객, 조직에서의 기여다. 실적은 대부분 기업 고유의 전략과 시스템, 문화 그리고 자원에서 나온다. 따라서 새로 들어온 사람은 자신의 실적에 영향을 미칠 수 있는 조직 내의 다른 사람들과 신뢰관계를 형성하면서 조직의 요구를 알기 위해 적극적으로 노력해야 한다. 또한 독자적으로 할 수 있는 기회를 얻기 위해 진취적인 모습도 보여야 한다. 그렇지 않으면 1단계에서 벗어날 수 없다.

1단계에 있는 사람은 해당 분야에서 경험을 쌓은 사람의 지시나 관리를 기꺼이 받아들이고, 진취적인 모습을 보이고, 조직에 대해 배우고, 핵심 과제를 수행해야 할 책임이 있다. 이에 대한 기대를 분명히 표현하는 것은 조직의 몫이다.

2단계 : 독자적으로 기여하는 단계

2단계로 넘어가는 사람은 지시를 받지 않고도 상당한 실적을 낼 수 있는 사람이라는 평판과 실적이 있어야 한다. 실적은 특정 분야에 대한 깊이 있는 지식이나 성장을 위한 개인적인 노력에서 기인한다. 이 단계는 전문 직업인의 정체성을 확립하고 행동으로 채워 가는 과정으로, 대부분의 기업에서 전체 직원의 40~50%를 차지할 정도로 두터운 층을 형성한다. 그들은 다음과 같은 책임을 갖는다.

— 특정한 프로젝트에 대해 처음부터 끝까지 책임을 진다.

— 스스로 관리하는 시간과 업무가 더 많아지고, 문제를 해결하고 난관을 극복할 능력을 보여준다. 또한 실적을 향상시키기 위한 방법을 제시함으로써 명시적이든 암시적이든 관리자와의 관계를 재조정한다.

— 실적이 뛰어나고 책임감이 강한 사람이라는 평판이 중요하다. 동료들과 신뢰관계를 형성해야 한다.

영업담당자는 적절한 판매를 통해 수익을 창출할 수 있어야 한다. 이것이 전문성이다. 2단계에서의 성공은 능력을 갖추는 것뿐만 아니라 그런 능력을 인정받는 것은 평판을 의미한다. 평판은 더 많은 책임을 지기 위한 기회와 직위를 얻게 해준다. 바로 이런 이유 때문에 동료, 관리자, 같은 팀 또는 다른 부서 사람들과의 관계가 중요하다.

2단계에서 성공한 사람들의 순위에 따라 영업관리자가 정해진다. 많은 영업담당자들이 2단계에 머물러 있다. 이들은 가치를 인정받고 때로 대단한 보상을 받지만 그것은 개인적으로 달성할 수 있는 정도를 넘지 못한다. 이들이 계속해서 실적을 내려면 영향력의 범위를 넓혀야 한다. 기술, 시장, 구매 행위의 변화에 따라 중요 영업 과제가 바뀐다 해도 자신의 능력을 유지, 강화해야 한다. 그렇지 않으면 지속적인 발전을 기대할 수 없다.

3단계 : 다른 사람을 통해 기여하는 단계

지금까지 우리는 개인의 기여에 대해 살펴보았다. 그러나 개인의 기여가 갖는 한계를 뛰어넘어 다른 사람의 기여를 최대한 활용할 수 있어야 한다. 이것이 관리자가 해야 하는 일이다.

훌륭한 관리자가 되려면 사람들이 적절한 행동 방식을 선택하고 그들의 다양한 활동이 하나의 목표를 향하도록 지원하고 영향력을 발휘해야 한다. 고객에게 문을 열어주기 위해, 의사결정자에게 다가가기 위해, 거래를 매듭짓기 위해 직접 나설 필요는 없다. 영업담당자로 쌓아온 경험과 신뢰 위에서 중요 영업 과제를 이해시키고 수행하도록 하면 된다. 보다 큰 기업의 목표와 관련한 팀의 실적에 대한 책임을 져야 하기 때문이다. 3단계에 있는 사람이 성취하고 보여주어야 할 과제와 행동은 다음과 같다.

— 업무 영역과 조직에 대해 더 많이 알아야 한다. 3단계에 있는 사람은 전문성에 만족해서는 안 되며, 자신의 전문성을 효과적으로 연결하는 방법을 터득해야 한다(한마디로 말해서 통합하는 사람이 되어야 한다).
— 비즈니스에 대한 폭넓은 안목을 가져야 한다. 그리고 사람들이 더 큰 맥락과 요구, 다른 집단과의 관계, 전략적 선택을 이해할 수 있도록 도와야 한다.
— 관리자, 멘토, 아이디어 개발과 실천의 모범이 되어 다른 사람의 실적을 강화하고 중요한 사안에 대해서는 자신의 팀을 대표해야 한다.

3단계에서 유능한 영업관리자라는 소리를 들으려면, 다음의 2가지 활동에서 자신의 능력을 보여주어야 한다.

첫째, 자신이 이끄는 팀의 실적을 결정짓는 상호의존 관계를 적절히 조율할 줄 알아야 한다. 그다음에는 자기가 맡은 부서를 뛰어넘어 네트워크 확충에 적극 노력함으로써 다른 부서의 자원을 활용하고 협력을 이끌어낼 수 있어야 한다. 이러한 노력은 자기가 맡은 부서의 실적을 증진하는 데에 반드시 필요하다. 예를 들어 실제로는 영업관리자의 직무에서 매우 중요한 부분을 차지하는 영업과 마케팅의 조정은 3단계에서 발생한다.

둘째, 영업담당자들의 능력 개발을 도와야 한다. 2단계의 사람은 자기 자신을 개발하고 돌보기 위해 배우지만, 3단계의 관리자는 다른 사람들을 돌보고 팀의 행동에 대한 책임을 지기 위해 배워야 한다. 이는 관리자가 친절한 사람이라서가 아니라 조직과 업무가 그렇게 해줄 것을 요구하기 때문이다. 3단계에서 실적을 강화하기 위한 유일한 방법은 영업담당자들의 능력 개발을 지원하는 것이다. 그러면 관리자는 또 다른 기회를 향해 움직일 수 있고 자신의 영향력을 넓히고 조직에 더 많은 기여를 할 수 있다.

그러나 여기에는 언제나 긴장이 도사린다. 영업관리자가 능력 개발에 투자하면 영업담당자가 가치 있는 존재가 되어 다른 곳으로 옮겨갈 수 있다. 그러면 그 빈자리를 채우기 위해 다른 사람을 찾아야 한다. 그래서 관리자들은 이러한 긴장관계를 경험하고 인재를 육성하기보다 유지하려고 한다. 자신이 키운 인재를 놓치고 싶지 않기 때문이다.

하지만 뛰어난 영업담당자는 대개 야심을 갖기 마련이다. 높은 지위와 더 많은 연봉을 위해 떠나려고 한다. 이는 기업에 큰 문제를 야기하고 조직의 재편을 요구한다. 그렇더라도 리더를 키울 줄 알아야 훌륭한 관리자다. 인재의 발전을 가로막지 않고 육성할 것이라는 평판이 잠재력이 뛰어난 인재들을 끌어들이기 때문이다.

4단계 : 조직의 방향을 제시하는 단계

대부분의 영업관리자는 3단계에 있다. 이 단계에서 더 이상 나아가지 않아도 직장인으로서는 성공할 수 있다. 하지만 이 단계에서의 기여는 관리자가 아닌 사람들과 하는 일에 한정된다. 실제로 관리자들은 자신의 카드를 최적화한다.

그에 비해 4단계는 카드를 다시 섞어 새로운 최적화를 모색하는 것을 말한다. 이때에는 잘 모르는 사람이나 한 번도 대화를 나눠본 적이 없는 사람에게도 영향력을 미치는 방법을 찾아야 한다. 한마디로 조직의 방향을 제시하는 단계로, 조직 전체에 권한과 영향력을 행사하는 사람의 안목과 변화하는 조직의 요구에 대해 올바른 정보에 기초한 대응력을 가질 것도 요구한다. 4단계에 있는 사람은 무엇보다 다음과 같은 과제에 책임을 져야 한다.

— 전략적 이슈에 대해 외부 집단(회사뿐 아니라 회사 외부의 집단)을 상대로 자기 부서의 의견을 대표한다.
— 작업시스템, 프로세스, 실행, 방향의 변화를 통해 조직의 실적과 역량을 강화한다.
— 조직의 더 큰 이익을 위해 어려운 결정을 내리고 권한을 행사한다.

3단계의 사람들이 자기 팀과 그 주변 환경 속에서 성공을 이루어낸다면, 4단계의 사람들은 자신이 속한 산업과 변화하는 고객, 경쟁적 환경 속에서 성공을 이루어낸다. 영업 부문에서 그들은 목표, 범위, 경쟁우위 그리고 이러한 요소들을 최선으로 처리하는 조직의 방식에 대해 사실에 기반한 관점을 가지고 있다. 또 문제를 진단할 뿐만 아니라 그것을 해결하는 실현 가능한 옵션을 보유하고 있다. 이와 관련하여 어느 영업 담당 임원은 이렇게 말했다.

> "저는 이 회사에서 가장 똑똑한 사람은 아닙니다. 그러나 제가 하는 일은 우리 회사가 시장에서 자리 잡은 곳과 앞으로 자리 잡기를 원하는 곳의 갭, 그곳으로 가기 위해 요구되는 변화에 대해 현실적으로 생각하도록 하는 것입니다."

조직에서 권력의 사용은 변화를 위한 중요 요소다. 4단계에 있는 사람들은 조직이 부여하는 힘을 활용하는 방법을 안다. 여기에는 공식적인 권위에 의존하는 방법뿐만 아니라 인적 네트워크를 형성하여 서로 조율하는 것이다. 그들은 이러한 방법을 활용함으로써 권력을 행사하고 장기 목표와 단기 목표의 균형을 유지한다.

또한 그들은 권력을 남용해서는 안 되지만 회사의 이익이 걸려 있을 때에는 단호하게 사용해야 한다는 사실도 알고 있다. 인력개발에서 자신의 역할을 확대하고, 후임자 문제에 적극적인 관심을 나타낸다. 자신의 후임자일 경우에는 더욱 그렇다. 바로 4단계에 있는 사람들 가운데서 미래의 임원이 나오기 때문이다.

인력개발에 대한 시사점

옆의 〈그림 3-1 : 발전 단계별 개요〉는 4가지 발전단계의 특성을 요약한 것이다.

돌턴과 톰슨은 각 단계에서 나타나는 발전과 상관관계가 높은 요인을 살펴보았다. 그 결과 누가 계속 발전하여 조직에 기여할 것인가는 출신 학교나 전공 분야, 근속연수, 학위와 상관관계가 거의 없었다. 일례로 MBA 출신이 높은 실적을 올리는 것은 아니었다. 주어진 과제와 능력 개발 기회를 어떻게 관리하고 활용했는가가 중요한 요인으로 작용했으며, 지능, 호기심, 인맥, 야심, 대인관계 스킬 등도 플러스 요인으로 파악되었다. 하지만 역시 가장 중요한 발전의 동인은 조직적 요인이었다. 이러한 결과는 영업관리자를 육성하는 데 중요한 시사점을 제공한다.

〈그림 3-1 : 발전 단계별 개요〉

	1단계	2단계	3단계	4단계
역할	조력자, 배우는 사람	개인적으로 기여하는 사람	다른 사람을 통해 기여하는 사람	조직의 방향을 제시하는 사람
조직과의 역할	견습생	동료, 전문가	관리자, 팀장	후원자, 전략가
역할 조정	의존적	독립적	다름 사람에 대해 책임을 진다	권한을 행사한다
기여	맡은 업무 처리, 타인의 업무 지원	기술 전문가	타 집단과의 상호 의존관계와 최선의 실행을 위한 리더	조직을 발전 시키고 경영을 변화시킨다

교육과 역량 개발을 위한 시사점

교육의 첫째 과제는 적합한 능력을 개발하는 것이다. 앞서 영업담당자를 위한 위한 교육 원칙을 설명했는데, 다시 한번 요약하면 회사 목표와 영업 과제에 맞는 교육을 실시하고, 실천 학습을 통해 연습 기회를 반복적으로 제공하고, 교육과 실적에 대한 사후관리를 철저히 하는 것이다.

영업담당자를 영업관리자로 육성하기 위한 과제는 다음 단계에서 져야 할 책임을 미리 숙지하도록 준비하는 것이다. 영업담당자 교육이 회사의 전략을 수행하기 위한 일에 집중하는 것이라면, 영업관리자 교육은 내부가 아닌 외부로 눈을 돌려 역량을 개발하도록 하는 것이다. 이렇게 하면 영업 조직에서 반복적으로 발생하는 문제 즉, 관리자 교육에 많은 시간과 돈을 들이면서도 별다른 성과를 거두지 못하는 병폐를 줄일 수 있다.

계속해서 영업담당자로 남아있을 사람에게만 투자하면 수익률이 악화될 수밖에 없다. 현재와 미래의 영업관리자들이 조직의 내부와 외부에서 새로운 사실과 아이디어를 인식하고 흡수할 수 있는 역량을 기르도록 해야 한다. 그들이야말로 영업의 효과를 증진하고 지속적 발전에 필수적인 표준을 정립하기 위해 새로운 개념과 도구를 만들고 활용하는 주체이기 때문이다.

직무 설계와 인원 배치를 위한 시사점

영업을 비롯해서 모든 직무에는 암묵적으로 요구되는 활동이 있다. 그런데 이러한 활동이 암묵적으로만 남아있는 경우가 많다. 대부분의 회사들에서 말하는 성공의 원칙은 불투명하다. 많은 사람들이 채용되고 나서 회사로부터 "당신은 직무기술서에 나오는 설명을 읽고는 무엇을 해야 하는지를 이해해야 합니다"라는 말을 듣지만, 많은 사람들이 이해하지 못한다.

실적에 대한 공감대가 있으면 구성원들이 무엇을 해야 하는지를 분명하게 알 수 있다. 또한 사람에 따라 다음 단계로 빨리 올라가는 사람과 그렇지 못한 사람이 있다는 사실을 인정하게 된다. 영업담당자와 영업관리자는 역할이 변하면서 역할 변화에 따른 기대와 과제 또한 바뀐다는 것을 인식해야한다. 그래야 변화된 역할에 따라 지속적으로 실적을 유지할 수 있기 때문이다.

다음으로 인력 개발 단계에 대한 공감대는 인원 배치를 위한 시사점을 제공한다. 예를 들어 여러 지역에 존재하는 고객 또는 글로벌 고객을 상대로 팀 영업을 해야 하는 상황이 발생했다고 하자. 한 가지 쟁점은 어떻게 보상할 것인가이고, 또 다른 쟁점은 영업의 효과를 측정하는 지표에 있다. 그러나 때로는 영업팀에 누구를 배치할 것인가가 효과를 좌우하는 가장 중요한 요인이 되기도 한다.

많은 기업들이 큰 고객=큰 매출(매출 가능성)=각 지역에서 가장 뛰어난 영업담당자를 배치하여 함께 일하도록 한다. 그러나 뛰어난 영업담당자들은 개별적으로 기여하는 2단계의 사람으로 팀 과제에는 적절하지 않을 수 있다. 따라서 큰 고객=전체적으로 조화롭지 않은 개별적 노력=협력과 동료애에 대한 재교육으로 시간을 허비한다(더 나쁘게는 영업 실적을 놓고 내분이 발생한다).

결국 3단계로 넘어가는 사람은 팀 영업 상황에서 뛰어난 실적을 보여주는 사원이다. 그는 내부 네트워크를 자연스럽게 구축하여 미래의 관리자로 성장하는 데 큰 도움이 되는, 조직 전반에 걸친 폭넓은 지식을 갖추고 있다. 이처럼 인력 배치에 대한 공감대는 관리자가 영업담당자를 배치할 때뿐만 아니라 영업담당자들이 경력 개발을 위해 요구되는 행동과 시사점을 이해하는 데도 도움을 준다.

기대와 행동 사이의 갭을 조정하라

개인과 조직의 능력을 개발하고 유지하기 위한 노력과 접근 방식은 모든 사람들이 4단계에 있어야 한다는 것을 의미하지 않는다. 조직은 각 단계에서 각자의 역할을 효과적으로 수행하는 인재들의 포트폴리오를 필요로 한다. 이를 위해서는 변화하는 시장 여건에 맞추어 각 단계의 인재들이 높은 실적을 유지하도록 해주는 요인에 대한 공감대를 형성하는 것이 중요하다. 그리고 이러한 공감대를 형성하는 것은 공동의 책임이다. 이와 관련하여 돌턴과 톰슨은 다음과 같이 강조한다.

"직원 자신의 경력과 역량의 개발은 기본적으로 개인의 책임이다. 어떤 조직, 어떤 관리자도 개인을 위해 그 일을 대신해 줄 수

〈그림 3-2 : 단계별 초점의 이동〉

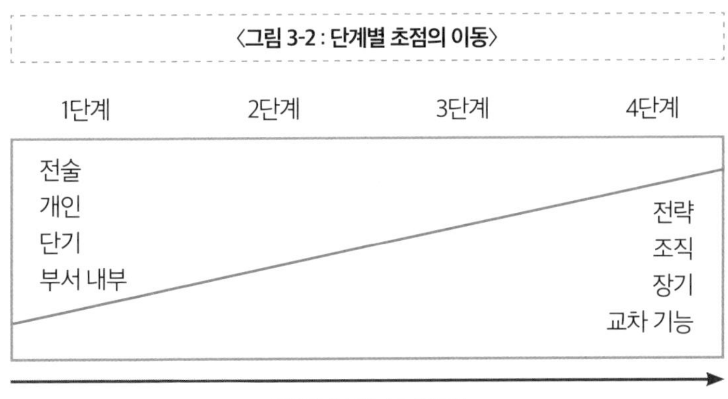

없다. 그러나 관리자는 미래에도 조직이 지속적으로 발전할 수 있도록 조직을 설계해야 할 책임이 있다."

결국 영업관리자의 양성은 〈그림 3-2 : 단계별 초점의 이동〉에 나오는 길을 따라가며 회사를 위해 더 많은 기여를 해줄 사람을 키우는 것을 의미한다. 전략과 영업의 일치는 사람들에게 경력 개발의 과정에서 나타나는 고유의 과제를 사람들에게 이해시키는 것이기도 하다. 또한 그것은 더 많이 기여하고 승진하기 위한 핵심 요건에 대한 커뮤니케이션이기도 하다. 그 과정에서 조정자로서의 역할은 점점 더 중요해진다. 개별적 기여자에서 관리자를 거쳐 조직의 방향을 제시하는 존재로 성장하는 동안 직면하는 과제들을 해결하기 위해서는 부서 내부는 물론 조직 전체에 걸친 인적 네트워크의 조정에 더 많이 의존하게 되기 때문이다.

PART 4

영업 현장에 맞는 리더십 발휘하기

코치형 리더십 발휘하기

영업관리자로서 당신은 어떤 유형인가? 일방적인 지시형인가, 아니면 질문하고 설득하는 유형인가, 아니면 푸시push형인가, 풀pull형인가? 푸시형은 '시키는 대로 하라'는 의미로 독재적인 방법이고, 풀형은 '사람들을 이끌어 가는 민주적 방법'이라 할 수 있다. 영업관리자는 상황에 따라 이 두 가지 방법을 적절하게 활용할 수 있어야 한다.

영업담당자의 경험에 따라 적합한 리더십 유형을 적용시키는 것은 중요한 문제이다. 영업을 처음 시작하는 담당자는 지식이나, 기술, 태도 등 모든 면에서 영업관리자의 디테일한 관리가 필요하다. 반면에 판매 경험이 많고 높은 실적을 나타내는 영업담당자에게는 교훈이나 피드백을 주는 관리자보다 자신의 업적을 인정해

줄 관리자가 필요하다.

영업관리자의 리더십이란 영업 담당자들의 역량과 수준에 따라 특정한 관리 방식과 태도를 결정하는 것을 말한다. 성과를 극대화하기 위하여 개인의 역량개발을 지원하는 방식을 달리하는 것은 매우 중요한 문제이다. 풀pull형 리더십은 코칭적 접근법을 의미한다. 코칭은 무엇인가를 가르쳐 주는 대신 배울 수 있는 능력을 키워주는 것을 말하며, 영업담당자가 스스로 가능성을 인지하고 확대하여 능력과 의욕을 높일 수 있게 하는 리딩 방식이다.

전통적인 리더십은 리더에게 구성원의 의욕을 북돋우라고 하지만, 코칭은 구성원이 자발적이고 주도적으로 의욕을 고취할 수 있는 기반을 만들어 줄 것을 요구한다. 코칭에 대한 학계의 통일된 정의는 없지만 코칭은 '구성원의 성과를 극대화하기 위해 개인의 잠재력을 깨우는 것', '조직 목표 달성을 위해 개개인의 학습을 촉진하는 것' 등으로 정의된다.

영업 분야에서 영업관리자 코칭의 개념은 '영업 목표를 달성하고 영업담당자의 잠재력을 향상시키기 위한 영업관리자와 영업담당자 간의 의사소통 과정'이다. 영업관리자와 영업 당자가 지속적으로 소통을 하면서 상호 간의 기대를 이해하고 목표를 공유한다면 훨씬 유연한 성과관리를 할 수 있을 것이다. 이러한 코칭의 특징을 구체적으로 살펴보면 다음과 같다.

— 코칭은 상사가 주도하는 인력개발이다.

— 코칭은 과제 해결 능력의 확장뿐만 아니라 심리적 성숙(자신감, 용기, 의욕, 활동의 의미, 책임감)을 가능하게 한다.

— 코칭은 영업관리자와 담당자가 서로 신뢰하는 파트너 관계를 기반으로 영업 담당자의 발전을 위해 노력하는 과정이다.

— 코칭은 '요구'하고 '지원'하는 과정이다.

— 코칭은 당면한 문제를 해결하는 과정에서 이루어지는 지원이다. 따라서 영업 담당자의 문제 해결 능력을 키우고 발전시키는 형식으로 이루어진다.

— 코칭은 영업관리자와 담당자의 공동 목표가 달성되었을 때 끝난다.

— 코치(영업관리자)는 코칭 대화를 효율적으로 이끌 수 있는 지식과 스킬을 갖추고 있어, 부족한 점을 제때에 발견하고 개선을 위한 피드백을 제공할 수 있어야 한다.

— 코칭을 받은 당사자는 수동적인 대상이 아니라 적극적인 참여자가 되어 목표 달성을 위해 자신의 잠재력을 발휘하게 된다.

영업관리자의 리더십 유형은 영업담당자들에게 크고 작은 영향을 준다. 하지만 어떤 유형의 영업 관리 방식이 영업담당자들을 지도하고 개발해 가는데 가장 긍정적인 영향을 주는가를 아는 것은 중요한 문제이다.

다음의 다양한 유형을 통해 성과가 뛰어난 영업관리자는 어떤 유형을 보이는지 살펴보도록 하자.

비평가형 영업관리자 'A'

A는 영업담당자 시절 실적이 탁월해 단기간에 영업관리자로 승진했다. A가 속해 있는 팀에는 많은 영업 담당자가 소속되어 있다. A는 사람들 앞에서 말하는 것을 좋아하고 마음에 들지 않으면 직설적으로 영업담당자들의 잘못을 자주 지적한다. 스스로는 긍정적이라고 하지만 몇 번 대화해 보면 그가 긍정적인 관리자가 아니라는 걸 쉽게 알 수 있다.

A는 영업담당자들이 자신의 방식대로 하지 않는 것을 못마땅하게 여기며, 쉽게 흥분한다. A의 그런 모습으로 인하여 상처받는 영업담당자들도 있다. 철저히 결과를 중심으로 영업담당자들을 관리하며 현장에서 영업담당자들에게 무슨 일이 일어나고 있었는지에 관해서는 아무것도 이야기하지 않는다.

A가 영업관리자로 있는 조직은 한 분기 동안 일시적으로 성과가 나기는 하였으나 지속적으로 성장하지는 못했다. 오히려 A가 영업관리자로 근무하는 동안에 이직률이 타 지점에 비해 높게 나타났다. A는 이직으로 인한 공백을 새로운 인력으로 대체하는 일에 많은 시간을 보냈다. 결국 구성원들의 사기는 낮아졌고 영업담당자들의 불평과 핑계는 지점 내에서 흔히 볼 수 있는 일이 되었다. 일부 영업 담당자들은 A의 지시대로 실행했음에도 불구하고 예외적인 상황이 발생했을 때, 스스로 대처하거나 적용할 수 있는 방법들이 없었기 때문에 좋지 않은 결과로 이어졌다. A는 그것이 자신의 탓이라고 생각하지 않았다. A는 비평가였다.

운명론자형 영업관리자 'B'

B는 회사가 지향하는 목표나 목적들을 영업담당자들에게 전달하는 일에 충실한 사람이다. 경영진의 요구사항이나 회사가 무엇을 중요시하고 우선시하는지에 대해서 늘 강조하고 설명하려 애쓴다. B는 영업담당자들이 성과를 내고 회사의 정책들을 준수하는 이상, 영업담당자들이 현장에서 어떤 활동을 하는지 또는 어떻게 하는지에 대해서는 관심이 없다.

B는 대부분 경력 있는 영업담당자들을 채용하기 때문에 어떠한 영업 관리도 필요하지 않다고 생각하는 사람이다. 또한 B는 적절한 사람을 발굴하여 채용하면 된다고 생각했다. B는 영업담당자가 고객을 응대하거나 관리하는 것을 관찰하거나 피드백을 하지 않았다. 그는 지점 할당량에 대한 영업담당자들의 진척 상황에 대해 매주 알려주었지만 그것에 관하여 영업담당자들과 구체적으로 이야기하지 않았다.

영업 회의에서 B는 제품에 관한 지식을 주로 강조했다. 영업에 있어서 제품에 관한 지식이 중요하지만, 그것은 판매 과정에서 필요한 한 가지 요소일 뿐이다. 실제로는 잠재 고객과 신뢰를 발전시키고 그들의 니즈를 알아내고 가치를 제시하는 것이 판매에 있어서 훨씬 더 중요하다. 그러나 많은 영업직 종사자들이 제품에 관해서는 적절히 이해하고 있지만 고객과 신뢰를 구축하고 니즈와 가치에 부응하는 것의 중요성을 잘 이해하지 못한다.

만약 최고의 영업담당자가 되기 위해서 필요한 것이 제품에 관한 지식뿐이라면, 컴퓨터 프로그래머는 분명히 컴퓨터 시스템에 있어서 최고의 영업담당자일 것이고, 자동차 정비사들은 차에 대해서 최고의 영업담당자가 될 것이다. 그러나 대부분의 경우 컴퓨터 프로그래머나 자동차 정비사들이 최고의 영업담당자가 되지는 않는다.

이처럼 고객과의 관계에서 신뢰를 구축할 수 있는 것, 어떤 문제에 대한 해결책이나 대안을 분석할 수 있는 것, 그리고 그 제품이나 서비스가 어떻게 가치를 제공할 수 있는가를 보여 주는 것이 실적이 뛰어난 영업담당자들이 하는 일이다. 제품에 관한 지식은 이 과정에서 단지 작은 일부분일 뿐이다.

B는 영업 회의에서 단순히 제품에 관한 지식, 회사 정책들과 업무절차 그리고 실적 집계 외에 어떤 정보도 제공하지 않는다. B와 함께 근무하는 영업담당자들 사이에는 무관심, 일종의 '아무려면 어때'라는 태도가 팽배해 있다. 또한 팀원들 간에 서로 흥미를 일으킬만한 열정도 없다. 이직이 많지는 않지만 성과나 활동에 따른 처벌이나 보상도 거의 없다. 생산성 또한 평범하다. 성과가 더 좋아질 수도 있는데 하는 아쉬움이 있다. 결과적으로 구성원들의 대부분이 그다지 영업 활동이나 성과에 도움이 되지 않는 일들에 소비하는 시간이 많다. 하지만 B는 관여하지 않는다. B는 구성원들을 귀찮게 하거나 하기 싫어하는 것을 할 필요가 있을까 하는 태도를 가진 사람이다. B는 운명론자 같은 태도를 가지고 있다.

치어리더형 영업관리자 'C'

많은 구성원들이 C를 좋아하고 C 또한 모든 사람들을 좋아한다. C는 영업담당자들과 함께 다니는 것을 무척 좋아한다. 그리고 항상 긍정적이다. 가끔은 사안에 따라 영업담당자와 일대일 대응이 필요하다고 느낄 때가 있지만 C는 영업담당자들과 불편한 관계에 놓이는 것을 불편해한다. 영업담당자들이 무엇을 하든 간에 그것에 관하여 못 본 채 하거나 격려하든지 둘 중의 하나다.

C는 매월 마감 결과를 가지고 잘 한 영역에 대해서 칭찬을 해 주었고, 잘못한 부분에서는 묵인하거나 잘할 수 있을 거라며 격려해 주는 편이다. 영업 회의는 두서없이 말하며 길고 지루하다. 판매 우수사례 공유와 같은 영업 활동에 도움이 되는 것은 없다. C와 함께 일하는 것을 모두가 즐거워하지만 지점은 목표를 달성하지는 못한다. 영업 담당들이 판매에 대한 조언을 구하러 C에게 간다 하더라도 그들은 자신이 원하는 것들을 얻어내지는 못한다.

C는 영업담당자들에게 자신이 부정적인 것처럼 보이거나 갈등을 야기하는 것이 두려워 누군가에게 어떤 것을 잘할 수 있도록 피드백 하는 것을 두려워한다. C는 치어리더다. 치어리더는 영업담당자들에게 가끔은 필요하지만 항상 그런 것은 아니다. 영업담당자들은 C를 좋아하지만 자신들 개인의 실적도 조직의 영업력도 개선되지 않는다는 것을 곧 알게 되었다. 그 후 영업담당자들의 이직률은 증가하기 시작했다.

코치형 영업관리자 'S'

S는 매우 활동적이며 결단력이 있다. S는 따뜻하지만 도전적인 태도를 가지고 있다. 영업 담당자들의 성장에 관심이 있고 개개인이 유능하고 탁월해지기를 원한다. 비록 가끔 거칠어 보이기도 하지만 항상 공정하려 노력하는 사람이다. 처음에 영업담당자들은 그와 함께 일하는 것을 꺼렸다. S는 영업담당자들이 어떻게 일하는지에 대해 아주 명확하게 파악하고 있기 때문이다.

S는 영업관리자로서 기대하는 바를 영업 담당자들에게 명확하게 전달했다. 자신이 관리자로서 매출에 대한 책임을 가지고 있었지만, 조직원들과 현장에서 함께 시간을 보내고, 소통하면서 영업담당자들이 자신만의 영업 스킬을 이용하는 것을 관찰하고 지켜보았다. 그는 시간이 지남에 따라 영업담당자들을 비판하는 것이 아니라 무엇을 잘하고 있는지 그리고 무엇을 다르게 할 필요가 있는지를 판단하고 알려 주었다. 그리고 많은 경험을 가지고 있는 유능한 영업담당자라 하더라도 그들이 어떻게 더 성장할 수 있는지를 보여줌으로써 영업담당자들에게 많은 교훈을 주었다.

S는 1:1 코칭에 대한 믿음이 있다. 그는 구성원들의 숨어 있는 잠재 능력을 개발하고 성과를 올리는 데에 도움을 주었다. 영업담당자들과 매주 만나서 한주 동안 한일과 자신들이 달성한 결과들에 대해 이야기하였다. 그리고 다음 주의 계획과 자신들이 세운 목표에 대해 이야기했다. 그들은 항상 목표가 있었으며 매주 성과를 검토했다. S는 매월 영업 회의를 통해 영업담당자들이 현장에

서 꼭 필요로 하는 특정 영업 스킬에 집중하고 공유할 수 있는 기회를 만들었다.

S가 중요시하는 것은 영업담당자들의 성장과 실적에서 결과로 나타났다. 비록 S의 스타일을 모든 영업담당자들이 좋아하는 것은 아니었지만, S는 영업담당자들이 최고가 되도록 만드는 것에 관심이 있는 사람이다.

이 점은 경험이 풍부하고 실적이 우수한 영업담당자들에게도 마찬가지다. 비록 그들이 이전 영업직에서 매우 성공적이었던 사람이라 하더라도 S와 함께 일하는 동안에 스스로도 상상하지도 못했던 최고의 기록에 도달하는 모습을 볼 수 있다. S는 성과가 뛰어난 영업관리자로서 코치형 리더십을 발휘했다.

영업담당자와 명확하게 소통하기

영업 조직 내에서 영업관리자와 영업담당자 간의 커뮤니케이션의 목적은 영업관리자가 영업담당자들에게 무엇을 기대하는지를 명확하게 이해시키고, 영업담당자가 그것에 집중하게 하기 위한 것이다.

영업관리자의 기대를 명확히 하고 전달한다는 의미는 마치 퍼즐의 완성된 모습을 영업관리자와 영업담당자가 함께 바라보는 것과 같다. 즉, 영업관리자의 입장에서는 영업담당자에게 미래에 대한 청사진을 보여주고 그 청사진을 위해 어떤 것들을 제공해 줄 수 있고 도와줄 수 있는지를 구체적으로 이해시키는 과정이다.

또 영업담당자의 입장에서는 자신의 미래에 대해 완성된 그림을 영업관리자와 함께 그려 보며 자신의 미래의 모습과 현재의 모습 속에서 갭을 인지하고 무엇을 개발하고 어떤 노력을 해야 할지를 이해하는 과정이라 할 수 있다.

뛰어난 영업관리자들은 자신의 기대에 대한 전달을 통하여 영업담당자의 성공을 위한 방향을 설정한다. 뛰어난 영업관리자들은 자신의 기대에 관해서 구두상으로 영업담당자들과 커뮤니케이션할 뿐만 아니라 행동을 통해서도 커뮤니케이션한다. 왜냐하면 누군가에게 말하는 것만으로는 상대가 그 기대를 이해하고 그것에 집중하리라는 것을 보장할 수 없기 때문이다. 따라서 커뮤니케이션한다는 것은 단순히 말하는 것만을 의미하는 것이 아니다. 커뮤니케이션은 어떻게 말하는가, 그리고 말하는 사람의 태도나 표현에 대해 상대가 어떻게 반응하는가를 의미한다.

실제로 영업관리자와 영업담당자 사이의 의사소통은 매우 복잡한 과정이다. 영업관리자는 자신의 의도를 언어나 비언어적 수단으로 전달해야 한다. 뿐만 아니라 메시지를 전달받은 영업담당자는 다시 이를 정확하게 이해하고 수용해야 한다. 이 과정 역시 정보가 전달되는 채널, 그리고 대화 과정에서 환경적 요인에 의해 오류가 발생할 수 있다.

영업관리자의 커뮤니케이션은 단순히 미팅을 하고 공식적인 회의 과정에서만 발생하는 것이 아니다. 영업관리자는 항상 말과 행동을 통해서 자신의 의사를 정확하게 전달할 수 있어야 한다. 뛰어난 영업관리자들은 자신의 메시지를 전달하기 위한 매우 강력한 능력을 보유하고 있는 사람들이다. 따라서 자신의 일거수일

투족이 영업담당자들이 추구하는 이상과 비전 그리고 지켜가고자 하는 원칙과 가치에 부합하는지를 점검하고 롤 모델이 되어야 한다. 많은 영업관리자들이 단순한 말하기나 지시하기를 조직원들과의 커뮤니케이션이라고 혼동하는데, 이것은 단지 한 방향의 일방적인 전달일 뿐이다. 일방적 지시나 말하기는 영업관리자가 영업담당자들과 자신의 기대에 관하여 커뮤니케이션하고 그들이 그것에 집중하도록 하기에는 추천할 만한 방법이 아니다.

영업관리자들과 영업담당자들에게 각각 서로에게 기대하는 바가 무엇인지를 질문해 보라. 그리고 정확히 알고 있는지 확인해 보라. 그런 후 양쪽의 대답을 비교해 보면 대개 차이가 있다. 왜냐하면 업무에 대한 상호 기대가 명확하게 정의되어 있지 않았고, 서로 그것에 관해 커뮤니케이션이 이루어지지 않았기 때문이다.

직무기술서를 활용하라

직장에서 흔히 접할 수 있는 '직무기술서'란 특정 직무의 역할과 책임, 권한, 직무를 효율적으로 수행할 수 있는 자격요건에 관한 정보를 체계적으로 기술한 것으로서 각 직무별로 작성한다.

직무기술서는 기대에 대한 의사소통을 하기 위한 출발점이다. 그런데 많은 영업 조직들이 직무기술서가 없음은 물론 작성할 필요조차 느끼지 못하는 경우가 많다. 영업 조직 내에서 대부분의 영업담당자들은 자신이 해야 할 일이 단지 판매라고 인식하는 경우가 대부분이다.

뛰어난 영업관리자라면 영업담당자들에게 직무기술서를 작성하게 하고 그것을 서로 검토하고 나서 팀원들과 개별적으로 역할과 책임에 대해 명확히 해야 한다. 이것은 영업담당자들이 자신의 역할과 책임에 대해 명확히 이해했으며, 회사가 자신들에게 기대하는 것이 무엇이라는 것을 이해했다는 것을 분명하게 해 주는 것이다.

직무기술서를 작성하고 합의하는 과정은 영업담당자가 회사, 영업관리자, 고객, 동료의 기대나 요구에 대해 명확하게 인식하고 그 기대에 부응하기 위해 필요한 지식과 정보를 이해하고, 활동 중에 발생할 수 있는 문제들에 대해 상호 책임을 분명히 하는 데 도움을 준다. 직무기술서는 관리부서나 지원 부서 직원들만 작성하는 것이라는 생각에서 벗어나야 한다.

직무기술서는 업무의 모호함으로부터 벗어나게 하며 예비 영업담당자들이 해야 할 업무가 무엇을 수반하는지를 이해하는데 큰 도움을 준다. 또한 영업리더들에게는 자신의 기대를 영업담당자들에게 전달하는 데 도움을 준다. 물론 영업 현장의 현실이 회사나 고용 형태에 따라 모든 영업담당자들에게 직무기술서를 적용하기는 힘들 수도 있다.

예를 들어 단순히 신분증이나 주민등록등본 한 통만으로 회사를 대신해 영업 행위를 대리할 수 있는 위촉직 영업담당자들의 경우가 그렇다. 하지만 이러한 기업들도 최소한의 '판매 위임 계약서'나 '판매 대리인 등록증'과 같은 것들을 통해 직무기술서의 기능을 대신할 수 있다. 중요한 것은 영업관리자가 영업담당자에게 기대하는 바를 명확하게 인식하고 있고 그것을 명확하게 전달하고 있는가 하는 것이다.

영업 부문에서 주로 사용하는 직무기술서는 공통적으로 영업담당자의 역할과 책임, 표준 활동과 단계, 활동 계획 및 보고서의 작성, 가망고객의 발굴, 기존 고객의 관리, 고객 정보의 유지 및 관리, 클레임의 처리, 예산의 활용, 입금, 목표 그리고 이에 필요한 요건 및 스킬, 태도와 스킬에 대한 기대 사항 등을 포함한다.

만약 직무기술서를 활용하고 있다면, 영업관리자의 기대를 명확하게 전달할 수 있도록 항목들이 구성되어 있는지 검토해 보는 것이 중요하다. 그리고 영업담당자들과 내용에 대해 합의함으로써 전념할 수 있도록 해야 한다. 만약 직무기술서를 가지고 있지 않다면 작성해 볼 것을 권한다.

영업담당자와 상호 커뮤니케이션 하라

영업관리자는 개별적으로든, 팀 미팅을 통해서든 조직의 목표와 전략에 대해서 영업담당자들과 커뮤니케이션한다.

경영진의 니즈를 파악하고 정리하여 영업담당자들과 목표 달성 방법들을 함께 검토하여야 하며, 또한 영업담당자들이 목표에 집중할 수 있도록 그들의 생각과 의견을 경청하고 긍정적으로 지지하며 직무기술서의 내용에 상호 합의한다. 이러한 직무기술서 검토 시 고려할 사항은 다음과 같다.

— 명확하고 정확하게 무엇을 기대하는지를 기술하고, 상호 간에 서로 잘못된 기대를 하게 만들지 말아야 한다.
— 영업담당자들이 좋아하지 않으면 어떻게 할까 두려워하지 말고, 영업담당자에게 꼭 필요한 일을 명확하게 전달하는 것이 중요하다.
— 직무기술서의 내용에 따라 영업담당자들에게 기대하는 활동과 목표 달성에 대한 기대를 모든 팀원들에게 전달한다.

사후 관리까지 신경 써야 한다

영업담당자에 대한 기대를 정의하고 명확하게 전달하는 것은 한 번의 면담이나 회의로 끝나는 것이 아니다. 이것은 지속적인 사후 관리가 필요한 항상 진행 중인 과정이다. 유능한 영업관리자들은 다음과 같이 사후 관리를 한다.

— 영업담당자에게 기대하는 바를 점검, 관찰하고 평가함으로써 영업담당자들이 영업관리자의 기대에 대해 책임감을 가지고 헌신하도록 상기시

킨다.

— 지속적으로 정보를 제공하고 경청하면서 함께 일한다.

— 피드백을 하되 비난은 하지 않는다.

여기서 하나의 목표를 달성하고 나면, 팀의 성공을 축하하고 목표를 달성한 사람들을 공개적으로 칭찬한다. 축하와 칭찬은 사람들에게 힘을 불어 넣어주고 미래의 새로운 활동에 대해 준비시켜주는 효과가 있다. 물론 하나의 목표 달성은 과정의 끝이 아니다. 영업관리자와 팀원들은 목표 달성 후에 새로운 계획 수립과 업무 실행 과정에 대해 재검토해야 한다. 영업관리자는 자신과 팀원들에게 다음과 같이 질문을 던지고 그 답변들을 정리해 놓는다.

— 어떤 것이 효과가 있었고, 어떤 것이 효과가 없었나?

— 목표 달성으로 우리가 기대했던 이익이 발생했는가?

— 만약 이일을 다시 한다면 어느 부분을 다르게 할 것인가?

— 일을 더 잘할 수 있도록 팀에 충분한 자원과 권한이 주어졌는가?

— 향후 더 큰 목표를 잘 달성하기 위해 추가해야 할 것들은 어떤 것들이 있는가?

사후 관리로부터 얻는 교훈은 매우 소중하다. 영업관리자와 팀원들은 그 교훈들에 대해 충분히 이야기를 나누고 자기 것으로 만들어야 한다. 만약 이전의 목표가 너무 쉽게 달성되었다면 앞으로의 목표는 조금 더 어려운 것으로 정하는 것이 바람직하다. 그러나 목표를 달성하는데 지나치게 노력이 들었다면 새로운 목표는 좀 더 쉽게 정하는 것이 좋다.

목표를 추구하면서 어떤 스킬이 부족하다고 느꼈다면 그 스킬을 익히는 것을 실행 목표로 정해야 한다. 목표가 비현실적이었다면 새로운 목표는 팀의 상황을 반영하여 설정하도록 해야 한다. 이것이 목표 달성을 통해 성과에 다가가는 길이다.

함께 꿈꿀 수 있는 기대와 비전을 공유하라

기대를 정의하고 커뮤니케이션하는 것은 영업담당자에게 현재의 위치, 가고 있는 방향 그리고 목표에 도달하는 방법을 알게 해준다. 영업담당자에 대한 기대를 정의하고 영업담당자와 커뮤니케이션하는 이러한 상호작용이 없다면, 영업담당자들은 방향을 잡지 못하고 사기가 저하되고 부정적이 될 수 있다. 영업담당자들에게 비전을 보여주고 지지를 얻는 것은 뛰어난 영업관리자가 되는데 중요한 열쇠가 된다.

기대를 전달하는 것은 영업관리자와 영업담당자 모두에게 우리의 역할이 무엇이며, 그것을 어떻게 하기를 기대하고 있는지, 그렇게 하는 것이 왜 중요한지, 그리고 기대를 충족시키기 위하여 어떤 일들을 해야 하는지를 명확하게 알려 준다. 이것이 뛰어난 영업관리자가 하는 가장 중요한 일 중 하나이다.

영업관리자의 기대는 영업담당자의 비전이 될 수 있다. 전통적인 영업관리자들은 단지 현상을 유지하는 데 급급하지만, 뛰어난 영업관리자는 구성원들이 비전에 따라 행동하도록 돕는다. 일상일 뿐 아니라 조직의 변화 과정에서 비전이 하는 매우 중요한 기능은 다음과 같다.

첫째, 효과적인 비전은 현재와 미래를 연결한다. 비전을 가진 사람들을 그 비전에 따라 일상에 의미를 부여하고 현재를 미래의 비전과 관련지어 새로운 에너지를 창출한다. 예를 들어 과업에 매여 지루한 일상 속에 갇혀 있는 영업담당자가 있다고 가정해 보자. 현재의 수많은 요구가 쏟아놓은 단기적인 기대 때문에 근시안적인 안목에서 일상을 살아야 한다면 진정한 자기 가치를 구현하지 못할 것이다. 아마도 시간이 갈수록 고역이 될 것이다. 그러나 가슴속에 매력적인 비전을 품고 있는 영업담당자가 있다면 현재의 일이 아무리 고되고 힘들다 할지라도 장차 더 가치 있고 중요한 일을 개발하는 일과 관련되어 있음을 인식하게 될 것이다.

마감일에 대한 압박, 성과에 대한 압력, 즉각적인 문제 해결의 요구 속에서 대부분 영업담당자들은 현재의 일상에 갇혀 있기 쉽다. 그러나 영업관리자의 기대와 미래에 대한 자신의 꿈과 열망을 가진 영업담당자들은 일상에 충분한 의미를 부여한다. 이때 현재의 일은 더 이상 단순한 과업이 아니라 일상의 반복과 의무감을 넘어 가치 있고 의미 있는 일이 된다.

둘째, 비전은 영업담당자들의 몰입을 이끌고 동기를 부여한다. 사람들은 자신의 일에 열정을 가지고 싶어 한다. 강력한 비전은 최선의 노력을 통해 현재에 도전하게 함으로써 사람들의 열정과 에너지를 끌어낸다. 리더십의 비밀은 이러한 비전의 힘을 어떻게 활용하는가와 관계되어 있다. 사람들은 자신이 진심으로 흥미 있다고 생각하는 일에 시간과 에너지를 집중한다.

셋째, 사람들은 자신의 일 속에 숨겨진 의미를 발견하고 자부심을 느끼고 싶어 한다. 반복적인 일을 수행하는 사람들조차 자신의 일 속에서 가치와 목적이 있다는 것을 발견할 때, 자긍심을 느끼는 것은 당연한 일이다. 훌륭한 비전은 사람들이 하고 있는 일을 새롭게 규정하고 가치를 부여한다.

넷째, 비전은 최고의 성과 수준을 결정한다. 비전은 구성원들이 노력한 정도를 평가하는 척도다. 구성원들은 자신이 한 일이 제대로 수행되었는가를 알고 싶어 한다. 비전은 사람들의 행위에 초점을 제공하고, 미래의 모습에 대해 선명한 그림을 제공함으로써 구성원들이 무엇을 어떻게 해야 하는지를 설명해 준다. 예를 들어 영업담당자가 고객에게 최고로 인정받는 영업담당자가 되어야겠다는 비전을 가진다면, 비전으로 인해 이전에 하지 않았던 방식을 시도함으로써 여기에 부합하고자 노력하게 된다.

좋은 비전은 구성원들의 마음을 움직이며 동기를 부여한다. 고식적이고 재무적인 목표로 가득 찬 비전이 이 같은 힘을 발휘할 것이라고 생각하는 것은 난센스다. 영업관리자는 진정으로 구성원들의 열망을 담아내는 비전을 제시하고 이들의 마음을 사로잡을 수 있어야 한다. 그렇다면 어떤 비전을 제시하는 것이 바람직한가? 여기에는 정답이 있는 것이 아니지만 몇 가지 중요한 요소를 고려할 필요가 있다.

먼저, 비전 안에 조직과 개인들이 원하는 미래에 대한 명확한 이상을 포함시켜야 한다. 비전이 미래에 대한 기대를 불러일으킨다면 구성원들은 진심으로 동기부여된다. 다음으로 비전은 사람들의 마음을 충분히 사로잡도록 사람들을 관여시키고 그들에게 직접적인 의미를 제공할 수 있어야 한다. 다시 말해 리더 개인의 비전이 아니라 구성원 모두가 꿈꾸는 것이어야 한다는 말이다.

그들에 대한 관심과 욕구를 반영하는 진정성은 비전을 살아 꿈틀거리게 할 수 있다. 또 훌륭한 비전은 현재의 일상을 넘어 미래로 가는 중대한 변화를 촉구할 수 있다. 변화는 두려움이지만 이 변화의 두려움을 뚫고 갈 수 있는 것은 선명한 비전이 있기 때문이다. 기꺼이 모험과 위험을 감수하는 변화를 조장할 수 있는 비전이 만들어질 때 탁월함을 성취할 수 있다.

비전의 마력은 사람들의 숨겨진 재능과 잠재력을 발현시킨다. 그것은 우리들 마음속에 들어있는 잠재력을 깨우고 함께 꿈꾸는 미래를 향해 도전하게 한다. 리더는 자신은 물론 조직을 성장시킬 수 있는 생생한 비전을 개발하고 이를 공유하는 일을 첫 번째 역할로 삼아야 한다.

영업관리자가 영업담당자들의 적극적인 참여와 몰입을 이끌어낸다 할지라도 비전과 전략을 통해 구체적인 방향을 설정하는 일을 외면한다면 진정한 성취는 불가능하다. 리더는 조직의 미래를 위해 비전을 창안하고 이를 전략적으로 행동과 연계함으로써 구성원들을 이끌고 에너지를 집중시켜야 한다.

많은 영업 조직이 공개적인 회사의 비전을 밝히고 사무실 액자 속에 이 비전을 담아내고 있지만, 정작 이것이 구성원들의 마음속에 자리 잡고 있는지는 의심스럽다. 그런 비전은 단순한 환상이며 백일몽에 불과하다. 구성원들은 이러한 영업관리자의 행동에 대해 회의를 품고 점차 의욕을 잃게 되며 조직에서 이탈하게 된다.

기대를 명확하게 전달할 수 있도록 훈련하라

영업관리자들이 직면하는 가장 큰 도전들 중의 하나는, 기대를 명확하게 전달하는 필요성을 인식하는 것이다. 다른 사람들에게 무엇을 기대하는지를 나열하고 표현하는 것은 우리에게 그다지 익숙한 일은 아니다. 기대를 전달하는 것이 자칫 어떤 약속이나 규율과 같은 것으로 이해될 수 있으며, 영업담당자들이 불편함을 느낄 수도 있다. 따라서 비전을 담은 기대를 전달해야 한다.

명확한 기대의 전달과 영업담당자에 대한 훈련은 단호하면서도 우호적인 방법이어야 한다. 앞서 언급했던 영업관리자의 태도와 관련한 사례를 상기해 보자. '비평가형 영업관리자' A는 단호했지만 우호적이지는 않았다. '치어리더형 영업관리자' C는 우호적이긴 했지만 단호하지는 않았다. '운명론자형 영업관리자' B는 회사 정책을 따르는 것에는 적극적이었지만 영업팀을 대하는 데 있어서 우호적이지는 않았다. '코치형 영업관리자' S는 단호하면서도 우호적이었다. 목표를 확고하게 설정하였으며 기대하는 행동이나 방법을 명확히 전달하였다.

긍정적 훈련의 중요성

사람에 따라 '훈련'이라는 단어에 대한 느낌은 다양하다. 어떤 사람은 성장과 발전을 위한 필연적인 인내의 과정으로 생각하기도 하고, 또 어떤 사람들은 힘들고 지겨운 부정적인 의미로 생각한다. 그러나 영업 관리에 있어서 훈련은 그런 의미의 훈련이 아니다.

누군가를 훈련시키는 것은 그들을 건전한 의미의 추종자 또는 문하생을 만드는 과정이라 할 수 있다. 그 과정을 통해 필요한 스킬을 개발시키고 이끌어 주는 것이다. 따라서 훈련은 부정적이며, 하지 말아야 할 것에 초점을 맞추는 것이 아니라 긍정적이며 해야 할 것에 초점을 맞추어야 한다.

앞에서 언급한 영업관리자들의 사례를 다시 생각해 보면, '비평가형 영업관리자' A는 훈련을 부정적으로 사용하는 사람의 본보기였다. 그는 지속적으로 부정적인 것에 집중했다. '코치형 영업관리자' S는 긍정적이었다. 그는 긍정적인 것 그리고 해야 할 일에 집중함으로써 구성원들을 훈련시킨다. 또한 훈련을 통해 팀원들을 지지자 내지는 제자로 만들었다.

훈련에도 리더십이 필요하다

조직이나 사람들을 훈련시키기 위해서는 리더십이 필요하다. 뛰어난 영업관리자들이라면 구성원들로부터 환영받지 못하는 결정을 할 수도 있고, 싫은 소리를 해야 할 때도 있다. 그러나 그것이 구성원들을 공격하는 것이 아니라 발생한 문제들이나 행위들에 대해 피드백을 주는 것이라야 한다.

영업관리자들은 영업담당자들이 자신을 좋아하지 않거나 지지하지 않는 결정을 하는 것을 두려워하지 않을 수 있어야 한다. 많은 영업관리자들이 영업담당자들로부터 지지를 받지 못하는 결정을 하는 것을 두려워하거나, 자신의 기대를 영업담당자들에게 표현하고 전달하는 것에 관해 익숙하지 않아 마음고생을 한다. 그러나 영업관리자들은 영업담당자들에게 독려하기도 하고 기대를 표현하고 명확하게 전달하여야 한다. 그리고 기대를 충족시키기 위해 필요한 스킬들을 개발하고 개선해야 할 책임이 있다는 것을 분명히 인식해야 한다.

영업담당자의 학습을 촉진시키기 위한 영업관리자의 활동 중에서 특히 기대를 명확히 하고 이를 전달하는 행동은 매우 중요한 것이다. 왜냐하면 이를 통해 학습 목표와 기대수준을 정의할 수 있기 때문이다. 영업관리자는 유능한 코치의 태도로써 영업담당자들에게 명확한 목표와 기대를 설정하고 이것이 그들에게 얼마나 중요한지 전달해야 한다.

'효과'는 영업관리자의 태도에 따라 달라진다

앞에서 이야기했던 영업관리자들의 태도를 다시 상기시켜 보자. 여기서 영업관리자들은 영업담당자에게 기대를 표현하고 전달했지만 그것이 구성원들에게 미치는 영향은 현저한 차이가 있었다.

'비평가형 영업관리자' A는 자신이 생각하기에 중요한 판매 활동들에 관하여 영업담당자들에게 전달했고, 영업담당자들이 그것을 따르고 활용할 것으로 기대했다. 그러나 영업담당자들이 그 방법대로 시도해 보았을 때 별 효과가 없었다. A는 영업담당자들을 심하게 꾸짖었으며 그들의 실수들을 코칭 하기 위함이 아니라 비판할 기회로 인식했다.

또한 영업담당자들의 태도와 활동이 마음에 들지 않을 때 그것을 자신이 직접 나서서 하려고 하였다. A와 팀 사이에는 부정적인 마찰이 너무 많았다. 영업담당자들은 자신들이 왜 이러한 것들을 해야 하는지를 이해할 수 없다. 영업관리자가 무엇을 원하는지는 명확하지만 팀에 미치는 영향은 비판적이고 파괴적이다. 그 결과는 지점의 사기 저하와 이직률 상승으로 이어진다. '비평가형 영업관리자' A는 명령하고 요구하지만 세심하게 가르쳐 주지 않았기 때문이다. A는 규칙과 결과만을 가지고 통제하고 단속만 했다.

'코치형 영업관리자' S는 최적의 영업 성과를 얻기 위해서 꼭 지켜야 할 특정 판매 활동과 프로세스들이 있다고 설명했다. 또한 그러한 활동이 왜 중요하며 어떤 의미가 있는지, 그리고 목표 달성을 위해 그 활동들이 어떻게 도움을 주는지를 설명했다. 영업관리자가 롤 모델이 되어 시범을 보여주었고 영업담당자들이 능숙하게 활용할 수 있을 때까지 현장에서 함께 일했다. S의 리더십 스타일은 영업담당자들에게 많은 영향을 끼쳤으며, 높은 성과로 이어지고 전체 생산성 향상은 물론 사기진작, 이직률 감소로 이어졌다. 영업담당자 개개인들을 성장시키는 결과를 가져왔다.

'운명론자형 영업관리자' B는 회사의 정책들과 경영진의 강조사항들을 준수하는 것에 관한 영업관리자로서의 기대를 전달했다. 그는 제품에 관한 지식이 얼마나 중요한지를 자주 전달했다. 또한 경영진의 강조사항을 구성원들이 이행해 줄 것에 대한 기대를 전달하였다. B에게는 경영진의 기대를 충족시켜주는 것이 아주 중요했기 때문이다. B는 영업담당자들에게 필요한 중요한 판매 활동에 대해 언급하는 경우는 거의 없었다.

'치어리더형 영업관리자' C는 만사가 OK였다. C는 모든 사람들이 서로 잘 지내고 서로 사랑해야 한다는 식으로 그의 기대를 전달하였다. 그는 마치 정치인 같았다. 누가 무엇을 하든지 괜찮았다. 그는 영업담당자들에게 중요한 판매 활동들이 있다는 것을 아는지 모르는지 결코 그것에 관해 언급하지 않았다.

변화형 관리자가 돼라

뛰어난 영업관리자들은 자신이 변화 관리자라는 인식이 분명하며, 영업담당자들의 태도와 행동을 주도적으로 변화시켜 나간다. 이는 영업담당자들에게 기대가 무엇이며, 왜 그것들이 중요한지, 그리고 어떻게 하는지를 명확하게 전달하는 것을 의미한다.

변화 관리는 기존의 기술, 방법, 성과 기준, 혹은 어떤 조건을 개선하고자 하는 데 초점을 맞추는 것으로 구성원들은 이 과정을 통해 자신을 성장시키고 능력을 확장하는 경험을 한다. 변화 과정은 근본적으로 불확실성에 대한 도전이며 모험이다. 따라서 진정한 용기와 신념이 없다면 성공하기 어렵다.

판매 활동에 대한 기대 전달에 집중하라

기대를 전달한다는 것은 단순히 영업담당자들이나 팀을 불러 모아 영업관리자가 원하는 것에 관한 그림을 그리게 하는 것이 아니다. 그것은 목표 달성을 위해 영업담당자들을 핵심적인 활동에 집중하게 하고 성장시키는 것을 의미한다. 또한 그것은 영업담당자들에게 단순히 일주일에 몇 건의 약속을 잡으라고 말하는 것 정도를 의미하는 것이 아니다. 말로 전달만 하는 것과 실제로 일어나는 것과는 분명히 다르다.

앞에서 언급한 바와 같이 말로만 하는 것은 변화를 거의 가져오지 않는다. 말로만 전달하는 것은 영업담당자들의 입장에서 보자면 그것을 달성하고 성취하는 방법에 관해서는 실제로 아무것도 배울 수 있는 것이 없기 때문이다. 예를 들어 영업담당자들이 고객과 약속을 잡는 방법을 배우고자 한다면, 구체적인 피드백은 물론 실행과 연습을 통해서 그 방법을 습득할 수 있기 때문이다.

효율적으로 말하라

효율적으로 말한다는 것은 단순한 말하기를 뜻하는 것이 아니다. 누군가로부터 "○○라고 내가 얼마나 많이 이야기했습니까?"라고 말하는 것을 한 번쯤은 들어본 적이 있을 것이다. 이것은 그때 단순한 말로 이야기했기에, 여러 가지 이유로 귀담아듣지 않고 잘 집중하지도 않았기 때문이다.

당신이 누군가에게 어떤 말을 했을 때, 상대가 당신이 말한 것을 들었을 거라고 생각하지만 상대가 그 순간 다른 것을 생각하고 있었거나 아니면 당신이 말하는 것을 놓쳤다면, 당신이 전달하고자 하는 것과 상대가 이해하고 있는 것에는 차이가 있으며, 모든 뉘앙스를 다 이해하는 데에는 어려움이 있다.

사람들이 보내는 메시지의 55%는 보디랭귀지에서 나온다. 그 메시지의 38%는 목소리와 음색이고, 7%에서만이 우리가 사용하는 실제 단어들에서 나온다. 결과적으로 리더의 모습이 그가 전달하고자 하는 내용과 일치하지 않는다면 그것은 결국 구성원들에게 부정적인 영향을 주게 될 혼란스러운 메시지들을 보내게 되는 것이다.

합리적인 목표를 설정하고 동기를 부여하라

목표란 개인과 조직이 달성하고자 하는 미래의 결과를 말한다. 예를 들자면 "나는 3개월 안에 5kg의 체중을 줄일 것이다"와 같은 것이다. 목표 설정은 개인, 팀, 조직이 노력을 통해서 달성하고자 하는 결과가 무엇인지를 명확히 밝히는 과정이다. 따라서 목표 설정이 중요한 이유는 다음과 같다.

— 목표 설정은 행동을 안내하고 지시한다. 목표는 구체적인 방향을 향해 노력과 관심을 집중함으로써 역할을 명확하게 해 준다.
— 목표는 개인, 팀, 조직이 도전할 과제와 그 성과를 측정하고 평가할 수 있는 지표를 제공한다.
— 목표는 성과 달성을 위한 자원의 사용을 정당화시켜 준다.
— 목표는 조직의 설계를 위한 밑그림을 제시해 준다. 즉, 목표는 부분적으로 의사소통 양식, 권한 관계, 업무 조정 등이 어떻게 이루어져야 할지를 제시해 준다.

— 목표는 구성원들과 경영자들이 중요하다고 생각하는 것이 무엇인지를 나타내 주며 계획과 통제를 위한 활동의 틀을 제공한다.

조직이 특정 목표를 성취하려고 노력하는 것처럼 개인들 역시도 특정 목표를 달성하기 위해 동기부여될 수 있다. 실제로 목표 설정은 조직 내에서 성과에 영향을 미칠 수 있는 매우 중요한 동기부여 수단 중의 하나이다. 목표를 가지고 있다는 것은 기대하는 성과가 무엇이고, 어느 정도의 수준인지를 명확히 해주기 때문에 성과를 향상시키는 데 도움이 된다.

성과는 목표를 가지고 시작해야 한다

목표는 무엇보다 성과를 위해 동기부여하는 데에 있어서 매우 중요한 요소이다. 1979년, 한 연구팀은 목표의 영향에 대하여 조사하기 위해 하버드대학 MBA 프로그램의 졸업생들에게 "당신의 미래를 위해 명확하게 문서로 작성한 목표를 설정했는가? 그리고 그것을 달성하기 위한 계획을 세웠는가?"라는 질문을 하였다. 이때 연구팀은 졸업생들 중 3%가 문서로 작성한 목표와 계획들을 가지고 있다는 것을 발견하였다. 13%는 목표를 가지고 있었지만 문서로 작성하지는 않았고, 84%는 즉시 학교를 졸업하는 것 외에는 특정 목표가 없었다.

10년 후인 1989년, 연구원들은 당시 학생들을 다시 인터뷰하였다. 그 결과 목표를 가지고 있었지만 문서로 작성하지 않았던 13%

는 목표를 가지고 있지 않았던 84%의 두 배나 되는 수입을 올리고 있다는 것을 알게 되었다. 여기서 더 놀라운 점은 명확하게 문서로 작성된 목표를 가지고 있었던 3%는 나머지 97% 전체가 올리는 수입의 10배를 올리고 있었다. 이 그룹들 사이의 유일한 차이점은 그들이 졸업할 때 그들이 스스로 가지고 있었던 목표의 명확성이었다.

동기부여가 되는 목표를 설정하라

K는 6개월 후에 보디 프로필을 찍기로 결심하였다. K는 그 결정을 하고 나서 회사 근처 피트니스센터에 등록을 하고 목표에 집중하였다. 그리고 가족과 팀 동료들에게 자신의 결심을 알렸다. 멋진 근육질의 몸매를 만들기 위해 스스로 세부 훈련 계획과 다이어트 계획을 세웠다. 일 단위로 목표 운동량을 설정했으며 그 진척 과정을 꼼꼼히 기록하였다.

그런데 매일 훈련을 거듭해 가는 동안 그가 미처 생각하지 못했던 몇 가지 일들이 일어났다. 아내가 출산을 하여 둘째 아기가 태어났고, 연습 도중 무릎에 부상을 입었다. 그러나 그는 자신과의 약속을 꾸준히 지켜나갔으며 경험이 있는 코치의 도움을 받았다. 결국 K는 자신의 목표인 6개월 후에 멋진 근육질의 몸매로 보디 프로필을 찍는 것을 결국 해내고 말았다.

K의 사례를 통해서 목표를 달성하기 위해서 어떤 것들이 동기부여가 되는지를 다음과 같이 정리해 보았다.

목표에 대한 헌신 : 목표는 영업담당자가 영업관리자로부터 부여받은 단순한 할당량이 아니다. 목표는 목표가 있는 사람이 스스로 동의하고 전념할 수 있어야 한다. 영업담당자가 자신의 목표에 헌신하고 있는지를 우리가 알 수 있는 방법 중 하나는, 영업담당자가 자신의 목표에 대해 다른 사람들에게 알리느냐 그렇지 않으냐 하는 것이다. K 역시 자신이 6개월 후에 보디 프로필을 찍겠다는 목표를 가족과 동료들에게 알렸다. 그리고 전념했다.

목표를 달성하기 위한 계획 : 많은 사람들이 자신의 체중을 줄이기 위해 몇 번씩이나 결심한다. 그러나 구체적 계획이 없었기 때문에 대부분 실패한다. 계획이 없는 목표는 단순한 꿈에 지나지 않는다. 꿈은 멋지지만 그것에 대한 헌신과 성취하기 위한 계획이 없다면 결실을 맺지 못한다. K는 6개월 후에 보디 프로필을 찍겠다는 자신의 목표 달성을 위한 구체적인 일일 활동 계획을 가지고 있었다. 뿐만 아니라 매주 코치의 레슨을 받았으며 특별한 식이요법도 병행하였다. 그리고 자신의 목표를 시각화하였다.

진행 상황 평가 : K는 자신이 세운 계획에 대한 진척 상황을 매일 기록하였다. 이것은 제대로 하고 있는지를 스스로 알게 해 주었고 필요하다면 수정을 할 수 있게 해 주었다.

규칙 : 목표, 계획 그리고 기록장을 가지고 있는 것만으로 목표를 달성할 수 있는 것은 아니다. 목표를 가진 사람은 자신의 행

동을 통제할 규칙을 가지고 있어야 한다. K는 자신이 예상하지 못했던 일들이 발생했을 때, 매일 하는 운동을 미루거나 그만둘 수도 있었을 것이다. 그러나 그렇게 했더라면 그는 목표를 달성하기 어려웠을 것이다.

책임 : K는 매일 기록했고 검토하였다. 이것은 K에게 책임감을 부여하였고 규칙을 지키게 하였다. 스스로 책임감이 없다면 느슨해지고 목표를 달성하지 못할 가능성은 더욱 높아진다.

코치 : 보디빌더들에게도 코치가 있다. 왜냐하면 누구든 사람은 자신을 객관적으로 보기가 어렵기 때문이다. 코치들은 쉽게 간과할 수 있는 사소한 것들을 우리가 볼 수 있도록 도와주고 우리가 새로운 기록에 도달할 수 있도록 해 준다.

앞의 사례들은 어떻게 해야 목표를 효과적으로 설정하고 달성할 수 있는지를 보여 준다. 대부분 영업담당자들은 목표를 달성하기 위한 계획을 문서나 기록으로 가지고 있지 않다. 목표 달성을 위해서 영업관리자들은 영업담당자들의 목표와 계획 그리고 진행상황을 점검해 줄 수 있어야 한다.

일부 영업관리자들은 어떠한 자료나 근거도 없이 영업담당자의 목표를 설정하고 할당한다. 이것은 영업담당자가 목표를 달성하는 데 도움이 되지 않는다. 많은 영업 조직들을 보면 상부에서 목표를 설정하고 하부로 내려가면서 달성하기 위한 할당을 하게 된다. 그러나 목표 설정과 달성은 영업관리자와 영업담당자가 함께 모여 세부계획을 세우고 영업관리자들이 그것을 달성할 수 있도록 도와줄 때 달성 가능성이 높아진다. 영업담당자의 헌신 없는 영업 목표는 달성될 가능성이 매우 적다.

세부적인 하위 활동의 목표가 중요하다

대부분 영업담당자들은 할당량에 익숙해 있다. 영업담당자가 가지고 있는 할당량은 금액이나 판매 수량, 성장률 등으로 다양하게 표현된다. 회사에서는 한 영업담당자에 대해 특정 목표를 할당할 수 있다. 하지만 목표를 할당받은 영업담당자는 목표를 달성하기 위해 구체적인 활동 계획들을 세워야 한다.

계획이 없는 목표는 꿈일 뿐이다. 누구든 목표를 성취하기를 원하지만 그것을 달성할 수 있도록 해 주는 구체적인 활동 계획이 없이는 쉽지 않다. 예를 들어 내 목표가 5kg의 몸무게를 줄이는 것이라면, 내가 5kg의 몸무게를 줄일 수 있도록 해 주는 다음과 같은 구체적인 활동 계획이 있어야 한다.

— 매일 얼마만큼의 칼로리와 탄수화물을 섭취할 것인가를 결정하고, 그 양만큼의 칼로리와 탄수화물을 충실히 지키는 것
— 매일 얼마만큼의 운동을 할 것인가를 결정하고, 지속적으로 운동을 하는 것
— 칼로리와 탄수화물, 운동 등을 충실히 지키는 것을 확인할 수 있는 방법을 설정하고, 내가 책임감을 가지고 성실히 실천할 수 있도록 도와줄 수 있는 누군가를 이용하는 것

이처럼 목표를 달성하기 위해서는 구체적 과정을 개발하고 관리해야 한다. 즉, 목표를 달성하기 위한 활동과 행위들을 관리해야 한다는 뜻이다. 이제 목표를 좀 더 작고 구체적인 활동 목표들로 나누어 전환해 보자. 그러면 다음과 같이 이로운 점들이 있다.

— 월간, 주간 그리고 일일 목표들을 세분화하여 관리하면 목표를 달성하기 위해 필요한 작은 활동의 수준을 명확하게 해준다.
— 좀 더 작게 나누어진 목표들은 영업관리자가 목표를 달성하는 데 있어서 부족한 부분을 사전에 깨닫게 해 줌으로써 궁극적으로 목표를 달성하는 데 훨씬 유리하게 해 준다.
— 행위 뒤에 결과가 오기 때문에 일일, 주간 그리고 월간의 올바른 활동들에 집중하게 함으로써 장기적으로 바람직한 결과를 가져다준다.

구체적인 활동 목표에 집중하는 것은 하나의 목표를 달성하기 위해 필요한 세부적인 활동들의 수를 검토함으로써 가능해진다. 예를 들어 평균적으로 영업담당자가 5건의 약속을 잡을 때마다 1건의 계약이 이루어진다고 가정하자. 그렇다면 5건의 약속을 잡기 위하여 얼마나 많은 전화를 해야 할까? 5건의 약속을 잡기 위하여 50통의 전화를 해야 한다고 가정하자. 그럼 1주일에 5건의 약속을 잡기 위하여 매일 얼마나 많은 전화를 해야 할까? 5건의 약속을 잡기 위해 50통의 전화를 해야 하므로, 1주일에 5일을 근무한다고 하면 하루에 10통의 전화를 해야 한다는 것을 알 수 있다. 따라서 10

통의 전화는 영업담당자의 일일 활동 목표가 된다.

여기서 영업담당자는 하루에 10통의 전화를 하는 것을 철저히 지키기 위한 계획을 세우고 그 과정에 책임을 지도록 자신을 도와줄 누군가가 있어야 한다. 이것이 혹자들이 '영업이란 숫자로 하는 게임이다'라고 하는 이유이다. 이와 같이 목표는 잘게 쪼개서 영업담당자들이 달성할 수 있도록 하위 목표를 설정해 주어야 한다. 이러한 하위 목표는 그들이 목표를 달성하기 위해 해야 할 일과 일관성이 있는지에 대한 정보를 제공해 줄 수 있는가 하는 것이 중요하다.

합의된 커뮤니케이션의 기회를 가져라

목표를 설정하는 것은 영업관리자가 영업담당자에게 기대를 전달할 수 있는 좋은 기회다. 영업관리자와 영업담당자가 달성 금액과 세부 활동 목표 두 가지 모두에 합의하였을 때, 목표 달성을 위한 책임과 기준에 관한 메시지는 명확해진다.

영업담당자들은 자신들의 책임이 무엇인가 뿐만 아니라 진척 상황을 평가받기 위해 어떠한 기준들이 사용될 것인가를 이해하고 싶어 한다. 영업담당자들은 목표가 금액과 활동 두 가지 요소 모두 포함하고 있어야 명확히 이해한다. 예를 들면 K라고 하는 영업담당자가 "이번 달에 천만 원을 판매해야 하고, 일주일에 50통의 잠재 고객들을 대상으로 전화할 것"과 같이 구체적으로 표현되어야 한다.

목표 설정 시 고려되어야 할 사항

영업 성과는 영업담당자들의 동기부여 수준에 달려있고, 동기는 어떻게 목표가 설정되느냐에 달려있다고 할 수 있다. 다음은 목표 설정 시 고려해야 할 사항이다.

구체적이어야 한다 : 어떤 목표를 어느 수준에 설정하느냐 하는 것은 영업담당자의 동기유발과 성과에 많은 영향을 준다. 일반적으로 목표들이 도전적인 높은 수준이면 과업 성과는 올라가지만, 그 이상의 달성 가능성이 없는 수준에서는 오히려 포기하여 성과가 저하되는 경향이 있다.

특정적이어야 한다 : 특정적이면서 보편성을 지향해야 한다. 예를 들어 '일주일에 5건의 약속'은 특정적이지만, '약속을 잡는 것'은 특정적이 아니다. 목표는 특정적일수록 더 좋다. 보편성은 그 목표를 해석하는 데에 너무 많은 여지를 남겨 준다. 그것은 평가에 있어 영업담당자들의 저항과 혼동 그리고 매너리즘을 야기할 수 있다.

측정 가능해야 한다 : 영업담당자의 성과에 대하여 눈으로 관찰할 수 있는 숫자나 지표들을 적용할 수 있다면 목표는 측정 가능하다. 비율(연간 목표 대비 몇 %), 양(주당 몇 건의 약속) 등은 모두 측정 가능한 활동들이다. 질적 평가는 고객이나 영업관리자의 의견처럼 좀 더 주관적이다. 측정 가능한 특성을 포함하기 위해서는 성과를 추적하거나 결과를 정의할 몇 가지 방법들을 취해야 한다.

달성 가능해야 한다 : 회사와 같이 구매 결정을 하는 데에 여러 사람이 관련되어 있는 대형 예비 고객과 함께 일하는 경우, 영업담당자가 첫 번째 통화에서 계약을 마무리 짓겠다는 목표를 설정하였다면 그것이 실현 가능할까? 아마도 쉽지 않을 것이다. 이런 경우는 대개 얼마간의 시간과 노력이 필요할 것이다.

현실적이어야 한다 : 신입 영업담당자들을 위한 목표들은 종종 경험이 있는 영업담당자들보다 낮게 책정되는 경우도 있고, 영업담당자들이 너무 낙천적이고 열정적이어서 비현실적인 목표들을 설정할 수도 있다. 이런 점들도 간과해서는 안 된다. 영업관리자는 목표를 설정하는 데 영향을 미칠만한 특별한 상황들이 있다면 그것들 또한 고려해야 한다.

시간으로 정의되어야 한다 : K 사원의 목표가 '6개월 후에 보디 프로필 사진 촬영'이었던 것처럼 목표는 특정 마감일 또는 완료일을 가지고 있어야 한다. 마감일은 영업관리자에게 진척 상황과 피드백 그리고 평가를 위한 기초가 된다. 장기 목표는 방향성을 가지고 있거나 완료 날짜를 가지고 있어야 한다. '한 주에 5건의 약속'은 시간으로 정의된 것이다. '5건의 약속'은 그렇지 않다. 목표에다 완료 시간을 추가해야 한다.

참여 시켜야 한다 : 목표 설정 과정에서 영업담당자의 참여는 성과에 영향을 준다. 이는 업무에 대한 관심과 만족도를 높여 줌으로써 성과에 긍정적인 영향을 준다. 결국 참여를 통해 영업

담당자들이 목표에 얼마나 동의하느냐에 따라 담당자의 몰입의 수준이 결정된다.

하위 목표 관리가 효과적이다 : 연간 목표만 설정한 영업팀은 판매 목표를 달성하거나 초과하는 비율이 가장 낮다. 월별이든, 분기별이든, 반년씩이든 좀 더 자주 목표를 설정한 영업팀이 판매 목표 달성률이 훨씬 높다. 좀 더 자주 작은 목표를 설정하는 것은 영업담당자들이 그들의 목표를 달성하는 데에 지속적으로 집중하는 데에 도움을 준다.

성과에 대해 구체적인 기대를 전달하라

영업 성과에 영향을 미치는 중요한 활동들을 살펴보면 잠재 고객 발굴, 사전 통화 계획, 효과적인 질문 준비, 가치를 보여주는 해결 방안의 제시, 고객사 특성에 맞는 세부 전략, 마무리, 사후 관리 등이 있다. 이러한 주요 활동들을 효과적으로 실행에 옮기지 않으면 성과를 낙관할 수 없다. 뛰어난 영업관리자들은 이러한 영업 성과에 미치는 영향 요소에 관한 기대를 가지고 영업담당자들과 커뮤니케이션한다. 뛰어난 영업관리자들을 보면 다음과 같은 특징이 있다.

— 첫째, 어떤 요소들이 영업 성과에 영향을 미치는지를 알고 있다.
— 둘째, 영업 성과에 영향을 미치는 요소들을 영업담당자들과 커뮤니케이션한다.
— 셋째, 영업 성과에 영향을 미치는 요소들을 실행하고 습득할 수 있도록 보여준다.
— 넷째, 영업 성과에 영향을 미치는 요소들에 대한 가치를 제공함으로써 동기부여를 시킨다.

이러한 사항들을 좀 더 세부적으로 정리해 보면 다음과 같다.

영업 성과에 영향을 미치는 요소들은 무엇인가?

영업관리자는 어떠한 요소가 영업 성과에 영향을 미치는지를 알고 있어야 한다. 다시 말해 영업관리자는 판매 과정을 알고 이해하고 있어야 영업 활동에 대한 기대를 영업담당자에게 전달할 수 있고 가르칠 수 있다. 여기서 '알고 있다'고 하는 것은 설명할 수 있고, 보여 줄 수 있는, 그리고 배울 수 있는 단계들로 세분화할 수 있는 것을 의미한다. L의 사례로 알아보자.

대부분 영업관리자라는 위치에 있는 사람들은 자신의 회사에서 판매에 관해서는 스타들이었을 것이다. 여기서 L은 모든 사람들이 '타고난 영업담당자'라고 불렀던 사람이다. L은 중요한 판매 활동들을 하는 데에 매우 익숙하다. 그러나 영업관리자는 판매를 잘하는 것보다 영업담당자들을 성장시키는 것이 더 중요한 일이다. 그러면 "L이 성과에 영향을 미치는 중요한 판매 활동들이 무엇인지를 알고 있을까?"

이 질문을 했을 때 L은 영업직에 종사하는 사람으로서 지금까지 자신을 성공으로 이끌어 준 행동들에 대해 정확히 설명할 수 없었다. 무엇을 어떻게 해야 할지를 궁금해하고 배우고자 하는 영업담당자들에게 "내가 하라는 대로만 하세요"라고 말할 뿐이었다. 누구도 L과 똑같은 영업담당자가 될 수 없으므로 영업담당자들을 성장시키는 데는 실패했다. L과 영업팀은 모두 좌절하였으며 L은 이 직 문제로 고민하고 있다.

결국, 이것은 이중 문제를 만들어 내게 된다. 회사는 유능한 잠재력이 있는 영업담당자를 잃을 뿐만 아니라 L도 잃을 수 있기 때문이다. L은 다시 영업담당자로 돌아갈 수 있다. 하지만 다른 회사에서 근무하기를 원할 것이며, 다른 사람들 또한 영업담당자로서 역량이 개선되지 않기 때문에 떠나게 될 것이다. 이것이 많은 영업 조직에서의 문제점이다.

정리해 보면 L의 첫 번째 임무는 중요한 판매 활동들을 정의하는 것이다. 다시 말해 성과에 영향을 미치는 요소들을 정리하는 것이다. 그리고 그것을 영업관리자로서 영업담당자들에게 설명하고 보여 줄 수 있어야 한다. 이러한 과정은 영업담당자들의 행동을 개선시켜 줄 뿐만 아니라 성과가 좋은 영업담당자들도 더 성공적으로 만들어 준다. 중요한 것은 뛰어난 영업관리자들이라면 성과에 영향을 주는 요소들을 반드시 알고 있어야 한다는 것이다.

영업관리자가 영업담당자를 성장시키는 법

L은 자신이 영업담당자에게 기대했던 것을 말로 표현할 수 없었기 때문에 성과에 관한 기대를 전달할 수 없었다. 또한 영업담당자들과 함께 일할 때 영업관리자인 자신이 대신 판매를 하는 경우가 많았다. 많은 영업관리자들이 쉽게 빠지는 함정이 바로 이것이다. 영업담당자를 개발시키는 것 대신에 영업관리자가 직접 영업을 하는 것이다.

영업담당자들이 영업관리자들에게 주로 하는 불평 중의 하나는 함께 동행할 때 그들이 영업을 대신 해준다는 것이다. 만약 그 동행의 목적이 영업관리자가 하는 행위를 보고 영업담당자가 어떻게 그 일을 처리하는지를 배울 수 있게 하기 위함이라면 몰라도, 그렇지 않다면 영업관리자는 그 영업담당자가 서툴더라도 그 판매를 종결하도록 내버려두고 지켜보아야 한다. 물론 B2C 영업과 B2B 영업은 영업 활동 동행시 영업관리자의 역할에 차이가 있지만 여기서는 언급하지 않기로 한다.

그런데 왜 많은 영업관리자들은 L과 같이 영업담당자들과 함께 있을 때 영업을 대신할까? 그 이유는 두 가지로 볼 수 있다. 첫 번째, 영업관리자가 아직 영업담당자 사고방식에서 벗어나지 못했다는 것이고. 두 번째, 영업관리자가 판매 과정에 대해 영업담당자에게 가르칠 수 있는 코칭 역량을 습득하지 못했다는 것이다. 이점은 영업담당자 코칭 시 매우 중요한 사항이다. 영업관리자들이 영업담당자 시절에 뛰어난 성과를 올렸으며 판매 과정에서 무슨 일을 해야 하는지를 알고 있다 하더라도, 영업담당자에게 가르칠 수 있는 방법을 제대로 배우지 않았다는 것을 의미하기 때문이다.

문서화하기

뛰어난 영업관리자들은 영업 스킬을 단계별로 구분하고 문서화한다. 이러한 기술에 능숙하고 정통해야만 영업담당자들이 하는 일이 어떻게 진행되는지를 정확하게 파악할 수 있다. 또한 어떤 것을 잘하고 있고, 어떤 부분이 개선이 필요한지를 평가할 수 있도록 해 준다. 영업관리자가 판매 과정을 더 잘 이해하면 할수록 관찰은 더 정확해진다. 관찰이 정확하면 할수록 영업담당자들의 부족한 부분을 효과적으로 개선할 수 있다. 영업관리자들은 다음 사항들에 대한 가장 효과적인 방법을 매뉴얼화하여야 한다.

+ **관계 구축** : 서로 다른 고객의 유형을 분석, 이해하고 관계 구축 기술 및 고객과 신뢰를 구축하는 방법 그리고 영업담당자에 대한 기대를 정리한다.
+ **수요 조사** : 고객의 니즈를 파악할 수 있는 적절한 질문들, 구매에 영향을 주는 사람과 의사결정자의 구분, 고객 유형에 따른 니즈를 구분하고 정리한다.
+ **제안** : 매주, 매월, 매년 제안 건수, 프레젠테이션의 질, 니즈별 프레젠테

이션의 적절성을 정리한다.

+ **거절의 처리** : 고객의 거절 포인트를 인식, 공감하기, 논쟁하지 않는 방법, 거절 처리 방법 확인, 목적 달성에 관해 정리한다.

+ **마무리** : 다음 단계 찾기. 효과적인 영업 스킬들을 매뉴얼화하였다면, 팀 전체와 공유하고 모두가 활용하는지 확인한다.

영업 성과에 영향을 미치는 요소들의 중요성

영업관리자는 영업담당자들에게 어떤 요소가 성과에 영향을 미치고 왜 중요한지를 전달해야 한다. 예를 들어 중요한 판매 활동 중의 하나는 예측이다. 그래서 뛰어난 영업관리자들은 정기적으로 예측에 대한 필요성을 팀원들에게 설명한다. 그러나 예측의 필요성을 설명하는 것만으로 부족하다. 예측이 왜 중요한지를 보여주는 과정을 거쳐야 한다. 그 과정은 다음과 같다.

"년 매출 목표액을 기준으로 이번 달에는 얼마나 팔아야 하는가?"라고 질문한다. 영업관리자가 숫자를 적고 난 후에, "하나를 판매하기 위하여 프레젠테이션을 몇 번 해야 하는가?"라고 질문한다. 다시 한번, 숫자를 적고 나서 "그 프레젠테이션을 하기 위해서 얼마나 많은 약속을 잡아야 하는가?"라고 질문한다. 그리고 "그 약속 건수를 만들기 위하여 예비 고객들에게 얼마나 많은 전화 통화를 해야 하는가?", "목표를 달성하기 위하여 프레젠테이션을 할 수 있는 기회를 주는 고객들에게 전화를 하지 않는다면 어떤 결과가 일어나는가?"라고 질문한다.

이제 왜 예측이 중요하며 영업관리자인 내가 그것이 정기적으로 이루어지기를 기대하는지가 명확해졌다. 영업관리자는 영업담당자들의 예측을 관찰하고 그 효율성을 평가하고 지도하며, 이러한 과정을 통하여 영업관리자가 기대하는 것을 확인함으로써 예측에 대하여 영업담당자들이 책임을 느낄 수 있도록 해야 한다.

성과에 영향을 미치는 요소에 대한 커뮤니케이션은 영업관리자가 중요한 활동들에 대한 중요성을 영업담당자들에게 전달하는 것만으로는 충분하지 않다. 영업관리자는 영업담당자가 이러한 활동들이 왜 중요한지를 이해할 수 있도록 전달해야 한다. 영업 성과는 중요한 활동들을 지속적으로 그리고 제대로 실행에 옮겨야 얻을 수 있다. 일관성 없지만 잘 파는 것, 일관성은 있으나 미숙하게 판매하는 것, 둘 다 최적의 성과를 만들어 내기 어렵다.

성과에 필요한 활동들이 무엇이며, 왜 그것들이 중요한지를 알고 있는 영업담당자들이 훨씬 더 지속적으로 성과를 낼 가능성이 높다.

성과의 요소들을 실행하고 습득하고 보여줘라

영업관리자는 성과를 어떻게 달성하는지 영업담당자에게 보여줄 수 있어야 한다. 영업담당자들을 개선 시키기 위해서 영업관리자들은 자신의 기본 자질을 점검하고 개발할 필요가 있다. 영업관리자는 영업담당자들에게 어떻게 보여주어야 하는지를 알고 있을 수도 있지만, 중요한 것은 영업관리자가 보여주는 것이 어떻게 하는지를 단순히 알려주기 위한 것이 아니다. 영업담당자가 그것을 따르고 실행에 옮길 수 있도록 보여 줄 수 있어야 한다.

훈련을 통한 커뮤니케이션

뛰어난 영업관리자들이 하는 가장 중요한 활동 중의 하나는 훈련이다. 뛰어난 영업관리자들은 다음과 같은 5단계 훈련 방식을 효과적으로 사용한다.

— 1단계 : 영업관리자로서 영업담당자들이 무슨 일을 하기를 원하는지 그리고 그것이 개인과 조직 모두에게 왜 중요한지를 설명한다.
— 2단계 : 그것을 어떻게 하는지를 보여준다.
— 3단계 : 영업담당자들이 시도해 보도록 한다.
— 4단계 : 영업담당자들이 시도하는 것을 관찰한다.
— 5단계 : 영업담당자들의 시도를 칭찬한다. 만약 영업담당자들이 올바르게 이해하지 못한다면 2단계에서 5단계까지를 다시 반복한다.

3단계에서 5단계까지를 건너뛰지 마라

영업담당자들이 프레젠테이션과 시연을 할 때, 종종 위의 1단계와 2단계만 한다. 그러나 전과 다르게 행동하거나 전에는 할 수 없었던 어떤 것을 할 수 있도록 훈련시키기 위해서는 3단계에서 5단계가 필요하다. 그리고 그것은 영업관리자 측면에서는 많은 인내심을 필요로 한다. 영업관리자가 설명해 주고 보여주고 영업담당자가 그것을 할 수 있을 때까지는 시간이 걸리기 때문이다.

영업담당자들은 단순히 설명해 주고 보여주는 것만으로 역량이 개선되거나 향상되지 않는다. 영업담당자들은 영업관리자가 관찰하는 곳에서 연습을 해야 하고, 잘하는 부분에 대한 긍정적인 피드백과 개선이 필요한 부분에 대해서는 발전적인 피드백이 필요하다. 그리고 영업담당자는 습득한 스킬과 역량들을 현장에 적용하고 활용할 수 있다는 것을 영업관리자에게 보여 주어야 한다. 이처럼 스킬이나 역량은 훈련을 반복하는 과정을 통하여 이루어진다.

무엇인가를 이해한다는 것은 이해한 것을 적용할 수 있다는 것을 의미하지 않는다. 기타를 제작하는 방법을 안다는 것은 기타를 제작할 수 있다는 것과는 다르며, 기타를 연주할 수 있다는 것이 기타를 연주하는 방법을 다른 누군가에게 가르치는 능력과는 다르다. 다시 한번 여기에서 주목해야 할 것은 영업관리자가 중요한 영업 활동을 설명하거나 시연하는 방식이 아닌, 영업담당자가 실제 실행할 수 있는 방식으로 그것을 시연해야 한다는 것이다.

영업 성과에 가치를 제공하고 동기를 부여한다

영업관리자는 영업담당자가 수행하는 영업 활동이 가치 있는 일이라는 것을 보여주거나 인식시켜야 한다. 고객에게 제품이나 서비스에 대해 설명할 때 고객들이 영업담당자의 설명 중에서 자신들에게 유익한 것이 무엇인지를 알고 싶어 하듯이, 영업담당자들 또한 그러하다. 따라서 많은 영업관리자들이 무슨 일을 해야 하는지, 왜 그것을 해야 하는지, 그리고 어떻게 해야 하는지를 영업담당자들에게 보여주지만 그것을 영업담당자 개인이 가치를 느낄 수 있게 하기는 쉽지 않다.

영업담당자가 제품에 대해 설명하지만 가망 고객이 필요로 하는 가치에 부합시키지 않고 그저 구매해 달라고 요청하는 것과 같은 이치이다. 이러한 영업담당자들의 판매 가능성은 낮다. 이것은 가망 고객에 대한 가치에 집중하는 것과 단순히 구매를 요청하는 것으로 비교될 수 있다. 영업담당자가 '가망고객을 위해 그 안에 어떤 가치가 있는가'를 보여주는지 '단순 구매 요청'인지를 판단할 수 있는 것이 바로 이 단계에서이다. 영업담당자들 또한 영업관리자가 자신들의 가치를 충족시켜줄 때 영업관리자의 기대에 대해 헌신할 가능성이 더 높다.

실행 확인

실행 확인은 영업관리자가 전달된 기대에 대하여 영업담당자들이 얼마나 중요하게 받아들이고 활용하는지를 점검하기 위한 것이다. 이 단계에서 영업관리자는 다음과 같이 질문할 수 있다.

— 적용해 보니 어떻습니까?

— 그것에 관하여 어떻게 생각하십니까?

— 당신의 목표 달성에 어떠한 효과가 있을 것으로 생각하십니까?

여기서 영업담당자의 답변을 통해 부족하다고 느끼는 부분과 관심사를 좀 더 깊게 파악할 수 있다. 그런데 영업관리자가 요청한 활동에 대해서 영업담당자 스스로가 가치를 발견할 때까지 그 활동을 받아들이지 않고 사용하지도 않을 것이다. 영업담당자들이 받아들일 때, 그들은 단순히 그 생각에 동의하는 것이 아니라 그 과정에 헌신한다.

대부분 영업담당자들은 그들이 이미 하고 있는 것을 편안해 한다. 비록 그들에게 무엇을 해야 할지, 왜 해야 하는지, 어떻게 하는지, 그리고 할 수 있다는 것을 보여주더라도 쉽게 수용하지 않는다. 영업관리자가 자신들을 변화시키려 하는 것에 불편을 느낀다. 하지만 성공의 대가는 불편함이라는 것을 알아야 한다.

변화를 요구받는 영업담당자들은 저항한다. 저항은 영업관리자에게 큰 도전이다. 영업관리자들은 자신의 기대에 대해 영업담당자들의 실행 여부를 확인하는 것을 꺼린다. 영업담당자들이 고객으로부터 "싫어요"라는 대답을 들을까 두려워 고객에게 구매 요청을 하지 않는 것처럼, 영업관리자들 또한 영업담당자들에게 잘 확인하지 않는다.

영업관리자가 영업담당자에게 무엇을 해야 하고, 왜 그것이 중요한지를 설명하고, 어떻게 하는지를 보여주었기 때문에 영업담당자가 영업관리자가 요청한 것을 잘할 것이라고 기대할 수도 있다. 그러나 이러한 실행 확인 과정을 연습하지 않는 것은 고객에게 가치를 강조하지도 않고, 구매 요청을 하지도 않으면서 전체 판매 과정을 거쳤다고 생각하는 것과 같다.

일부 예비 고객들은 자신이 직관적으로 그 필요 가치를 인식하고 영업담당자에게 제품을 구매할 수도 있지만 대부분의 고객들은 가치를 느끼지 못할 것이므로 영업담당자는 많은 판매 기회를 잃게 될 것이다. 마찬가지로 영업관리자들은 그들의 영업담당자들이 자신의 기대에 대해 수용하고 실행하는지를 확인하여야 한다.

영업관리자의 영업 스킬을 이용하기

대부분 영업관리자들은 뛰어난 영업담당자들이었다. 영업담당자들이 중요하게 여기는 것들에 관한 정보를 수집하는 것이 이 네 번째 단계를 성공적으로 이용하는데 중요하다. 다음 질문에 긍정적으로 대답할 수 있는 영업관리자들이라면 영업담당자들을 성장시키고 개발시키는 것에 대해 책임질 준비가 되어 있다.

— 어떤 영업 활동들이 최적의 매출로 이어지는지 나 자신이 알고 있는가?

— 나는 이러한 활동들을 영업담당자들에게 전달할 수 있으며, 왜 그것들이 중요한지에 대해 설명할 수 있는가?

— 나는 중요한 활동들을 실행하는 방법을 이해하고 다른 사람들이 실행에 옮길 수 있도록 제대로 보여 줄 수 있는가?

— 나는 영업담당자들의 가치를 알고 있는가? 그리고 나는 이러한 활동들을 그들이 실행하도록 동기부여할 수 있는가?

영업관리자의 목표

영업관리자의 목표는 경영진이 바라는 매출액, 이윤 그리고 성장을 달성할 수 있는 영업 조직을 구축하는 것이다. 이러한 목표를 달성하는 데에 있어서 중요한 것은 영업담당자들의 행위에 영향을 줄 수 있는 관리자의 능력이다. 기대를 정의하고 명확하게 전달하는 것은 뛰어난 영업관리자들이 핵심적인 습관이다.

영업관리자가 영업담당자들에게 기대를 전달하는 것은 시간과 인내심이 필요하다. 신속하게 처리하거나 한 번에 완료되는 그런 것이 아니다. 훌륭한 커뮤니케이션은 계획과 반복을 통해서 이루어진다는 점을 명심하자.

성과가 날 수 있도록 영업 활동 관찰하기

[스포츠 코치들을 모방하라]

관찰은 영업관리자들이 기대를 명확하게 전달했는지를 이해하는 데에 도움을 준다. 성과가 뛰어난 조직의 영업관리자들은 영업담당자들이 기대한 대로 하고 있는지를 현장에 나가서 관찰한다. 그리고 기대한 대로 시도할 때 그들을 칭찬한다.

칭찬은 영업관리자의 기대를 전달하고 기대한 행동을 강화하는 좋은 방법이다. 영업담당자들이 어떤 일을 바르게 하지 않을 때, 영업관리자는 관찰한 후 피드백할 수 있어야 한다. 즉, 다시 기대를 명확하게 전달하여야 한다.

코치들은 관찰을 이용한다

뛰어난 영업관리자들처럼 스포츠계에서의 코치들은 관찰의 개념을 확대하여 사람들을 개발시키는 전문가들이다. 코치들은 경기 중에 선수들의 움직임을 지켜보고, 경기 이후에는 비디오테이프를 통하여 관찰한다. 코치들은 선수들의 움직임을 아주 자세하게 관찰한다. 경기하는 동안뿐 아니라 연습을 하는 동안에도 관찰한다. 선수 동작의 특징을 찾으며 그 움직임에 관한 꼼꼼한 기록을 보관한다.

코치들은 선수들의 동작을 개선하기 위해 활용될 자료들을 수집한다. 제 위치에서 벗어나거나 계속 실수를 하는 선수들에게 기대를 전달하고 적절한 절차를 거쳐 선수가 그것을 다시 한번 하는 것을 지켜보고 나서 능숙하게 할 때 칭찬한다.

전문적인 코치들처럼, 뛰어난 영업관리자들 또한 세심한 관찰과 피드백을 통해 최고의 성과를 이끌어낼 수 있다.

관찰 후에 해야 할 일

전문적이고 유능한 코치들은 무엇을 하고 무엇을 하지 않는지를 주목할 필요가 있다. 코치가 선수들에게 피드백을 하지 않고 격려도 하지 않는다면 그것은 유능한 코치의 모습이 아니다. 성과의 비결은 관찰에 있다. 세심하게 활동들을 관찰하는 것이다.

유능한 코치들과 뛰어난 영업관리자들이 그들의 기대를 명확하게 전달했는지 그리고 그것이 실행되는지를 판단하는 것은 오직 관찰에 의해서 이루어진다. 영업담당자들에게 기대를 전달하고 관찰 결과를 토대로 사후 관리를 하도록 한다.

지켜보아야 할 것들

코치들은 아주 세심하게 선수들의 움직임과 선수들의 특성을 지켜본다. 개인의 특성들이 선수들의 성과를 해치지 않는 한 관여하지 않는다. 그러나 코치들이 반응할 때는 선수 개인의 특성이 성과에 지장을 줄 때다.

이것은 영업관리자들의 경우도 마찬가지다. 뛰어난 영업관리자들은 영업담당자들의 효율성을 판단하기 위하여 영업담당자들의 움직임과 특성 그리고 표준 영업 활동 과정을 기대한 대로 실행하는지 지켜본다. 그러한 움직임들이 성과에 지장을 주지 않는 한, 영업관리자가 반응할 이유는 없다. 영업관리자가 시정 조치를 하는 경우는 영업담당자들이 최적의 성과를 달성하지 못할 때다. 뛰어난 영업관리자들은 각 영업담당자들의 성과에 관하여 기록을 하고 차트를 작성하여 개발할 기회 또는 보상과 인정을 해 줄 기회인지를 판단하기 위해 그 자료를 활용한다.

개선하기, 시정하기 위해 해야 할 일

코치들은 계속해서 실수를 하는 선수에게 집중한다. 그것은 실수를 하지 않는 선수들은 관찰하지 않는다는 뜻은 아니다. 대부분의 코치들은 2군 선수들뿐만 아니라 대표 선수들까지 그들의 모든 선수들을 관찰한다.

사람은 누구나 자신을 객관적으로 바라보기 어렵기 때문에 객관적인 누군가의 피드백이 필요하다. 따라서 뛰어난 영업관리자들은 성과가 별로 없는 영업담당자들에게만 자신의 모든 시간을 바치지는 않는다.

일반적으로 영업관리자들은 자신들이 관찰하고 함께 일해야 하는 대상이 영업관리자의 요청사항을 실행하지 않거나 한계가 있는 사원들이라고 생각하는 경우가 있다. 그러나 뛰어난 영업관리자들은 그렇게 생각하지 않는다. 그들은 최고의 영업담당자들도 코치의 태도를 가진 누군가와 함께 할 때 그들이 훨씬 더 성과가 좋을 것이라는 것을 알고 있다.

이것은 마치 세계적인 프로 골퍼들이 거액을 들여 캐디를 고용하는 것과 같은 이치이다. 그들은 성과가 뛰어난 영업담당자라 하더라도 모두가 더 향상될 수 있다는 확신을 가지고 있으며 관찰을 통해 어떤 부분에 개선이 필요한지를 알려준다.

[코칭에 필요한 자료를 관찰하고 기록하라]

2002년 FIFA 한일 월드컵 당시 우리나라 대표팀이 4강 신화를 이룰 수 있었던 것은, 매 경기 최선을 다해 그라운드를 누비던 선수들과 경기를 진두지휘한 히딩크Guus Hiddink 감독 그리고 전국을 뜨겁게 달군 열두 번째 선수, 붉은 악마의 응원 때문만은 아니었다. 또 다른 숨은 공신들, 비디오 분석관 압신 고트비Afshin Ghotbi를 비롯한 각종 기술 분석관과 코치들이 있었기에 가능한 신화 창조였다. 당시 낯설게만 여겨졌던 비디오 분석관 압신 고트비로 인하여 대중들은 경기 중에는 물론 훈련 중에 선수 개개인에 대한 세심한 관찰을 통한 분석과 기록의 중요성을 알게 되었다.

역대 올림픽에서 매일 세계 신기록이 쏟아져 나올 수 있었던 것도 선수들의 경기 장면과 각종 기록, 전략 및 전술 등을 분석하는 스포츠 과학의 발달 덕이 컸다고 한다. 이처럼 스포츠 경기에서 과학적인 분석이 중요해지고 그 효과가 드러나면서 관련 전문 인력들의 수요도 증가하고 있다. 특히, 비디오 분석의 경우 과거에는 감독이나 코치들이 전담했던 것과 달리 점차 전문 인력이 담당하는 추세다. 또 구기 종목에 집중되어 있던 비디오 분석이 이제는 개인 종목으로까지 확대되었고, 컴퓨터 기술의 접목으로 비디오 분석 시스템 수준도 크게 향상되어 앞으로 이들의 중요성은 더욱 커질 것으로 예상된다.

앞서 언급한 이 모든 것들이 관찰의 중요성을 방증해 주는 것이다. 감독이나 코치들은 경기가 끝나고 나면 전문가가 촬영하고 분석한 영상물을 통해 경기 중에는 미처 보지 못하고 깨닫지 못했던 것들을 다양한 시각에서 관찰하고 분석한다. 이러한 분석 자료들은 개별 또는 팀에 피드백 정보로 제공되고 다음 훈련 계획에 반영

된다.

양궁을 '천 발의 열정, 한 발의 냉정!'으로 표현한다고 한다. 양궁 선수들의 혹독한 훈련과 연습, 엄청난 압박감을 생각하면 공감이 가는 말이다. 30여 년간 양궁 국가대표 감독을 역임한 서거원 감독은 자신의 저서 『따뜻한 독종』에서 관찰의 중요성을 다음과 같이 이야기했다.

> 한두 달 후, 선수들은 "저 감독님, 족집게 같다"라고들 입을 모은다. 사실은 본인들이 먼저 나에게 답을 보여주고, 나는 다만 그 선수들에게 맞는 정확한 방법을 콕 찍어 제시해 주기만 한 것인데도 말이다. (중략) 그 열쇠의 첫걸음은 내 경우엔 바로 침묵을 가장한 관찰이다.
>
> — 서거원, 『따뜻한 독종』

글쓰기 코치로 잘 알려져 있는 작가 송숙희 씨는 20년 넘게 미디어 현장을 누비며 몸소 경험한 사례와 연구 결과를 바탕으로 비즈니스 대가들의 창의력과 상상력의 원천이 '관찰'에 있다는 사실을 밝혀냈다. 그녀는 자신의 저서 『성공하는 사람들의 7가지 관찰 습관』을 통해 다음과 같이 밝히고 있다.

> 창의적인 아이디어가 발현되는 과정에서 어떤 느낌이 번쩍하며 떠오르는 순간을 영감이라고 하는 데, 바로 그 느낌은 특정 자

극을 통해 일어나며 이는 무엇인가를 관찰할 때 발생한다. 즉, 관찰은 위대한 창조적 영감이 떠오르는 출발점이요, 모든 기회와 창조물의 원동력이다.

— 송숙희, 『성공하는 사람들의 7가지 관찰습관』

시대를 주도한 비즈니스 대가들의 공통적인 습관은 관찰이었다고 한다. 본질을 제대로 들여다보는 능력이 탁월했던 스티브 잡스, 진득하게 지켜보기의 대가 워런 버핏, 보이는 것 너머까지 상상의 눈으로 바라봤던 레오나르도 다빈치 등 다양한 분야의 천재들 역시 그들만의 특별한 관찰 습관이 있었다고 한다. 같은 것을 보고도 차이를 만들어 내는 힘, 시대를 주도한 비밀의 원천은 바로 관찰 습관이었던 것이다.

『탁월함에 이르는 노트의 비밀』의 저자 이재영 박사는 원자 공학으로 KIST에서 박사학위를 받고 한동대에서 교수로 재직 중이다. 그는 '기억력도 별로 좋지 않고 의지력도 약한 사람들이 어떻게 평균 이상으로 살 수 있을까'를 고민하다 보니, 특정 분야에서 탁월한 업적을 달성한 사람들의 비결이 무엇인지 알고 싶어졌다고 한다. 이재영 교수가 다양한 연구를 통해 깨달은 탁월함에 이르는 비법은 바로, '자기 노트와 자기 생각 기록하기'였다고 한다. 그는 책 말미에 다음과 같이 기록하고 있다.

노트를 사라. 그리고 써라. 항상 들고 다녀라. 심심하면 열어 보

> 고 떠오르는 순간의 생각을 기록하라. 한 권의 노트에서 하나의 결론을 뽑아내라. 몇 년을 지속하면 당신의 서가에는 당신의 주장이 가득 담긴 노트가 꽉 찰 것이다.
>
> — 이재영, 『탁월함에 이르는 노트의 비밀』

박태환 선수의 멘토라 할 수 있는 노민상 감독은 10년 이상 수천 장이 넘는 훈련 일지를 손수 작성하면서 그에게 자신의 꿈과 인생을 걸었다고 한다.

무소유 정신을 널리 알린 법정 스님도 살아생전에 엄청난 메모광으로 알려져 있다. 함께 수행하던 스님이 그 모습을 보고 '삼보일배'가 아니라 '삼보 일메모'라고 했다고 한다.

> "사랑하면 알게 되고 알게 되면 보이나니, 그때 보이는 것은 전과 같지 않더라."

이는 정조 때 문인 유한준이 한 말을 유홍준 선생이 인용하면서 유명해진 말이다. 관찰은 관심에서 비롯된다. 그리고 관심은 사랑의 또 다른 표현이다. 결국 사랑하는 만큼 보이는 것이다.

영업관리자도 마찬가지다. 영업담당자에게 관심과 애착이 많을수록 더 세심히 관찰하게 된다. 이때 관찰과 기록은 코칭의 기반이 된다. 영업담당자의 행동을 세심하게 관찰하고 기록하는 것에서부터 코칭은 시작된다. 하지만 영업관리자가 영업담당자의 실적이나 결과만을 가지고 피드백을 할 수도 있다. 그렇다면 이 영업관리자야말로 평소 훈련장에는 나타나지도 않다가 경기장에서 승패만 가지고 선수들을 탓하는 감독과 다를 바 없을 것이다.

개선과 개발을 위해 영업 과정을 관찰하라

전문적인 코치들이 선수들을 개발시키기 위하여 어떻게 하는지를 주목해 볼 필요가 있다. 그들은 지속적으로 실수를 하는 선수를 발견했을 때 활동하기 시작한다. 코치들은 개선이 필요한 사항에 대해 선수에게 이야기해 주고 연습 과정을 거치게 하고, 선수가 그것을 하는 것을 다시 지켜보고 개선되었을 때 격려해 준다.

다음은 어떻게 하면 영업관리자가 효율적으로 영업 활동을 개선할 수 있는가를 알아보자.

개선이 필요한 영업담당자를 관찰해야 한다. 영업관리자가 그것을 관찰하지 않으면, 무슨 일이 일어나고 있는지 그리고 그것을 어떻게 개선해야 할지 알기가 어렵다. 관찰을 통한 개선은 지속적일 필요가 있다. 한 영업담당자와 함께 단 한 번의 동행을 통해 관찰한 것이 그동안 영업담당자가 했던 모든 것이 그러했을 것이라고 생각하는 것은 현실적이지 않다. 무엇이 지속적인 것이며 무엇이 일회성으로 발생한 것인지의 차이점을 이해하기 위해서는 여러 번의 관찰이 필요하다.

개선할 사항에 대해 영업담당자들에게 이야기해 주어야 한다. 개선이 필요한 사항에 대해 당사자가 모른다면 누구든 무엇인가를 시정하기 어렵다. 영업관리자들은 개선이 필요한 영역을 가지고 있다고 영업담당자들에게 말하는 것을 불편해한다. 갈등의 가능성은 항상 존재한다. 그러나 영업관리자는 영업담당자들에게 개선이 필요한 사항을 상세히 설명해 주어야 한다. 그리고 영업담당자가 그것을 따라 할 수 있는 방식으로 보여주어야 한다.

새로운 방식을 시도하는 것을 지켜보아야 한다. 영업관리자가 개선이 필요한 영업담당자들에게 새로운 방법을 그들이 따라 할 수 있는 방식으로 보여주고, 새로운 방식을 시도하는 동안에 관찰해야 한다. 앞서 여러 번 설명했듯이, 말로만 하는 것은 비효율적이다. 영업관리자는 자신이 말한 것이 받아들여져서 영업담당자들이 그것을 할 수 있는지를 보아야 한다.

위의 과정을 거쳤다면 능숙하게 된 것에 대하여 "잘 했어"라고 하든지, 아니면 앞에서 논의했던 훈련의 2단계에서 5단계까지를 다시 한번 해 보기를 권한다. 올바른 프로세스에 익숙하게 되기까지는 여러 번의 시도가 필요할 수도 있다. 영업담당자가 새로운 방식을 시도하는 데 있어서 영업관리자는 지지자가 되어야 한다.

긍정적인 강화는 영업담당자들이 단시간 내에 능숙하게 되지 않더라도 매우 중요하다. 새로운 프로세스에 대한 시도 자체를 격려하는 것이 좋다. 이것은 기어다니던 아기를 걷도록 격려하는 것과 유사하다. 아기가 비틀거리며 서서 한 발짝을 떼려고 시도할 때 우리는 격려하고 환호한다. 그 아기가 한 발짝을 떼고 나서 주저앉는다 하더라도 칭찬을 아끼지 않는다. 몇 발짝 가지 못하고 주저앉는다 하더라도 나무라거나 하지 않는다.

영업관리자는 영업담당자들이 원하는 성과를 얻을 때까지 지속적으로 격려해야 한다. 영업담당자들이 완전하게 그것을 이해하지 못하면, 훈련 과정의 1단계로 다시 돌아가서 설명하고 시연하고 연습하도록 하고 관찰을 통해 피드백을 주어야 한다. 이것이 좋은 코치와 유능한 영업관리자가 하는 일이다.

새로운 영업관리자들을 위한 중요한 사항

영업관리자에게 자신이 영업담당자이었을 때보다 훨씬 더 뛰어난 영업담당자가 팀에 있는 것은 매우 중요한 사항이다. 최고의 스타가 아니었던 선수들 중에도 최고의 코치가 많이 있다는 것을 생각해 보자. 여기서 코치의 태도를 가진 영업관리자라면 누구나 앞에서 소개한 5단계 훈련 방법을 통해 영업담당자를 도울 수 있을 것이다.

관찰할 수 있는 기회

영업관리자들은 다음과 같은 기회를 통해 영업담당자들을 관찰할 수 있다.

+ **영업 스킬을 실습하는 훈련 과정** : 영업관리자들이 영업담당자들을 훈련시키기 위해 외부 컨설턴트나 훈련 기관을 이용할 때, 영업관리자가 함께 그 훈련에 참가하거나 훈련이 끝난 후에 배운 내용을 강화시켜 주는 것이 매우 중요하다.
+ **전화 통화를 효과적으로 하는 방법을 논의할 때** : 영업관리자들이 각 고객들에게 전화 통화 시 정확한 용어들을 사용하게 하고 관찰하고 코칭 할 수 있는 아주 좋은 기회들이다.
+ **역할 연습 시간** : 영업관리자나 또 다른 영업담당자가 가망고객 역할을 맡고, 그 영업담당자가 판매하게 하는 것이다. 처음에는 이러한 방법이 영업담당자에게 다소 불편할 수 있지만 지속적으로 관리가 된다면 영업 스킬들을 향상시키는 중요한 방법이 될 수 있다.

동행 시 지침 사항

현장을 동행하기 전에 영업관리자가 맡을 역할을 결정한다. 동행하는 목적이 영업관리자가 영업담당자의 영업 스킬을 관찰하기 위해서라면 영업관리자가 판매 과정에 개입하지 않는 것이 중요하다. 사전 준비 단계에서, 영업담당자와 영업관리자는 고객과 상담 시 각자가 무슨 역할을 맡을 것인지를 명확하게 설정해야 한다. 가망고객 앞에서 영업 사원의 신용을 훼손하지 말아야 한다. 영업담당자들이 교육받은 영업 스킬들을 얼마나 효율적으로 사용하는가를 살핀다. 관찰은 영업담당자의 개발을 용이하게 하고 코칭 할 내용이 무엇인지를 영업관리자에게 알려준다.

영업담당자들의 영업 스킬을 알아보기 위해서는 가망고객들과 영업담당자와의 상담 내용을 관찰한다. 영업담당자를 관찰하기 위한 가장 좋은 방법은 현장 동행이다.

뛰어난 영업관리자들은 관찰력이 뛰어나다

뛰어난 영업관리자들은 관찰력이 뛰어나다. 이들은 전문적인 코치들이 하는 것처럼 세세한 것에 관심을 기울인다. 관찰력이 뛰어나다는 것은 일어나고 있는 일을 단순히 보고 듣는다는 것 이상이다. 뛰어난 영업관리자들은 말한 것뿐만 아니라 말하지 않는 것도 잘 알고 있다. 이들은 사용되는 단어들뿐만 아니라 보디랭귀지와 목소리 톤까지도 관찰한다.

보디랭귀지와 톤이 말보다 커뮤니케이션의 전달에 있어서 더 중요한 역할을 한다는 것을 기억해야 한다. 관찰하는 것은 영업담당자들로 하여금 영업관리자가 관심을 기울이고 있고 신경을 쓰고 있으며 적극적으로 도와주고 싶어 한다는 것을 느끼게 해 줄 수 있는 좋은 방법이다.

현장 동행 시 알아야 할 4가지 원칙

영업관리자들이 현장 동행 시 반드시 알아야 할 4가지 원칙이 있다. 이 원칙들을 알고 있으면 현장 동행이 성과로 연결되기 쉽다. 하지만 그냥 지나치면 동행이 효과를 거두기 어렵다. 따라서 이러한 원칙을 사전에 인식하고 실천할 경우 경우 더 효과적인 현장 코칭이 가능하다. 세부적으로 살펴보고, 그 방법을 알아보자.

원칙 1: 영업담당자가 느끼는 불안을 이해하라

영업관리자와 담당자 모두에게 현장 동행은 부담이 크다. 동행은 고객을 마주한 상태에서 이루어지는 영업담당자의 행동에 중점을 두며, 이때 고객의 존재는 모든 압박의 원인이다. 상담 과정에서 이루어지는 영업관리자의 관찰 역시 영업담당자에게는 부담으로 작용한다. 영업담당자는 자신의 행동이 영업관리자에 의해 관찰되고 분석된다는 사실을 안다. 따라서 자신의 일거수일투족을 의식하게 되고 평소처럼 영업 자체에 집중하지 못하게 된다.

결국 현장 동행에 나선 대부분의 영업담당자는 혼자서 상담을 진행할 때보다 자신이 영업 활동을 제대로 수행하지 못하고 있다는 느낌을 받는다. 영업관리자가 지켜보고 있는데 상담을 진행해야 한다면 분명 잘 보이고 싶은 마음이 있는데, 상담이 진행될수록 평소만큼 실력이 발휘되지 않아 불안하게 된다. 지나치게 자신을 의식하다 보니 상담이 원활하게 진행되지 않고, 제대로 상담을 해야겠다고 마음을 가다듬는 순간, 영업관리자가 무슨 생각을 하고 있는지 궁금해진다. 이러한 생각 때문에 정신은 더욱 산만해진다. 상담이 끝나고 난 뒤 영업관리자가 상담 내용을 검토하려고 할 때 영업담당자는 자신의 행동에 못마땅한 기분이 들고 현장 동행 자체에 대해서 적개심마저 들게 된다. 그런데 불안한 마음을 갖는 것은 영업담당자만이 아니다. 조금 전 상담을 지켜본 영업관리자 역시 기대한 대로 이루어지지 않은 상담을 지켜본 후 씁쓸하기는 마찬가지일 것이다. 영업관리자는 "내가 중간에 끼어들어야 했을까?"라는 의문을 갖게 된다. 영업관리자가 이런 생각으로 머릿속을 가득 채우고 영업담당자와 상담 내용을 검토하려고 한자리에 앉으면 현장 동행은 그야말로 위험천만한 일이 될 수밖에 없다.

양쪽 모두 상담 과정에 대해 불만을 느끼는데 그것을 고려하지 않고 직접적으로 문제를 지적하고 나서는 영업관리자들이 많이 있다. 영업담당자가 느꼈을지 모르는 불안을 외면한 채 현장 동행을 하려고 드는 것은 잘못이다. 상담을 지켜본 영업관리자가 실망에 가득 차 시작부터 부정적인 평가를 늘어놓으면 현장 동행은 엉망이 될 가능성이 크다.

성공적인 현장 동행이 되려면 동행에 앞서 서로가 서로를 수용할 수 있는 분위기를 조성해야 한다. 그러기 위해서는 다음의 두 가지 조치를 취해야 한다.

첫째, 압박감을 인정한다. 영업관리자가 참석한 자리에서 상담을 진행하는 것이 영업담당자에게는 무척 어려운 일이라는 점을 영업관리자가 이해한다는 것을 영업담당자가 알게 한다. 예를 들면 "저도 상사와 함께 현장 동행을 나가면 혼자 상담을 진행할 때보다 훨씬 불편하다고 느꼈습니다", 혹은 "누군가 지켜보는 가운데 영업을 하려면 얼마나 난감한지…"라고 말해보자. 영업관리자는 자신의 존재로 영업이 어려울 수 있다는 사실을 인정함으로써 영업담당자가 최선을 다했을 때 무작정 나쁜 평가를 내리지 않을 것이라고 안심시켜야 한다. 그러한 간단한 위로의 말은 현장 동행에 대한 영업담당자의 저항감을 희석시킬 수 있다. 아울러 영업관리자가 처음으로 어떤 영업담당자와 현장 동행을 한다면 영업담당자가 느낄지 모를 압박감을 처음부터 미리 인정해 주는 것이 좋다.

둘째, 긍정적인 면을 지적한다. 누구나 잘한 일보다는 잘못한 일을 찾는데 능숙하다. 이 사실은 간단한 실험을 해보면 쉽게 알 수 있었다. 경험이 풍부한 영업관리자들을 대상으로 동영상을 시청한 후 영업담당자의 행동에 대해서 평가를 내리도록 했다. 영업관리자들에게는 중립적인 태도를 요구했고 잘한 행동과 그렇지 못한 행동을 구분하도록 했다. 영업 현장을 담은 동영상에서 영업담당자는 바람직한 행동과 그렇지 않은 행동을 거의 반반씩 수행했다. 그런데 영업관리자들의 80%가 부정적인 면을 지적했다. 영업관리자들의 반응은 주로 다음과 같았다.

— 영업담당자가 고객의 반론을 무시하고 실수를 했다.

— 고객의 말을 귀담아듣지 않았다.

— 고객이 듣고 싶어 하지 않는 지루한 설명을 늘어놓는다.

중립적이거나 긍정적인 면을 지적한 평가는 전체의 20%에 불과했다. 대부분의 사람들은 효과적이지 못한 행동을 더 주목한다. 사람들은 대개 결점을 보고, 자신이라면 그렇게 처리하지 않았을 것들을 보고 그리고 실수를 본다. 결국 동행을 하면서도 그런 결과가 나타난다.

현장 동행 시 코칭 스킬을 제대로 익히지 못한 영업관리자는 긍정적인 면보다 부정적인 면에 주목할 가능성이 크다. 이러한 문제점을 해결하기 위해 영업관리자는 동행 시 영업담당자가 보여준 긍정적인 면을 피드백하면서 코칭을 시작하는 것이 바람직하다. 그 이유는 긍정적인 면을 강조하면 상담이 끝난 뒤 더 긍정적으로 검토를 진행할 수 있고, 조금은 미묘한 효과를 더 기대하기 때문이다. 영업관리자가 긍정적인 면을 지적하려고 마음먹으면, 실제 상담에서 긍정적인 면을 볼 가능성이 커진다. 즉 영업관리자의 시각을 교정함으로써 지나치게 부정적인 시선에서 좀 더 중립적인 시선을 갖도록 할 수 있기 때문이다.

원칙 2 : 영업관리자의 견해를 영업담당자에게 강요하지 마라

영업관리자가 상담 과정에서 침묵을 지켜야 한다는 점은 현장 동행 시 가장 어려운 점이다. 고객과의 상담에 참석해 잠자코 앉아 메모만 하고 있어야 한다는 사실에 실망을 토로하는 영업관리자들도 있다. 이들은 말하고 싶어 안달이 난다. 머릿속에 차곡차곡 쌓인 생각은 고객과 헤어지자마자 폭발을 일으킨다. 이런 영업관리자들은 상담이 어땠는지, 무엇을 잘못했는지에 관해서 조금의 빈틈도 주지 않고 자신의 의견을 마구 쏟아낸다.

영업관리자의 결론이 일단 옳다고 가정해도, 상담이 끝나 몇 분도 지나지 않아 성급히 결론부터 내리는 것은 결코 바람직한 행동이 아니다. 그런데 현장 동행을 수행하는 영업관리자는 영업담당자에게 그런 성급한 행동을 하는 일이 빈번하다. "자네에게 필요한 것은 바로…"라는 식으로 영업관리자가 말을 꺼내는 것이다. 이런 방식은 영업이나 현장 동행에서 적절하지 않다.

처음부터 제품을 제안하고 시작하면 고객이 거부감을 느끼고 저항하는 것과 마찬가지로, 영업관리자가 처음부터 결론을 내리고 동행을 시작하면 영업담당자는 당연히 그러한 코칭을 거부하게 된다. 거부감은 곧 논쟁을 일으키게 되고, 영업관리자는 자신도 모르게 어느새 자신의 의견을 영업담당자에게 강요하고 있다는 사실을 깨닫게 된다. 현장 동행에서 이러한 행위는 아주 흔하고 심각한 실수에 속한다.

영업관리자가 그런 실수를 예방할 수 있는 가장 쉬운 방법은 상담에서 활용하는 기술을 적용하는 것이다. 즉, 영업 스킬을 발휘하면 된다. 고객을 만나 제품을 팔 때 어떤 식으로 행동해야 할까?

먼저 질문해야 한다. 상담의 결론을 미리 제시하지 말고 다음과 같은 방식의 질문을 던져보자.

— 이번 상담이 어땠던 것 같아?

— 상담 목표는 달성되었는가?

— 다시 상담을 하다면 어떻게 다르게 해 보겠어?

현장 동행이 영업관리자와 영업담당자의 대결의 장이 되어서는 안 된다. 질문을 통한 코칭이야말로 비생산적인 충돌을 피할 수 있는 가장 확실한 방법이다.

원칙 3 : 한 번에 한 가지씩 훈련하라

대부분의 현장 동행은 지적사항을 절반으로 줄였을 때 효과가 두 배로 나타날 가능성이 있다. 다음의 사례는 현장 동행을 하는 동안 실제 있었던 대화를 기록한 내용이다.

"제품에 대한 자세한 내용을 너무 성급히 설명했다는 걸 인정했으니 다음부터는 제품에 대한 설명을 할 때 좀 더 신중할 필요가 있어. 다시 말하면 상담이 무르익었을 때 설명하라는 거야. 그리고 제품 설명을 할 때는 특성이 아니라 고객의 이점을 중심으로 설명하라는 거야. 그리고 고객의 말을 중간에 자주 끊지 말아야 돼. 고객의 말을 들으려 하지 않는 거 같았어. 좀 더 여유를 가지고 고객의 말을 들어야겠어. 고객의 말을 듣지 않고 자꾸 제품 설명만 하니까 고객이 굉장히 답답해하는 거 같았어. 항상 고객과 눈을 마주치고 고개를 끄덕인다든가 하는 비언어적인 반응을 자주 하는 게 중요해 알겠어?"

영업담당자에게 이렇게 피드백을 늘어놓아서는 안 된다. 영업담당자는 상담을 진행하면서 이러한 지적사항의 한 가지도 제대로 연습하기에 벅찰 것이다. 영업관리자의 충고 중에서 두 가지만 수행해도 정말 보기 드문 영업담당자다.

영업관리자는 피드백을 많이 하면 할수록 더 훌륭한 코칭이 된다고 믿는 경향이 있다. 훌륭한 리더십과 통찰을 겸비한 뛰어난 상담가로서 영업관리자는 영업담당자에게 모든 것을 가르치고 싶을지도 모른다. 하지만 이때에도 영업할 때 하는 방법을 써야 한다. 경험이 부족한 영업담당자는 제품에 관해 자신이 아는 모든 것을 고객에게 전달하려고 애쓴다. 영업을 직접 해 본 사람이라면 많은 정보를 전달한다고 해서 반드시 좋은 결과가 나오지 않는다는 사실을 곧 깨닫게 된다. 왜냐하면 제품에 대한 수많은 정보를 순식간에 접한 고객은 혼란스러울 수밖에 없기 때문이다. 현장 동행 시에도 그러한 혼란이 발생한다. 현장 동행을 하는 영업관리자의 목적은 정보를 제공하는 것이 아니라, 영업담당자가 그 정보를 영업 스킬로 전환하는 힘든 과정을 이행하도록 요구하는 것이다.

새로운 스킬을 익히는 데는 많은 시간이 걸리고, 실력은 조금씩

밖에 늘어나지 않는다. 영업담당자에게 너무 많은 지적을 하는 것은 영업관리자가 현장 동행 시 범하는 가장 큰 실수다. 그렇다면 지적할 사항이 많은 경우 영업관리자는 어떻게 해야 할까?

영업관리자가 판단하여 영업담당자에게 가장 중요하다고 생각되는 행동 하나를 선택한다. 즉, 개선하면 영업 성과에 가장 큰 도움이 되는 영업 스킬 하나를 선택한다. 한 번에 하나의 기술에 중점을 두고 코칭을 할 때 영업 스킬이 가장 빠르게 개선된다. 한 번에 서너 개의 행동을 지도하면 절대 개선되지 않는다. 믿기 어렵다면 실제로 시도해 보라. 한 가지 기술에 주력해 행동을 개선할 때 놀라울 정도로 영업담당자의 영업 스킬이 향상되는 것을 경험하게 될 것이다.

원칙 4 : 동행 후 후속 관리가 중요하다

영업관리자들이 가지고 있는 가장 흔한 단점 중 하나가 동행 후 후속 관리를 등한시하는 것이다. 현장 동행뿐만 아니라 권한 위임, 목표 설정, 혹은 단순한 일상적인 관리에 있어서 체계적이고 지속적인 후속 관리는 성공의 필수 요소이다. 그런데 특히 현장 동행 후 후속 관리가 제대로 이루어지지 않는다. 많은 영업관리자들이 현장 동행의 성공에 있어 후속 관리가 중요하다는 것을 정확히 알지 못한다. 현장 동행이 성과로 나타나기 위해서는 다음과 같이 후속 관리가 이루어져야 한다.

+ **구체적인 목표** : 실행 계획은 일정 기간 동안 영업관리자와 영업담당자가 함께 실천할 수 있는 구체적인 행동의 형태로 목표를 설정해야 한다. 예를 들어 영업관리자와 영업담당자는 향후 2주 동안 고객의 말을 중간에 끊지 않고 공감하는 연습을 하기로 합의할 수 있다.

+ **구체적인 후속 작업** : 영업관리자는 실천 계획을 짤 때 구체적인 목표의 달성 여부를 언제, 어떻게 확인할지 명시해야 한다. 예를 들어 영업관리자와 담당자는 수요일까지 고객의 말에 공감하는 연습을 한다. 2주 정도 후에 하루 정도 시간을 내서 영업담당자가 현장에서 고객과 상담하는 것을 도와주고, 고객의 말에 어떻게 반응하는지 관찰하고 나중에 피드백을 제공한다.

후속 관리는 시간이 걸린다. 하지만 충분한 후속 관리가 이루어지지 않는다면 영업담당자의 행동 변화는 거의 일어나지 않는다.

효과적인 현장 동행 모델

앞에서 언급한 현장 동행 시에 흔히 나타나는 실수와 그 대처 방안을 다음의 〈표 4-1 효과적인 현장동행 모델〉과 같은 현장 동행 모델로 정리해 볼 수 있다. 이 모델은 단순하지만 매우 효과적이다.

<표 4-1 효과적인 현장동행 모델>

동행 시 지켜야할 4가지 원칙	동행모델	사례
원칙 1 영업 담당자의 불안을 이해하라	수용적인 분위기를 조성한다	**압박감의 인정** "상사가 지켜보는 데서 영업을 하기는 어렵다는 것을 잘 알아." **긍정적인 면을 피드백** "가격 저항을 잘 처리했어."
원칙 2 영업관리자의 견해를 강요하지 마라	질문한다	"상담을 끝내고 나니 기분이 어때?" "이번 상담의 목적은 뭐였지?" "상담이 예상대로 진행되었다고 생각해?"
원칙 3 한 번에 한 가지 씩 훈련한다	가장 중요한 기술 한가지를 선택한다	"모든 것을 한번에 다 개선하려고 하지마." "고객의 말을 끊지 않는것에 집중해."
원칙4 후속 관리가 중요하다	실행 계획에 합의한다	**구체적인 목표 설정** "고객의 말을 경청하는 연습이 필요해." **후속 작업 명시** "다음주 화요일 상담계획을 함께 검토합시다."

사실 현장 동행이나 코칭에 대한 책과 프로그램은 무수히 많고 영업관리자가 선택할 수 있는 코칭 모델 역시 수없이 많다. 그런데 필자가 유독 이 모델을 선호하는 이유는 우선 이 모델은 단순하지만, 현실에서 부딪히는 현장 동행 문제를 해결하기 위해 고안되었다는 것이다.

중요한 것은 체계적인 코칭 프로세스를 가진 모델을 채택하는 것이다. 이 모델이 당신에게도 적절한지 판단하는 기준은 "나는 현장 동행 시 알아야 할 4가지 원칙을 준수하고 있는가?"라는 질문을 던져보는 것이다. 만일 그렇지 않다면 이 모델이 그러한 실수를 예방하고 보다 효과적으로 현장 동행을 하는 데 도움이 될 것이다.

성과를 위한 강점들과 기회들을 평가하기

강점을 평가하고 개발하라

무엇을 평가한다는 것은 그것의 가치를 결정하는 것이다. 영업담당자들은 영업 조직이 가지고 있는 가장 소중한 자원이다. 따라서 뛰어난 영업관리자들은 영업담당자들의 강점을 판단하고 그들의 현재 가치를 평가하고, 그들의 가치를 높이는 것을 어떻게 도와줄 것인가를 결정하기 위하여 개발이 필요한 영역들을 결정해야 한다. 또한 영업담당자들의 가치를 높이기 위하여 어떻게 해야 하는지를 결정해야 한다.

평가는 영업관리자로 하여금 영업담당자가 성과를 올리는데 방해가 되는 장애물들을 결정할 수 있게 한다. 일단 장애물들을 발견하면, 영업관리자는 그러한 장애물들을 제거하고 영업담당자의 가치를 높이기 위한 전략들을 개발해야 한다.

평가는 지속적으로 이루어져야 한다

뛰어난 영업관리자는 영업담당자들이 어떻게 하고 있는지, 그리고 그들을 개발하기 위하여 무엇을 해야 하는지를 결정하기 위하여 지속적으로 평가한다. 영업담당자의 개인적 성과를 파악할 뿐만 아니라 그 성과가 만들어 내는 영업 과정을 파악한다. 이것은 미래에 대해 계획을 세우는 것이며 기대를 달성하는 것이다. 또한 영업담당자들의 역량을 개발하고 문제를 해결하는 것이며 동기부여에 관한 것이기도 하다.

평가는 매일매일, 매주 지속적으로 이루어져야 한다. 물론 분기별, 연간 2회씩 또는 연간 성과에 대한 평가를 할 수도 있다. 그러나 발견된 문제들에 대한 조치를 취하고 필요한 스킬들을 개발하기 위해서 한 분기까지 기다리는 것은 너무 길다. 뛰어난 영업관리자들은 지속적으로 평가하고 대책을 강구한다.

평가의 좋은 점들

평가는 영업관리자와 영업담당자에게 방향을 제시해 준다. 개발이 필요한 영역을 발견하고 성과를 위해 새로운 방향으로 함께 일할 수 있도록 해 준다. 그리고 새로운 목표들을 설정할 기회이다. 영업담당자가 특별한 영역에 대하여 평가를 받을 때 그 영역에 대하여 작업할 목표들을 설정할 수 있다. 또는 강점들을 평가하고 달성했을 때, 영업담당자는 더 높은 목표들을 맡을 수 있다.

이를 구체적으로 살펴 보면 다음과 같다.

+ **영업담당자에게 영업관리자가 신경 쓰고 있다는 것을 알게 해 준다** : 영업관리자가 신경 쓰고 있다는 것을 아는 것은 영업담당자의 이직을 줄이고 생산성을 향상시킬 수 있는 중요한 동기부여 요인이다.
+ **기대를 명확하게 하는 데에 도움을 준다** : 평가 기간 동안에 영업관리자와 영업담당자는 활동에 대해 논의한다. 종종 이러한 논의의 결과로 나오는 기대가 명확하지 않아 원하지 않은 결과로 이어지는 경우가 많다. 평가 기간은 기대를 명확하게 할 수 있다.
+ **개발이 필요한 부분에 대하여 영업담당자로부터 동의를 얻는다** : 결과들을 파악하고 그러한 결과에 대한 원인이 되는 활동들을 평가하면 특히, 결과들이 기대한 수준이 아닐 때 그 영업담당자에게서 동의와 참여의 기회를 제공한다.
+ **미래를 위한 계획에 도움을 준다** : 평가 기간은 미래 지향적이다. 평가는 잘 진행되고 있는 일에 초점을 맞출 뿐만 아니라 성장하기 위해 다르게 처리해야 할 것에도 초점을 맞춘다. 영업담당자들이 성장할 때 회사도 성장하고 더 나은 계획을 만들 수 있는 것이다.

평가 기준을 명확히 하라

평가는 '내가 어떻게 하고 있지?'에 관한 것이다. 평가는 측정 척도를 필요로 한다. 측정 척도란 다음과 같은 것들이다.

— 양(판매액, 전화 건수, 약속 건수, 판매 건수, 예산 또는 예산 외 비용)
— 질(고객 만족도)
— 최초의 전화 통화에서 다음 단계로 진전, 훈련 프로그램에 참여, 팀 할당량 완수, 개선 목표 달성
— 마감기한(데드라인), 제때에 통화 계획, 통화 보고서, 비용 보고서 제출.
— 지식 향상, 제품 특징들과 이점들을 배우고 효과적으로 사용할 수 있는 것

측정하는 과정

'평가'는 목표에 관하여 합의된 측정 과정이다. 영업관리자가 기대를 전달하는 과정에서 직무기술서를 검토하고 영업담당자는 다음 사항들에 있어서 목표에 대해 검토하고 합의한다.

직무기술서의 목표와 기대 사항

직무기술서는 영업담당자의 역할과 책임, 직무의 자격 요건들에 대하여 개략적으로 설명한다. 또한 영업관리자는 영업담당자들에게 전달할 성과와 활동에 대한 기대를 명확하게 정의하고 전

달한다. 영업관리자는 영업담당자가 제품을 판매하는 지역에서 기대한 대로 활동하고 있는지를 지속적으로 평가한다.

— 영업담당자가 할당 지역에서 판매 목표를 달성하는가?

— 영업담당자가 특정 제품들과 서비스에 한하여 판매하고 있는가?

— 아니면 다양한 제품을 판매하는가?

— 그 이유는?

전달된 기대와 실제 활동을 비교

영업관리자와 영업담당자는 활동 목표를 '잠재 고객을 대상으로 일주일에 5건의 약속 잡기'와 같이 세울 수 있다. 영업관리자는 영업담당자가 1주일에 새로운 잠재 고객과 5건의 약속잡기라는 목표를 어떻게 달성할 수 있는지를 지속적으로 평가한다.

— 일주일에 5건의 약속이 이루어졌는가?

— 약속들의 질은 어떠한가?

— 약속들은 새로운 잠재 고객과의 약속인가?

— 약속들 중 얼마나 판매를 위한 기회가 되었는가?

성장과 개발 목표들

영업관리자는 영업담당자의 스킬들을 개선하기 위한 목표를 설정할 수 있다. 영업담당자가 예비 고객과 통화를 하는 과정을 관찰하고 판매 결과를 검토함으로써 영업관리자는 영업담당자가 얼마나 성공적으로 성장과 개발 목표를 충족시킬 수 있는지를 평가할 것이다.

— 영업담당자 코칭 시에 논의되었던 방법들을 사용하고 있는가?

— 영업담당자가 그것들을 얼마나 사용하고 있는가?

— 그것들이 효과가 있는가?

— 그 이유는?

— 그렇지 않은 이유는?

영업담당자들은 성장과 개발에 관하여 자신들이 활동하는 방법 또는 그 원인에 관한 영업관리자의 질문에 답변한다.

판매 목표

영업담당자가 가지고 있는 수입 목표, 제품과 서비스의 판매량 등 목표들은 지속적으로 평가받는다.

— 이러한 목표가 목표액 위에 있는가?

— 목표액과 동일한가?

— 목표액보다 아래에 있는가?

— 그것들은 왜 그런가?

주간 계획

구체적인 계획이 없는 목표는 매우 비효율적이다. 영업관리자는 영업담당자의 계획이 목표 달성을 위해 효율적인지 지속적으로 평가한다.

— 계획은 잘 고려된 것인가?

— 효과가 있는가?

— 목표 달성이 가능한가?

— 그렇지 않다면, 왜 그런가?

목표에 대한 진척 상황을 평가하라

모든 실행 과정은 목표와 비교함으로써 평가받는다. 그 과정의 일부는 현장 동행 시 고객과 상담하는 동안의 관찰이나 동료들의 피드백을 통해서 이루어진다. 영업관리자들이 영업담당자의 성과를 평가한다는 것은, 목표를 달성하는데 필요한 영업담당자의 능력을 평가하는 것이다.

뛰어난 영업관리자들은 정기적으로 목표에 대한 영업담당자들의 진척사항을 측정하고 추적한다. 또한 영업 활동을 관찰하고 코칭하고 감독하고 지시한다. 더 높은 판매 실적의 달성은 현재 진행 중인 활동에 대한 평가와 개선을 통해서 얻어진다. 개선을 위해 할 수 있는 질문들은 다음과 같다.

— 실적이 향상되고 있는가?
— 잠재적인 판매 잔고Pipeline가 늘어나고 있는가?
— 코칭을 받고 있는 영역에서의 개선을 증빙할 만한 것이 있는가?
— 영업담당자가 성공에 필요한 태도를 가지고 있는가?
— 영업담당자가 문제 상황을 효율적으로 처리하는가?
— 영업담당자가 새로운 아이디어를 시도하는 데에 개방적이며 할 의지가 있는가?
— 업무에 지장을 주는 개인적 문제들이 있는가?

뛰어난 영업관리자들은 영업담당자와 함께 있을 때 이러한 것들에 대해 평가하고 개선이 필요한 다른 영역에 관하여 논의한다. 이들은 보고서에 나타나는 숫자뿐만 아니라 영업담당자들의 진척 사항을 균형 있게 지원하기 위하여 질적인 측면도 평가한다.

평가는 공식적인 방식들뿐만 아니라 약식으로도 이루어진다. 영업담당자의 상담을 관찰한 후에 영업관리자는 이것이 어떻게 해야 목표에 더 가까이 다가갈 수 있는지 피드백 한다. 함께 동행한지 하루나 이틀이 지났을 때 영업관리자는 좀 더 공식적인 코칭을 위하여 함께 하는 시간을 갖는다. 이때 영업관리자들은 목표를 달성하기 위하여 필요한 활동들을 조정한다.

영업담당자의 활동을 평가하는 것은 영업관리자와 담당자 간의 효과적인 대화를 위한 기회가 될 수 있다.

평가를 동기부여 기회로 활용하라

뛰어난 영업관리자들은 사람들을 성장시키고 개발시키는 데에 관심이 있으며, 평가를 동기부여 수단으로 활용한다. 이들은 비판적이 아닌 긍정적인 방법으로 평가한다. 예를 들어 영업담당자가 옳고 그르게 하는 것들에 관해서가 아니라 강점들과 개발을 위한 기회들에 관하여 이야기한다. 이들은 강점들이 성과에 어떻게 기여하는지 그리고 개선이 필요한 영역들이 어떻게 성과를 가져다줄 수 있는지에 대해서 집중하기 위해 영업담당자와 함께 한다. 그리고 이들은 평가 과정을 결과뿐만 아니라 활동, 스킬, 지식, 결과를 추진하는 개인 특성들에 관하여 이야기할 기회로 이용한다.

영업관리자와 영업담당자는 개발로 이어지는 실행 계획에 합의한다. 또한 새로운 목표를 달성하기 위한 계획에 동의한다. 평가는 영업관리자가 영업담당자들에게 집중할 수 있게 해 준다.

개발 계획 작성하기

뛰어난 영업관리자들은 영업담당자들이 영업 스킬 향상과 목표 달성을 위해 다음과 같이 포괄적인 계획을 세우는 데에 도움을 준다.

— 목표 달성을 위해 필요한 단계들을 결정한다.

— 목표 달성을 위해 필요한 스킬들을 구분한다.

— 확인된 스킬들의 체크리스트를 작성한다.

— 이러한 스킬을 향상시키기 위한 실행 계획을 세운다.

— 날짜, 시간 그리고 책임과 함께 사후관리를 위한 계획서를 작성한다.

이런 공동평가 과정은 그 영업담당자가 현재의 모습 그리고 원하는 미래의 모습에 대해 주인 의식을 갖도록 해 준다. 또한 성장하기 위한 장·단기 계획에 참여할 수 있게 해 준다. 궁극적으로 평가 과정은 영업담당자를 동기부여하는 데 도움을 주고 평가받는 것에 대한 부담을 줄여준다.

평가 결과를 코칭 프로세스에 활용하라

뛰어난 영업관리자들은 영업담당자를 성장시키고 개발하는 데에 전념하며 강점들과 개선을 위한 영역들을 파악하기 위해 평가를 활용한다. 또한 개인의 목표와 기대를 회사 목표와 전략에 맞추는 것의 중요성을 이해하며, 필요 시마다 솔직한 피드백을 제공한다.

최적의 성과를 위하여 코칭 하기

코칭의 가치와 핵심을 정확히 이해하라

코칭은 영업관리자들이 사용할 수 있는 가장 효과적인 영업담당자의 영업 스킬 개발 방식이다. 이 의미는 만약 영업담당자들이 참가하는 영업 훈련 프로그램이 있다면 참가 후에 코칭을 통해 배운 것들을 강화할 수 있도록 해야 한다는 것이다. 이 것은 훈련 과정에서 강사를 통해 일방적으로 전달되는 강의식 훈련에 비하여 코칭의 가장 큰 장점은 각 개인들의 요구와 강점에 맞출 수 있다는 장점이 있다.

영업관리자는 실적 평가로부터 코칭이 필요한 영업담당자를 자연스럽게 발견하게 된다. 또한 실적 평가를 통해 도전적인 목표를 달성할 준비가 되어 있는 영업담당자들이 누구인지도 발견하게 된다. 회사가 도움이 필요한 영업담당자들을 도와줄 수 있는 공식적인 훈련을 제공하는 경우도 있지만 영업관리자가 일대일 코칭을 제공하기도 한다

코칭은 부하직원의 잠재력을 최대한으로 끌어올리고 목표를 달성하도록 도와주기 위해 관리자와 부하직원이 지식과 경험을 공유하는 상호 활동이다. 특히 지도를 받는 사람이 적극적이고 의욕적으로 참여해야 하는 공동 노력이기도 하다. 뛰어난 영업관리자들은 코칭의 기회를 실적 평가뿐 아니라 일상적인 업무 과정에서도 발견한다.

상호 노력으로 실적이 향상될 수 있다는 믿음이 있다면 코칭을 통해 영업담당자들을 다음과 같이 도움을 받을 수 있다.

— 의욕을 되살려 준다.
— 업무 수행에 문제가 있을 때 제자리를 찾도록 도와준다.
— 장점을 최대한 활용하도록 해준다.
— 까다로운 고객을 직접 대하는 두려움을 없애는 등 개인적으로 어려워하는 부분을 극복하도록 도와준다.
— 프레젠테이션을 더 잘하는 방법을 배우는 등, 새로운 스킬과 능력을 익히도록 도와준다.
— 리더십을 발전시키는 등, 새로운 예비 리더로서 책임에 미리 준비할 수 있

도록 도와준다.

— 능력을 향상시키고 스스로를 더욱 효율적으로 관리할 수 있도록 도와준다.

관찰로 시작하라

효과적인 코칭의 첫 번째 단계는 코칭을 받을 사람과 그 사람이 처한 상황, 그리고 그 사람이 현재 가진 스킬을 파악하는 것이다. 그것을 파악하는 최고의 방법은 직접적인 관찰이다. 영업관리자의 목표는 영업담당자의 약점과 강점을 확인하고 그 행동이 목표 달성에 어떤 영향을 미치는지를 이해하는 것이다. 관찰을 할 때에는 다음과 같은 점들을 염두에 두어야 한다.

+ **그 사람이 무엇을 잘하고 있는지, 못하고 있는지 알아내라** : 가능한 한 정확히 파악해야 하며, 문제의 원인이 무엇인지 알아내려고 노력해야 한다.
+ **조급한 판단은 삼가하라** : 한두 번의 관찰만으로는 당사자의 문제를 완벽하게 알아낼 수 없다. 특히 자신의 판단에 일말의 의심이라도 있다면 계속 관찰해야 한다.
+ **자신의 판단을 테스트 하라** : 적절한 시점이 오면 그 상황을 믿을 만한 동료들과 의논하도록 한다. 그들이 관찰한 내용을 당신의 관찰 내용에 추가하면 좋을 것이다.
+ **비현실적인 기대를 삼가하라** : 당신의 기준을 남에게 적용해서는 안 된다. 아마도 당신은 영업담당자 시절부터 스스로 기대를 높게 잡아 왔고,

실제로도 뛰어난 기록을 달성함으로써 승승 장구했을 것이다. 다른 사람도 당신과 똑같이 의욕이 높고 능력이 좋다고 생각하는 것은 비현실적이고 불공평할 수 있다.

+ **주의 깊게 들어라** : 어떤 영업관리자의 도움을 요청하는데 당신은 그 얘기를 듣지 못할 수도 있다. 사람들에게 어떤 종류의 도움이 필요한지, 그들이 어떤 식으로 도움을 청할지 파악하고 있기란 쉽지 않다. 기회를 보며, 시간을 들여 영업담당자들의 이야기를 적극적으로 들어라.

+ **관찰 내용을 당사자와 솔직히 논의하라** : 일단 코칭을 통해 어떤 부분을 도울 수 있을지 알아냈다면 이제 그 직원과의 대화를 시작해야 한다. 영업관리자가 관찰한 내용에만 충실해야 한다. 영업담당자의 행동과 그로 인한 영향을 설명할 때에는 진실하고 솔직하면서도 상대에게 도움이 되도록 말하라. 말할 때 행위의 원인을 빼고 말하라. 그렇게 하지 않으면 그 직원은 자신이 인신공격당하고 있다고 느낄 수 있다.

적극적으로 경청하고 질문을 활용하라

적극적인 경청은 의사소통을 촉진시키고 상대방을 편안하게 만들어 준다. 적극적으로 상대의 이야기를 들어주는 영업관리자는 다음과 같이 영업담당자에게 주목한다.

— 눈 맞춤을 지속한다.

— 적절한 순간에 미소 짓는다.

— 다른 일에 정신 빼앗기지 않는다.

— 필요할 때만 메모한다.

— 보디랭귀지에 신경 쓴다.

— 먼저 들어주고 나중에 평가한다.

— 상대의 말을 중간에 끊지 않는다.

— 상대방이 한 말을 자신이 경청하고 있다는 점을 계속 강조한다.

적절한 질문을 던져라

적절한 질문은 상대방을 제대로 이해하고 그의 관점을 이해하는 데 도움이 된다. 질문에는 열린 질문과 닫힌 질문이 있는데 각각의 질문에는 각기 다른 형태의 대답이 따른다. 열린 질문은 참여해서 의견을 교환하게 한다. 다음과 같은 상황에서 사용하라.

+ **대안을 알아내려 할 때** : 어떤 다른 방법이 있겠습니까?
+ **마음가짐이나 요구사항을 밝힐 때** : 지금까지 우리가 함께 진행 본 것에 대해 어떻게 생각하십니까?
+ **우선순위를 정하고 상세한 대답을 원할 때** : 이 건과 관련해서 가장 중요한 문제는 무엇이라고 생각하십니까?

한편 닫힌 질문은 예스(Yes)나 노우(No)의 대답을 이끌어 낸다.

특히 다음과 같은 상황에서 사용하라.

- **반응에 초점을 둘 때** : 고객님과의 관계가 예정대로 잘 진행되고 있나요?
- **상대가 말한 내용을 확인할 때** : 자 그럼 당신이 어려워하는 문제는 일정을 짜는 것인가요?

상대의 의욕과 느낌에 대해 더 많은 것을 알아내고 싶다면 열린 질문을 이용하라. 일련의 질문을 통해 당신은 해당 문제에 대한 상대편의 의견과 속마음을 알아낼 수 있을 것이다. 또한 당신이 더 나은 조언을 생각해 내는 데 도움을 받을 수도 있다.

코칭의 시작

이제 영업담당자가 처한 상황을 이해하고 나면 코칭을 시작할 수 있다. 유능한 코치들은 상대방이 자신의 이야기를 듣고, 자신에게 반응을 보이고, 자신의 가치를 헤아릴 수 있도록 자신의 아이디어를 제시한다. 자신의 의견을 명확하고 균형 잡힌 방식으로 주장하는 것이 중요하다.

— 영업담당자의 상황을 중립적인 입장에서 아무런 가치판단 없이 설명하라.

— 자신의 의견을 말하라.

— 자신의 의견 뒤에 있는 의도를 명확히 밝혀라.

— 도움이 된다면 자신의 경험을 말해 주어라.

— 영업담당자가 자신의 생각을 개진하도록 만들어라.

커뮤니케이션하면서 질문과 말하기, 듣기, 모두 사용한다면 영업관리자로서 당신의 노력이 가장 효과를 거둘 수 있다. 그러나 지나치게 질문에만 의존한다면 담당자가 중요한 정보와 의견을 밝히지 않는 결과가 나올 수도 있다. 반대로 영업관리자의 주장을 지나치게 강조하면 협력관계를 해칠 수 있는 권위적인 분위기를 만들 수도 있다.

개선시킬 선택 사항들

개선시킬 수 있는 방법은 두 가지가 있다. 더 열심히 일하거나 현재 하고 있는 방식을 다르게 하는 것이다. 코칭은 업무를 다르게 함으로써 변화하는 것에 관한 것이다. 일반적으로 영업담당자들은 현재 하고 있는 것과 다른 새로운 것을 하는 방법을 이해하는 데에 어려움이 있다. 코칭의 힘은 그러한 약점들을 발견하여 그것들을 발전 가능성이 있는 것으로 변화시키는 데에 있다.

뛰어난 영업관리자들은 더 나은 내일을 만들기 위해 무엇을 바꾸어야 하는지를 결정하기 위해 현재 하고 있는 것들을 살펴봄으로써 영업담당자들을 지도한다. 영업담당자들은 자신들이 어떻게 해야 하는지 알고 있는 것만큼 열심히 일할 수 있다. 그것은 그들이 얼마나 많이 일을 하느냐가 아니라 그들이 어떤 방법으로 일하느냐에 관한 것이다.

뛰어난 영업관리자들은 개선이 필요한 영업담당자들에게 다르게 일할 수 있도록 지도한다. 이것은 그들이 현재 하고 있는 것을 다음에는 다르게 처리하면 더 나아질 수 있다는 것을 의미한다. 이것이 코칭의 '핵심 원칙'이다.

영업관리자들에게 어려운 것 중 하나가 영업담당자들이 스스로 개선점을 인식하게 하는 것이다. 코칭은 영업관리자가 오랫동안 자신의 잠재 능력을 최대한으로 발휘하지 못하는 영업담당자를 대상으로 자신의 강점이나 개선점을 스스로 인식하게 하기 위한 효과적인 접근법이다. 그런데 문제점에 대해 누군가와 이야기할 때, 우리는 당사자의 기분을 상하게 할 수도 있다. 그러나 부정적인 대립 없이 긍정적이며 감정을 상하게 하지 않고 성과나 문제들을 지적할 수 있는 방법들이 있다. 그것이 바로 코칭적 접근법이다.

코칭의 두 가지 중요한 사항들

첫 번째, 코칭은 계속 진행되는 과정이다. 코칭은 단 한 번으로 끝나지 않으며 지속적으로 일어나는 일상의 과정이다. 코치들은 종종 기본적인 것들에 집중하며 동일한 스킬을 계속 반복하여 코칭 하기도 한다.

프로 축구 선수들을 위한 평상시 훈련이나 시즌이 시작되기 전의 훈련을 보자. 그들은 일생 대부분 동안 스포츠를 해 온 프로들이며 이러한 훈련 캠프에서의 주안점은 기본적인 것들에 있다. 개선을 가져오는 것은 바로 이러한 지속적인 강화다. 강화는 영업담당자가 특정 스킬들을 영업관리자의 관찰과 피드백을 통해 완성해 가는 것을 의미한다. 강화는 단 한 시간 또는 단 한 번의 코칭으로 가능한 것이 아니며 지속적인 코칭과 실행을 통해 가능하다.

두 번째, 코칭에 관하여 가장 어려운 것은 우리 자신들이 두 번째가 되는 것을 배우는 것이다. 코치들은 게임을 하지 않는다. 그들은 지켜본다. 코치들은 선수들이 경기를 하도록 지원한다. 영업관리자인 코치의 영업력이 뛰어나다 하더라도 자신을 영업담당자 다음으로 두어야 한다. 스포츠 경기를 보면 코치들은 경기장 밖에 있지만 사이드라인에서 진행되고 있는 모든 것들을 지켜보고 있다. 사이드라인에서 경기를 지켜보고 선수들에게 정보를 피드백해 주는 코치들이 여러 명 있다. 피드백은 코칭 하는 영업관리자들이 활용할 수 있는 가장 중요한 스킬들 중 하나이다.

피드백을 활용하라

당신은 한 번쯤 전투기나 여객기의 조종간을 본 경험이 있을 것이다. 이때 조종사들은 각종 계기판들이 제공하는 피드백을 통해 원래 기대했던 경로와 속도를 유지하며 최종 목적지에 도달할 수 있다. 피드백의 이러한 동일한 원칙은 영업담당자들에게도 적용

된다.

영업담당자들은 목표에 도달하기 위해 영업관리자로부터 활동에 관하여 지속적인 피드백을 필요로 한다. 피드백은 영업담당자가 목표를 달성하기 위해 올바른 경로에 있게 해 주며 현재 있는 위치를 알려 준다. 피드백 주고받기는 함께 해야 할 문제를 확인하고 실행 계획을 세우고, 결과를 평가하는 코칭 과정 내내 계속된다. 피드백 시 도움이 될 만한 몇 가지 팁을 소개하면 다음과 같다.

— 영업담당자의 성격과 인격이 아니라 행동에 초점을 맞춰라. 상대가 인신공격을 받고 있다는 느낌을 받지 않도록 하라.
— 상대방의 행동이나 업무가 동료들에게 미치는 영향을 설명하라. 하지만 상대를 당황하게 할 만큼 단정적인 말은 피하라. 예를 들면 "당신은 무례하고 거만하다"라고 말하는 대신 "지난 세 차례의 고객 미팅에서 고객의 말을 여러 차례 끊었다"라고 말하는 것이다. 위의 표현에서 '그 사람이 아니라 그의 행동이 어떻게 되었는지'를 주목하라.
— 일반적인 표현을 피하라. "정말로 잘 했군요"라는 말보다는 좀 더 구체적으로 말하는 것이 좋다. 예를 들면 "지난번 고객사를 상대로 프레젠테이션 시 사용한 슬라이드가 메시지를 전달하는데 효과가 있었네"
— 진심을 보여라. 그 사람의 발전을 도와준다는 분명한 의도를 갖고 피드백을 제공하라.
— 현실적으로 생각하라. 그 사람이 제어할 수 있는 요인들에 집중하라.
— 코칭 과정 초기에 의견을 자주 제공하라. 어떤 상황 직후에 즉시 제공되는

의견은 '가끔씩 제공하는 피드백'보다 훨씬 효과적이다.

— 부정적인 의견이나 긍정적인 의견 모두 적극적으로 수용하라.

— 감정이 담긴 말이 나오지 않게 하라. 예를 들면 "자네 말로는 내가 융통성이 없다는데, 그런 생각이 들도록 만든 사례를 하나만 말해보게"와 같은 식으로 말하지 말라.

피드백 지침(가이드라인)들

효과적인 피드백을 위해 다음과 같은 가이드라인을 알고 있을 필요가 있다.

첫째, 피드백은 양방향으로 제공되어야 한다. 상대뿐만 아니라 영업관리자 역시 관리자이자 코치로서 얼마나 유능한지에 대해 피드백을 요구하고 처리할 수 있어야 한다는 얘기다. 스스로에 대한 피드백을 요구하고 처리할 수 있는 코치들은 자신의 관리 스타일이 어느 정도 효과적인지 알게 되어 상호 간에 신뢰를 만들어낸다. 자신에 대한 피드백을 수용하는 능력을 향상시키려면 구체적인 정보를 요청해야 한다. 예를 들면 "나의 어떤 얘기 때문에 내가 제안서에 관심이 없다고 생각하게 되었나?" 또는 "나의 조언들이 얼마나 당신에게 도움이 되었나?"와 같은 방식이다.

명확한 표현을 요청할 때에는 "내가 자네의 아이디어를 반대하는 것 같다는 얘기가 무슨 뜻인가?"라고 묻기보다는 예를 하나 들어 보겠나?"와 같은 식으로 말하는 것이 좋다. 그리고 부정적이든 긍정적이든, 피드백을 제공한 사람에게 반드시 고맙다고 말해야 한다. 그렇게 해야 서로의 신뢰가 늘고, 코칭을 받는 사람에게 롤 모델이 될 수 있다.

둘째, 피드백은 균형을 유지해야 할 필요가 있다. 이것은 영업담당자가 잘하고 있는 것(긍정적 피드백)과 다르게 해야 할 필요가 있는 것(발전적 피드백)들에 관하여 피드백을 준다는 것을 의미한다. 즉, 긍정적 피드백과 발전적 피드백의 균형을 의미한다. 영업담당자가 무엇을 잘하고 있는지를 논의하는 것은 영업관리자가 지속되기를 원하는 행위들과 활동들을 격려하고 강화하는 효과적인 방식이다. 다르게 처리해야 할 필요가 있는 것을 논의하는 것은 변화를 격려하고 강화하는 효과적인 방식이다. 잘 되는 것들에 관해서만 이야기한다면, 다르게 해야 할 필요가 있는 것들을 하도록 하기 어려울 것이다.

반면에 다르게 해야 할 필요가 있는 것들에 관해서만 이야기한다면, 어떤 것도 잘하고 있지 않다는 인상을 갖게 될 것이다. 효과적이기 위해서는 두 측면을 모두 말할 필요가 있다. 피드백은 균형을 유지해야 한다.

셋째, 피드백은 즉시 하는 것이 좋다. 관찰 결과 영업담당자가 지속해 주기를 원하거나 개선하기를 원하는 것이 있다면 즉시 피드백을 주는 것이 좋다. 하루 이틀, 기다리지 마라.

넷째, 피드백은 일반적이 아니라 특정적이어야 한다. 피드백은 영업담당자가 말한 것이나 활동했던 것들에 집중한다. "살

했어"라고 영업담당자에게 말하는 것은 일반적으로 말하는 것이며, 이 책에서 정의하는 피드백이 아니다. 그것은 단순한 칭찬일 뿐이다. 특정 행위들을 격려하거나 중지하도록 하기 위해서 피드백을 사용하고자 한다면, 그 행위들이 무엇인지에 관하여 명확해야 한다.

영업담당자에게 "나는 당신이 절세의 이점을 보여주기 위하여 사용했던 그래픽이 정말 효과적이었다고 생각했네. 그것은 고객이 내야 하는 세금에 대하여 얼마나 더 많은 금액을 절감할 수 있는지를 명확하게 보여주었네"라고 말하는 것이 특정적 피드백이다. 이처럼 피드백은 일반적이 아니라 특정적이고 명확해야 한다.

지시적인 코칭

모든 삶에는 지시적인 코칭이 존재한다. 어머니가 "음식을 씹을 때, 쩝쩝거리지 말고 입을 다물어라"라고 말할 때, 우리는 이미 지시적인 코칭을 받고 있었다. 이때 코치의 태도는 '나의 지식과 경험 때문에, 내가 당신을 안내할 수 있습니다'이다.

경험이 거의 없거나 아예 없는 새로운 영업담당자들은 지시적인 코칭에 잘 반응한다. 앞에서 이야기한 비평가형 영업관리자 A는 지시적인 영업관리자이며 영업 경험이 없는 영업담당자들에게는 얼마 동안은 효과가 좋았다. 그러나 영업관리자로부터 지시적인 코칭만 받는다면 동기유발이 될지 의문이 든다. A의 관리 방법이 나타낸 결과를 기억해 보자, 사기 저하, 이직 등이었다.

지시적인 코칭이 유용할 때도 있다. 지시적인 코칭은 상황이 급할수록 유용하다. 예를 들면 당신의 아이가 도로로 뛰어들려고 하고 당신이 차가 오고 있는 것을 보았다면, 당신은 "멈춰!"라고 지시적인 코칭을 사용할 것이다.

비지시적인 코칭

비지시적인 코칭은 지시적인 코칭에 비해서 근본적으로 다른 지원 방식이다. 비지시적인 코칭에서 코치의 태도는 "당신 스스로 문제의 해답을 찾는 것을 도와줄 것이다"이다.

비지시적인 코치들은 다른 사람들이 자신의 문제를 스스로 해결할 수 있도록 질문을 주로 사용한다. 약 기원전 400년경 그리스 아테네에 살았던 철학자 소크라테스는 비지시적인 코칭의 대가였다. 그는 질문을 통해 자신을 따르는 사람들이 스스로 생각하여 결론에 도달할 수 있도록 했다. 사람들은 스스로 결론에 도달했을 때, 가르침을 통해 깨달았을 때보다 훨씬 더 실행력이 높다.

비지시적인 것과 지시적인 것

우리들 대부분은 훌륭한 비지시적인 코치와 함께 일했던 경험이 없다. 우리가 함께했던 사람들은 대부분 지시적인 코치였거나 코치가 아니었다. 비평가형 영업관리자 A는 명령하고 소리치고 "일을 서두르는 게 좋을 거야"라는 식의 영업관리자였다. 그는 분명히 지시적인 코치였고 새로운 영업담당자에게 일시적으로 효과가 있었다. 그럼 이제 비지시적인 코칭은 지시적인 코칭과 어떤 차이가 있는지 살펴보자.

첫째, 비지시적 코칭은 더 오래 걸린다. 해답을 이끌어내기 위해 질문을 하는 것보다 누군가에게 어떤 것을 말하는 것이 훨씬 더 빠르다. 그러나 말하는 것은 상황에 따라 사람들을 개발시키는 데에 있어 비효율적이다.

둘째, 더 강력하다. 정보를 가지고 있는 지시적인 코치들은 힘을 가지고 있다. 그러나 스스로 자신의 결론에 도달할 수 있을 때, 내가 그 힘을 가지고 있는 것이다. 코칭 받는 사람 스스로 누구의 도움 없이 성장할 수 있다면 그것이 강력한 것이다.

셋째, 효과 면에서 더 오래 지속된다. 낚시하는 법을 배울 때, 남은 일생 동안 스스로 낚시를 할 수 있다.

그런데 비지시적인 코치들은 말하는 것보다 질문을 더 많이 하며 심지어 질문들에 대한 해답을 가지고 있지 않는 경우도 있다. 영업관리자 또한 모든 해답을 가지고 있지 않다는 것을 인정해야 한다.

영업담당자의 성장에 집중하라

비지시적인 코치는 영업담당자의 성장에 대한 시각으로 현재의 문제들을 처리한다. 영업담당자가 생각하여 스스로 해결 방안을 찾도록 질문을 하는 것은 성장에 초점을 맞추고 현재 문제들을 처리하는 것이다. 예를 들어 가망고객과 상담 시 반대 의견의 대응에 어려움을 겪는 영업담당자에게 영업관리자의 대응 사례를 살펴보자.

영업관리자 : 우리가 오늘 계속해서 가격에 대하여 반대 의사를 들었는데 그것에 관하여 이야기해 봅시다. 괜찮죠?

영업담당자 : 그러시죠. 모든 사람이 정말 가격에 대하여 예민합니다.

영업관리자 : 우리가 오늘 계속해서 예비 고객들에게 들은 말이 "가격이 너무 높다"라는 말이죠. 그렇죠?

영업담당자 : 네 그렇습니다.

영업관리자 : 저는 이러한 반대 의사들을 처리하기 위하여 우리가 함께 무엇인가를 시도해 보았으면 좋겠어요. 먼저 누군가가 "가격이 너무 높아요."라고 말할 때 그 말에 공감했으면 합니다. "가격이 너무 높아요"라는 말에 공감하기 위하여 뭐라고 말할 수 있겠습니까?

영업담당자 : (몇 초 동안 생각 후에 말한다.) 글쎄요, 저는 "고객님이 가격에 관심이 많으시군요"라고 말할 수 있을 것 같은데요?

영업관리자 : 그래요. "고객님이 가격에 관심이 많으시군요"라고 말하는 것은 공감의 표현입니다. 그런데 그것은 당신이 그 예비

고객의 말에 동의한다는 것이 아니라 가격이 이 사람에게는 관심사라는 것을 이해한다는 것을 의미할 뿐입니다. 사람들이 어떤 것의 가격이 너무 높다고 말할 때, 그것은 몇 가지를 의미할 수도 있습니다. 그것은 내가 지불하고자 하는 것보다 더 높다는 것을 의미할 수 있습니다. 예상했던 것보다 더 높다는 것을 의미할 수 있습니다. 어떤 경쟁사의 가격보다 더 높다는 것을 의미할 수 있습니다. 이런 이유들 중에서 어떤 이유인지 우리가 어떻게 알아낼 수 있겠습니까?

영업담당자 : 제 생각에는 이렇게 물어볼 수 있을 것 같습니다. "고객님께서 알고 있는 가격(시세)보다 더 높다는 말씀이신가요?"

영업관리자 : 그것도 한 방법일 수 있습니다. 그 예비 고객이 의미하는 것을 당신에게 말해 주도록 어떻게 질문할 수 있겠습니까?

영업담당자 : (몇 초 동안 생각한 후, 말하기를) 가격이 높다는 것이 무엇을 의미하는지를 그에게 물어볼 수 있을 것입니다

영업관리자 : 제가 그 예비 고객이라고 가정하고 저에게 질문해 보세요.

영업담당자 : 당신이 "가격이 너무 높군요"라고 말씀하셨을 때, '너무 높다'라는 것이 무슨 뜻인가요?

영업관리자 : 훌륭하십니다. 그렇게 질문하는 것은 어떤 도움이 되겠습니까? (그리고 코칭은 계속 이어진다.)

위의 예처럼 질문들을 어떻게 구성하느냐가 중요하다. 코칭에

서는 개방형 질문과 폐쇄형 질문 모두 사용할 수 있다.

개방형 질문들이란 대화에 공개적으로 참여하기 위하여 사람들에게 생각하게 하고, 그들의 생각을 공유하도록 하는 그런 질문들을 의미한다. 개방형 질문들은 영업담당자들을 관여시키고 특히 문제 해결에 유용하다. 이것이 코칭의 개념이다. 개방형 질문들은 보통 '무엇' 또는 '어떻게'로 시작한다. '왜?'라는 것이 도전적일지라도 '왜?'가 개방형 질문을 효과적으로 시작할 수 있다. 효과적인 개방형 질문들을 만들기 위해서는 생각을 해야 하고 연습을 해야 한다. 앞의 비지시적인 코칭의 예에서 사용된 개방형 질문들을 주목하기 바란다.

폐쇄형 질문들은 보통 아주 짧은 답변들을 얻는다. 그것들은 종종 '이다', '있다', '해야 한다'와 '할 수 있다'와 같은 동사로 시작한다. "해 주시겠어요?" 그리고 '어디, 언제, 그리고 누가'도 또한 보통 폐쇄형 질문들에서 사용하는 단어들이다. 최악의 폐쇄형 질문들 중의 하나는 "당신이 이것 또는 저것을 해야 한다고 생각하지 않습니까?"이다. 이것은 질문이 아니라 강요다.

효과적인 코칭 방법

중요한 것은 코칭은 '성과에 대한 검토가 아니다'라는 것이다.

성공적인 코칭을 위해서 다음과 같은 아이디어들이 있다.

첫째, 효과적인 코칭을 준비하기 위해 코칭에 앞서 영업관리자들은 다음과 같은 사항을 준비하도록 한다.

+ **영업담당자를 관찰하라** : 가장 효과적인 코칭은 코치가 실제로 영업담당자가 하고 있는 것을 보고 들을 때 일어난다. 관찰에 관하여 전문적인 코치들에 관하여 논의했던 것을 기억하라.
+ **관찰하는 동안에 또는 관찰 후에 메모를 하라** : 보강이나 개선이 필요했던 핵심 스킬이나 활동을 기록하라.
+ **논의할 영역을 결정하라** : 지속되기를 원하고 변하기를 원하는 것이 무엇인가?

둘째, 코칭에 대한 당신의 기대를 코칭 하고자 하는 영역과 함께 영업담당자에게 알려주도록 한다.

+ **어떤 영역을 논의하고 싶은지를 설명하라** : 예를 들면 "당신이 잠재 고객의 니즈를 판단하기 위해 사용했던 질문들에 관하여 이야기 좀 하고 싶습니다." 그리고 영업관리자인 당신이 왜 이 영역에 관하여 이야기하고 싶어 하는지 그리고 그 영업담당자가 어떻게 혜택을 받을지를 설명한다.
+ **영업담당자가 이 대화에서 무슨 혜택을 받을지를 설명하라** : 예를 들면 "질문은 우리의 해결 방안에 필요한 정보를 얻는 열쇠입니다. 당신의 질

문은 계약에 영향을 줄 수 있습니다." 그리고 나서 그 영업담당자가 이 코칭 대화를 할 준비가 되어 있으며 기꺼이 할 의지가 있는지를 확실히 하기 위하여 계속 이어간다.

+ **영업담당자의 반응을 요청하라** : "그 생각이 어떤 것 같습니까?"와 같은 질문을 해 보라.

셋째, 자료(사례)를 확보하고 제공하도록 한다.

이 세 번째 단계에서 '확보'가 '제공'보다 앞에 있는 것을 주목하라. 이것은 비지시적인 코칭에서 정말 중요하다. 이것은 그 영업담당자가 자각하도록 하는 것이다. 어떤 중요한 것을 자각하는 사람들은 타인으로부터 들었을 때보다 그것을 더 수용하려고 한다.

+ **잘 수행된 영역에 관한 자료를 확보하라** : 훌륭한 코치들은 영업담당자가 잘 수행한 것들에 집중하게 하는 것으로 코칭을 시작한다. 예를 들면 다음과 같은 질문을 한다.
"우리가 예비 고객과 함께 있는 동안에 당신이 질문했던 것들 중에서 특히 어떤 질문들이 좋았다고 생각하십니까?"
영업담당자가 잘하고 있는 것들을 인식하도록 하는 것은 영업담당자를 격려해 주는 데에 도움이 된다. 잘 된 것에 집중하는 것은 또한 그 영업담당자를 동기부여 시키며 잘 한 일들에 관하여 영업담당자에게 자료를 요청하는 것은 코칭을 긍정적인 분위기로 이끌어 준다.

+ **잘 수행되었던 영역에 관하여 자료를 제공하라** : 바로 그때가 칭찬을 통

하여 영업관리자가 보상하고 인정해 줄 기회다. 영업관리자가 논의하고 있는 영역에 관하여 칭찬할 수 있는 것을 찾아라. 이것 또한 관계를 구축하고 코칭을 긍정적으로 유지하기 위해 중요하다. 대부분의 영업관리자들은 곧장 본론으로 들어가서 영업담당자가 무엇을 잘못했는지를 말한다. '옳은 것' 그리고 '틀린 것'과 같은 부정적인 표현은 코칭에서 사용하는 단어들이 아니다. '잘 처리된 것'과 '다음에는 어떻게 다르게 할 것인가'가 효과적인 코칭의 핵심 언어들이다.

+ **다음번에 다르게 처리되어야 할 필요가 있는 영역들에 관하여 자료를 제공하라** : 영업담당자가 다르게 처리되어야 할 필요가 있는 영역들에 관하여 다음과 같이 질문할 필요가 있다. "다음번에는 어떻게 다르게 할 수 있겠습니까?" "다음번에 그것을 다르게 한다면, 그것이 당신에게 어떤 의미가 있을까요?"

+ **영업담당자에게 무엇이 잘 되었고 무엇이 다음번에 다르게 처리되어야 하는지를 요약하도록 요청하라** : 여기에 중요한 점이 있다. 요약은 영업관리자가 하는 것이 아니다. 이것은 영업담당자가 자신이 말한 것을 제대로 인식하게 함으로써 책임을 명확히 하는 데 도움을 준다.

+ **공동으로 실행 계획서를 작성하고 그 계획에 영업담당자가 전념할 수 있게 하라** : 코칭은 영업담당자가 개발한 실행 계획서로 끝이 나지만 필요하다면 영업관리자의 도움을 받는다. 실행 계획서가 없다면, 기껏해야 영업관리자와 영업담당자의 단순한 대화로 끝날 수도 있다. 코칭은 관심사에 대해 단순히 대화를 하는 것이 아니다. 목적이 있는 대화이다.

넷째, 사후 관리를 철저히 하도록 한다.

코칭은 잘되고 있는 것의 강화이며, 개선이 필요한 것에 대해 다르게 처리하도록 격려하는 것이다. 격려한 것이 잘 이루어지고 있는지 다르게 처리해야 할 것이 실제로 그렇게 되고 있는지를 알 수 있는 유일한 방법이 사후 관리다.

+ **다시 관찰하라** : 영업담당자를 만나서 영업관리자가 기대하고 있는 것을 점검하라. 지금 일어나고 있는 것이 당신이 코칭한 것인가? 영업관리자가 언급했던 잘하고 있는 것들이 지속되고 있는가? 다르게 처리해야 할 필요가 있는 것들을 실행하고 있는가? 관찰은 이러한 질문들에 대한 답변을 제공한다.
+ **개선 사항들을 평가하라** : 변화는 점진적인 과정이다. 그래서 변화의 진행 과정 속에 어디에 영업담당자가 있는가 보라.
+ **다시 코칭하라** : 코칭은 하나의 이벤트가 아니다. 코칭은 진행 중인 과정이다. 영업관리자가 원하는 만큼 변화가 빨리 일어나지 않는다고 낙담하지 마라. 변화는 시간이 걸린다. 코칭 과정에서 집중이 필요한 영역이 일부 있다면 전 과정을 다시 한번 시작하라.

지금까지 우리가 방금 다루었던 효과적인 코칭 방법에 대해 다시 간략하게 요약하면 다음과 같다.

— 첫째, 영업관리자는 고객들과 상호 작용하는 영업담당자를 관찰한다.

— 둘째, 영업관리자는 영업담당자를 관찰한 것에 관하여 토론한다.

— 셋째, 영업관리자와 영업담당자는 실행 계획서를 작성한다.

— 넷째, 영업관리자는 실행 계획에 대해 사후 관리를 한다. 영업관리자로서 당신이 기대하고 있는 것을 점검한다.

코칭 대상자와 우선순위를 정하라

영업관리자들은 어떤 영업담당자와 함께 시간을 보내며 코칭 해야 하는지를 어떻게 결정할까? 보통 첫째는 영업담당자의 목표 대비 결과평가이고, 둘째는 잠재 고객들과 함께 있을 때의 모습을 보고 결정한다. 신입 영업담당자들은 보통 경력이 있는 영업담당자들보다 더 많은 시간을 필요로 한다. 이러한 초기의 시간 할애는 영업담당자들의 생산성 향상으로 이어지게 된다.

그리고 모든 영업담당자들은 경력이 오래되었든 신입이든, 최고의 성과를 내든, 아니면 최저의 성과를 내든 영업관리자와의 시간을 꼭 가져야 한다.

관찰할 수 없을 때의 코칭

영업담당자가 실제로 상담하는 장면을 관찰한 후 코칭이 가장 잘 이루어진다. 그러나 이것이 항상 가능하지 않다. 그래서 유능한 영업관리자들은 또 다른 방법을 사용한다. 영업관리자는 영업담당자가 했던 특정 활동에 관하여 질문을 한다.

참고로 다음의 대화들은 영업담당자가 활동 시 사용했던 스킬들의 사례들을 확보한 내용들이다.

영업관리자 : 어제 당신이 방문했던 고객에 관해서 이야기 좀 하고 싶습니다. 그 고객 방문은 이번 주 당신의 활동 목록에 있는 것들 중의 하나였어요. 그리고 어떻게 되었는지 궁금합니다. 특히 고객 방문 시에 사용했던 질문들에 관심이 있어요. 어떤가요?

영업담당자 : 좋습니다. 제품 5개를 주문할 것 같습니다.

영업관리자 : 만약 그렇게 된다면 이번 목표 달성에 큰 도움이 되겠네요. 관계 구축에서 고객 니즈 파악 단계로 이동하기 위하여 했던 질문들을 공유해 보면 어떨까요?

영업담당자 : 글쎄요. 고객이 가장 좋아하는 골프에 관하여 몇 분 동안 이야기한 후에 몇 가지 질문을 해도 되는지를 물어보았습니다.

영업관리자 : 그 질문을 어떻게 했습니까?

영업담당자 : 음, "저희 상품에 관하여 말씀드리기 전에 몇 가지 여쭈어봐도 될까요?"라고 말했습니다.

영업관리자 : 좋은 질문이에요. 그것은 그 예비 고객에게 당신이 무엇을 팔려고 하는 것보다 그가 원하는 것에 더 관심이 있다는 것을 보여줍니다. 그 사람은 어떻게 반응했나요?

영업담당자 : 좋아하는 것 같았습니다.

영업관리자 : 그다음에 한 질문들은 무엇인가요?

영업담당자 : 저는 요즘 그 제품들을 어떻게 사용하는지, 그것들을 위해 무엇을 지불하고 있는지 그리고 얼마나 자주 주문하는지 등을 물었습니다.

영업관리자 : 그런 질문들을 어떻게 말로 표현했는지를 말씀해 보세요.

영업담당자가 끝가지 책임지게 하기

주간 영업 회의하기

주간 회의는 두 개 부분으로 구성되어 있다. 첫 번째는 지난주 실적에 대해 논의하는 것이고, 두 번째는 금주 목표와 실행 계획들에 관한 논의다.

주간 회의는 영업담당자의 수에 따라 다르지만 한 시간 이내가 적당하며, 영업담당자 개인의 성공사례 공유와 금주 전략에 초점을 맞춘다. 주간 회의에서 영업관리자와 영업담당자는 지난주의 활동과 결과들, 그리고 금주 일주일 동안의 새로운 목표와 실행 계획들에 전념한다. 주간 회의의 목적은 다음과 같다.

— 한 주간의 영업 결과를 논의하고 다가오는 주의 목표를 설정한다.
— 좋은 습관들은 발견하고, 코칭하고 강화한다.
— 개인의 성공을 축하한다.
— 코칭 기회들을 점검한다.

주간 회의는 목표와 전략에 집중하게 하고 영업담당자들이 자신의 영업 능력을 최고로 활용할 수 있게 하며 결과에 대한 책임감을 가지도록 해준다. 월간 회의는 팀 전체의 책임에 집중한다. 월간 영업 회의는 팀원들에게 책임을 환기시킬 뿐만 아니라 다음 사항들을 할 수 있도록 기회를 제공한다.

— 팀워크를 만들고 개인의 성공을 축하하고 공유할 기회
— 목표 대비 성과를 검토할 기회
— 개인적으로 코칭의 필요를 발견할 기회

주간 회의는 영업관리자와 영업담당자가 문답식Q&A으로 진행하는 것이 좋다. 질문을 통해 영업담당자들은 자신의 활동과 성과를 모니터링할 수 있다. 이러한 과정이 영업담당자들의 성과를 평가하고 책임을 강화시키는 기회가 된다. 이러한 과정이 장기적으로 지속될 때 개선된 영업 성과로 이어진다.

주간 회의 시 회의는 짧게 하고 영업 결과와 과정에 대한 질문에 집중하고, 영업담당자들이 주제와 벗어나지 않게 한다. 영업담

당자가 목표 대비 결과에 대해 보고하는 동안 영업관리자는 경청하고 무슨 일이 있었는지, 영업담당자들이 목표를 달성하고 있는지 아닌지를 이해하기 위한 추가적인 질문을 한다.

영업담당자들이 솔직하게 보고 하도록 격려하기 위해서는 영업관리자가 보고 내용에 대하여 화를 내거나 부정적인 면을 보여주어서는 안 된다. 결과가 좋지 않다면 중립적인 자세를 유지하고 결과들이 좋다면 훌륭한 성과에 대하여 긍정적으로 인정해 주는 것이 바람직하다.

— 목표 설정, 목표 달성, 그리고 핵심 활동에 집중한다.
— 성과를 인정하고 칭찬한다. 주간 회의는 인정과 칭찬을 통하여 영업담당자들을 보상할 좋은 기회이다. 영업관리자는 이 기간 동안에 피드백을 할 수 있다. 예를 들어 영업담당자가 자신의 성공 사례 공유 시 가망고객의 니즈를 파악하기 위해 사용했던 질문을 설명한다. 예) "그 질문 아주 훌륭해, 그 질문은 개방적이고 예비 고객이 무엇을 생각하고 있는지에 관해 판단할 수 있는 좋은 방법이야. 잘 했어."
— 개별 코치가 필요하다는 것을 인식하게 하기 위하여 경청한다. 목표 미달이지만 목표 달성 의지나 성취욕이 있는 영업담당자들은 코칭의 대상자들이 될 수 있다.
— 새로운 목표를 충족시키기 위해 계획된 활동들을 논의한다. 영업담당자는 금주의 목표들을 달성하기 위하여 계획된 활동들에 관하여 이야기한다. 이것은 목표 달성을 위한 좋은 기회가 된다.

생산적인 주간 회의는 각 영업담당자가 지난주 결과에 대한 책임을 지고 금주 목표를 달성하기 위한 목표와 활동들에 전념하는 회의이다. 다음의 질문들은 영업관리자가 주간 회의에서 영업담당자들에게 할 수 있는 것들이다.

— 지난주 목표에 대한 결과들은 어떻게 되었나?

— 장애물들은 무엇이었나?

— 장애물들을 극복하기 위해 어떤 계획을 가지고 있나?

— 목표에 못 미치는 영역들을 개선하기 위하여 어떤 계획을 가지고 있나?

— 금주 목표는 무엇인가?

— 목표들을 달성하기 위하여 어떤 활동들을 계획했나?

— 영업관리자가 무엇을 도와주면 좋겠는가?

주간 회의에서 영업담당자의 역할은 다음과 같다.

— 결과들에 긍정적으로 또는 부정적으로 영향을 주는 요인들 논의

— 금주를 위한 새로운 목표와 활동들에 전념하는 것

주간 회의는 영업관리자가 지속적으로 정보를 얻고 영업담당자 중 누가 가장 효율적인 방법으로 영업에 집중하고 있는가를 알 수 있는 중요한 도구이다.

월간 영업 회의하기

주간 영업 회의가 길어야 한 시간 정도인 반면에, 월간 영업 회의는 전체 영업 팀과 함께 하는 것이며 한 시간 이상 두 시간 이내에서 하는 것이다. 좋은 월간 영업 회의는 다음 4가지 부분으로 구성되어 있다.

— 첫째, 한 달 동안 그 그룹의 결과 검토

— 둘째, 그룹의 목표 대비 성과 검토

— 셋째, 결과, 스킬 그리고 수행된 활동들에 대한 성공을 보상하고 인정

— 넷째, 영업 스킬 연습

월간 영업 회의 동안에 영업관리자의 역할은 다음과 같다.

한 달 동안의 결과를 검토한다. 한 달 동안 그리고 연초 대비 전체 팀의 결과에 대한 간략한 검토다. 주간 회의는 전주와 금주의 개인적 목표와 결과에 대하여 집중하였다. 월간 영업 회의에서는 전체 팀이 지난달에 무엇을 달성하였고, 그것이 연간 목표와 어떻게 관련되는지를 공유하는데 집중한다. 이러한 검토는 10분 또는 15분 이내로 한다.

목표 대비 성과를 검토한다. 각 달과 연초에 예상했던 대로 목

표들이 항상 달성되지는 않기 때문에 현재까지의 성과를 목표와 비교하는 것이 필요하다. 예를 들어 한 팀이 1년에 24개의 제품 또는 한 달에 2개의 제품을 팔아야 한다고 가정해 보자. 3월 말이고 당신은 1분기 결과를 검토하고 있다. 그 팀은 이미 15개의 제품을 판매했다. 그것은 앞으로 더 팔아야 할 것이 9개가 남아 있다는 것이고, 그래서 당신은 (그 해 연초에 목표였던) 한 달에 2개를 팔려고 했던 목표를 나머지 기간 동안에는 한 달에 1개씩 판매하는 것으로 변경한다. 목표 대비 성과 검토는 영업담당자들의 현재 위치를 볼 수 있게 해 주고, 조정을 할 수 있게 해 준다. 이 검토는 10분 또는 15분 정도 소요된다.

지속적인 영업 스킬 훈련을 통해 동기를 부여하고 열정 넘치는 분위기를 제공한다. 이것이 월간 영업 회의의 핵심이다. 영업담당자들은 지속적으로 영업 스킬을 연마할 필요가 있다. 반대 의사 극복하기, 질문하기, 관계 구축 그리고 영업관리자가 강화하거나 당월 목표를 달성하는 데 필요한 전략을 실행하는 데 필요하다고 생각하는 특정 영업 스킬들에 대하여 집중한다. 이 훈련은 휴식을 포함하여 60분에서 90분 이내로 한다.

— 1단계 : 영업담당자들이 하기를 원하는 것과 그들에게 그것이 왜 중요한지를 설명한다.

— 2단계 : 그것을 어떻게 하는지를 보여준다.

— 3단계 : 영업담당자들에게 시도해 보도록 한다.

— 4단계 : 영업담당자들이 시도할 때 관찰한다.

— 5단계 : 목표 달성을 향한 어떠한 시도에 대해서도 칭찬한다. 그들이 그것을 제대로 하지 못하면, 2단계에서 5단계까지를 다시 반복한다.

영업담당자들이 영업 스킬을 효율적으로 이용하도록 한다. 월 단위로 영업 스킬 훈련 시간에 집중함으로써, 영업관리자는 영업담당자가 가장 효과적인 영업 스킬을 익히고 사용할 수 있도록 한다. 영업 스킬은 이러한 월간 회의를 통해 실전에 접목한 사례들을 공유하고 효과적인 것들을 반복적으로 연습함으로써 무기가 된다는 것을 영업담당자들이 분명히 인식하게 한다.

영업담당자들이 스스로 생각하고 해답을 구하고 참여하게 하는 질문들을 함으로써 회의를 용이하게 한다. 월간 회의는 영업관리자가 설교하는 시간이 아니다. 이 회의는 영업관리자가 양방향으로 진행하여야 한다. 그것은 회의 전체를 통하여 영업담당자들을 적극적으로 참여시킨다는 것을 의미한다. 효과적인 월간 영업 회의를 위해서는 영업담당자들을 참여시킬 좋은 질문들을 계획하는 것이 필요하다. 영업담당자들은 자신들이 참여하는 회의를 좋아한다.

회의를 재미있게 만들도록 한다. 월간 영업 회의는 '참석해야 하는 회의'가 아니고 '참석하고 싶은 회의'이어야 한다. 즉, 재미가 있어야 한다는 뜻이다. 월간 영업 회의의 가장 우선적인 목표는 영업담당자들이 긍정적이며, 생산적이고, 열정적으로 훈련한 스킬과 지식을 적극적으로 현장에서 활용하게 하는 것이다. 학습이 재미있을 때, 영업담당자들은 더 많이 배우고 동기부여가 된다.

+ **시간을 준수하라** : 정시에 시작하고 정시에 끝내라. 관리자가 시간을 정확하게 지키는 것은 다른 무엇보다 강한 메시지를 전달하는 것이다.
+ **코칭 기회들을 관찰하라** : 이 회의를 진행하면서 영업관리자는 사후 관리 코칭을 위한 기회들을 찾아낼 수 있을 것이다.

월간 영업 회의에서 영업담당자들의 역할

월간 영업 회의에서 영업담당자의 역할은 다음과 같다.

— 인정받은 영업담당자들을 격려해 준다.
— 필요하거나 적절할 때 질문을 하고 답변을 함으로써 참여한다.
— 스킬 연습 시간에 함께 참여한다.

영업 스킬 연습 시간은 영업 관련 핵심 포인트와 영업담당자들의 제품 지식이나 영업 스킬을 강화시키는 시간이다. 영업 관련 핵심 포인트들은 제품의 혜택들, 제품을 사용할 것 같은 대상 고객들, 고객의 니즈, 예상되는 장애물 또는 반론의 처리, 경쟁력 있는 제안, 주의사항 등과 같은 것들을 포함한다. 스킬 연습 시간은 이러한 사항들에 대해 연습할 수 있어야 한다.

월간 영업 회의는 책임을 지게 한다

월간 영업 회의는 목표에 대한 성과 검토와 효과적인 기술의 습득을 통하여 영업담당자들이 책임을 지게 한다. 회의를 시작할 때, 그 회의가 무엇에 관한 것인지 그리고 영업관리자가 무엇을 얻고 싶은지를 간략하게 설명한다. 안건들과 그것들이 영업담당자에 어떤 관련이 있는지를 간략하게 설명하도록 한다.

예를 들면 "이번 달 월간 영업 회의는 3가지에 대해서 집중 논의할 것입니다. 월 말 실적, 뛰어난 성과를 내신 분에 대한 수상 그리고 연습 시간이 있을 것입니다. 이러한 시간들이 고객들의 필요성을 파악하기 위해 기술들을 사용하는 데에 있어 우리에게 좀 더 자신감을 줄 것입니다"와 같이 하는 것이 효과적이다.

참여도 향상시키기

참여도를 높이는 것도 영업 회의의 효과를 향상시킨다. 참여도를 높이기 위해서는 두 가지 방법이 있다. 질문을 하는 것과 역할 연습Role-Play을 하는 것이다. 최대의 참여도를 얻기 위한 질문의 유형은 다음과 같다.

— 그것에 대한 당신의 반응은 무엇입니까?

— 그것에 대한 당신의 생각은 무엇입니까?

— 당신이 관리하고 있는 고객과 관계는 어떻습니까?

회의를 마무리할 때는 회의의 주요 사항들을 요약하고 다시 한 번 정리해 보도록 요청한다. 사람들은 보통 그들이 마지막에 들은 것을 기억한다. 예를 들어 "우리는 예비 고객이 필요로 하는 것을 판단하기 위한 질문의 중요성에 관하여 이야기를 하였습니다. 누가 고객에게 질문하는 것이 어떤 효과가 있는지 설명해 주시겠습니까?"와 같은 요청을 한다. 영업담당자 자신이 스스로 요약하도록 하게 하는 것은 그 회의를 마무리하기 위한 훨씬 더 효과적인 방법이다. 특히 영업담당자들이 무엇을 이해했는지를 알고 싶다면 더욱 그러하다.

성공적인 영업 회의하기

영업담당자들이 가야 하는 회의가 아니라 가고 싶은 성공적인 월간 영업 회의가 되기 위한 몇 가지 중요한 사항들은 다음과 같다.

— 영업담당자들을 항상 참여시킨다. 영업담당자들이 단지 듣고만 있게 하지 말고 말하게 하고 움직이게 한다. 그들이 적극적으로 참여하면 할수록 그들은 더 많은 것을 기억할 것이다.

— 참가자들이 소중하다고 느끼도록 한다.

— 영업관리자가 하려고 하는 것을 영업담당자들에게 말해 주고 실행하고

나서 재검토한다.

— 보고서로 사후 관리를 분명히 한다.

— 회의를 독단적으로 진행하지 말고 상호 교류로 발전시킨다.

— 영업담당자들의 아이디어와 자료를 경청한다. 질문을 하고 말다툼을 하지 마라. 논제에서 벗어나지 말아야 한다.

— 영업담당자들을 고객인 것처럼 대한다.

— 회의의 목적은 영업담당자들이 긍정적이고 생산적이며 열정적으로 배운 영업 스킬과 지식들을 활용하고 싶어 할 수 있도록 한다.

— 스킬 개발에 집중한다.

— 회의는 재미있어야 한다. 학습이 재미있을 때 영업담당자들은 더 많이 배우고 배운 것을 잘 습득한다.

영업관리자가 영업 회의들을 다루는 방식이 장래에 매출 결과에 직접적으로 반영될 것이다. 그리고 영업관리자들은 주간 회의와 월간 영업 회의에서 다음과 같은 질문을 통해 중요한 정보들을 얻는다.

— 성과에 가장 많이 기여하는 요인들은 무엇인가?

— 목표를 달성하지 못하게 하는 것들은 무엇인가?

— 부족한 부분을 보충하기 위해 어떠한 조치들을 취하고 있는가?

— 그러한 조치들로부터 어떠한 것을 예상하고 있는가?

— 어떤 활동들이 효과가 있고 어떤 활동들이 효과가 없는가? 이유는?

— 내가 관찰해야 하는 것은 무엇인가? 이런 관찰을 할 적절한 때는 언제인가?
— 어떠한 코칭이 필요한가? 그리고 누가 필요한가? 시기는?
— 어떠한 경쟁적인 문제들에 직면하고 있는가? 그것들을 처리하기 위해 무엇을 계획하고 있는가?
— 영업담당자들이 가지고 있는 장애물들은 무엇인가?
— 어떤 훈련이 필요한가?
— 나의 팀을 도와주기 위해서 나는 무엇을 할 수 있는가?

이러한 질문들의 목적은 영업팀이 목표와 관련하여 현재 위치가 어디이며, 목표를 달성하기 위하여 어떠한 활동이 도움이 되는지, 그리고 어떤 장애물들이 있는지를 이해하는 것이다. 이때 얻은 정보는 코칭의 필요성을 결정하기 위한 기초가 된다. 이러한 정기적인 회의들은 무엇이 중요한지 그리고 각 영업담당자가 무엇을 해야 할지를 명확하게 전달한다.

보고받는 시간 갖기

지금까지 다룬 회의들과 더불어, 뛰어난 영업관리자들이 하는 또 다른 책임을 환기 시키는 시간이 있다. 보고를 받는 시간이다.

보고를 받는 목적은 핵심적인 영업 기회를 논의하는 것이고, 거래를 성사시키기 위한 효과적인 판매 전략을 확실하게 하는 것이다. 보고를 받는 시간에 영업관리자는 영업담당자에게 다음과 같이 질문한다.

— 당신이 작업하고 있는 A 고객에 관해 이야기해 보고 싶습니다. 당신이 발견한 기회에 관하여 말씀해 주시겠습니까?
— 누가 이번 판매를 성사시키기 위해 필요한 의사 결정자, 영향력 있는 사람들인지 확인했나요?
— 영향력 있는 사람들과 접촉하는 상황이 어떻게 진행되고 있나요?
— 어떠한 장애물들이 있으며 그것들을 어떻게 처리하고 있나요?
— 다음 단계는 무엇인가요? 그것에 대해 어떻게 동의를 얻었나요?

보고받는 시간은 핵심 고객을 위한 효과적인 영업 전략에 대한 책임을 확실하게 하기 위한 강력한 방법이다. 이것은 영업관리자에게 지속적으로 정보를 줄 뿐만 아니라, 영업담당자들이 중요한 이슈들을 충분히 생각하고 그것들을 위해 어떤 계획을 세워야 하는지를 충분히 생각하는 데에 도움을 줄 것이다.

잘되는 회사는 영업이 다르다

초판 1쇄 발행 2024년 12월 01일

지은이 김상범

펴낸이 김왕기
편집부 원선화, 김한솔
디자인 푸른영토 디자인실

펴낸곳 **(주)푸른영토**
주소 경기도 고양시 일산동구 장항동 865 코오롱레이크폴리스1차 A동 908호
전화 (대표)031-925-2327, 070-7477-0386~9 팩스 | 031-925-2328
등록번호 제2005-24호(2005년 4월 15일)
홈페이지 www.blueterritory.com
전자우편 blueterritorybook@gmail.com

ISBN 979-11-92167-24-4 03810
2024 ⓒ 김상범

* 이 책은 저작권법에 따라 보호받는 저작물이므로 무단 전재와 복제를 금지합니다.
* 파본이나 잘못된 책은 구입하신 곳에서 바꾸어 드립니다.